MISTER MAGIC

MISTER MAGIC

KIERSTEN WHITE

Traducción de Alicia Botella

◖ UMBRIEL

Argentina – Chile – Colombia – España
Estados Unidos – México – Perú – Uruguay

Título original: *Mister Magic*
Editor original: Del Rey, un sello de Random House,
una división de Penguin Random House LLC, New York
Traductor: Alicia Botella

1.ª edición: abril 2024

© 2023 *by* Kiersten Brazier
Translation rights arranged by Taryn Fagerness Agency
and Sandra Bruna Agencia Literaria, SL
All Rights Reserved
© de la traducción 2024 *by* Alicia Botella
© 2024 *by* Urano World Spain, S.A.U.
Plaza de los Reyes Magos, 8, piso 1.º C y D – 28007 Madrid
www.umbrieleditores.com

ISBN: 978-84-19030-83-2
E-ISBN: 978-84-19936-44-8
Depósito legal: M-2.700-2024

Fotocomposición: Urano World Spain, S.A.U.

Impreso por: Romanyà Valls, S.A. – Verdaguer, 1 – 08786 Capellades (Barcelona)

Impreso en España – *Printed in Spain*

Para todos los que acuden a mí con miradas hambrientas
y presos de la desesperación susurrando:
«¿Qué pasa cuando te marchas?».

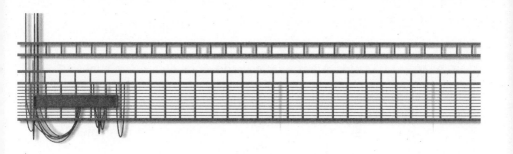

Tu programa de televisión infantil favorito parece un sueño febril.

No lo recuerdas hasta que empiezo a tararear la canción y... lo veo en tu mirada. Ese lavado de imágenes, ideas, sensaciones.

Porque eso es lo que recuerdas. No el título del programa. (¿Era *Mister Magic? ¿The Magic Show? ¿Magic Time?* Cada uno te dirá algo diferente). No recordarás ninguna de las tramas ni los capítulos individuales. Ni siquiera los nombres de esos seis niños que para ti eran tan reales como tus amigos.

Solo recuerdas cómo te hacía *sentir*.

La emoción cuando los niños se ponían en círculo en esa habitación insulsa, pronunciaban las palabras mágicas y luego arrojaban esa capa efímera al aire. La tensión horrible y deliciosa mientras la observabas descender de manera increíblemente lenta. Esperando. Aguardando. Siempre con un extraño trasfondo de miedo por si *esa* vez caía directamente al suelo, sin revelar nada especial o maravilloso, perdiendo la magia. Y luego las exhalaciones y aplausos cuando la capa definía elegantemente la silueta repentina del propio Mister Magic.

Es más imitación que hombre. Sombrero de copa, presencia acechante. El fondo negro cobra vida con un solo destello rojo en la parte inferior de su capa.

¿Qué aspecto tenía Mister Magic? Era alto y enorme. Era esbelto y ágil. No tenía brazos ni piernas. Era una persona. Era una marioneta.

9

Algo en lo que todos estamos de acuerdo es en que nunca vimos su cara. Pero ¿no recuerdas... que tú la viste una vez?

¿Verdad?

La única excepción a nuestros recuerdos difusos del programa: la canción. Sigues sabiéndotela tantos años después.

Venga. La tienes justo ahí. Empiezo yo.

Dame la mano
Quédate en tu lugar
Haz un círculo
En la oscuridad
Cierra los ojos
Y piensa un deseo
Mantenlos cerrados
Y ahora veremos
¡Magic Man!
¡Magic Man!
¡Magic Man!
¡Ha venido a vernos!

¿No te sientes bien cantándola? ¿Recuperando la magia por un momento? La magia que siempre estaba ahí para ti, que siempre funcionaba.

Hasta el día que no lo hizo.

En internet encuentras gente que jura que lo vio, aunque eso no es posible porque el programa no se retransmitía en directo. *Juran* que vieron el capítulo en el que la capa caía y no encontraba nada. Y luego vieron a la pequeña Kitty, la más pequeña del círculo de amigos, gritando. (No recordabas que se llamaba «círculo de amigos» hasta que lo has leído y es como si una pieza encajara en su sitio, ¿verdad? Ese círculo, esos amigos, *tus* amigos).

Algunos juran que vieron a Mister Magic desaparecer al instante. Otros afirman que vieron los decorados desmoronándose. Otros aseguran que vieron que todo estaba envuelto en llamas. (El incendio fue después, tras el final del programa).

Evidentemente, ninguna de las personas que publican hablando de sus recuerdos vívidos vio en realidad nada violento en su pantalla, pero sus esponjosas mentes infantiles llenaron los vacíos oscuros, la ausencia donde había estado Mister Magic. Donde, finalmente, la magia había fallado.

Pero es lo que pasa con los recuerdos de la infancia. No se puede confiar en ellos. Y, en el caso de *Mister Magic*, tampoco se pueden verificar. Intenta buscar cualquier versión del título en YouTube. No está. No es posible encontrar copias legales ni piratas en ninguna parte. Así que, recuerdas el programa, pero *no* lo recuerdas.

A falta de grabaciones, guiones o cualquier material efímero de cuando se emitió, tengo la siguiente mejor opción:

El círculo de amigos.

Juntos de nuevo, al fin. Treinta años después de que la tragedia acabara con la producción y fueran echados de su círculo mágico lleno de amor al mundo real, significara lo que significara eso para ellos.

Algunos fueron fáciles de encontrar, se mostraron emocionados por recordar y reencontrarse. Otros parecían deliberadamente imposibles de localizar. Pero yo tengo un truco bajo la manga.

La reunión televisiva que no sabías que necesitabas. Y, ahora que estás tarareando la canción, intentando averiguar si alguna vez viste el rostro de Mister Magic, pensando en cómo sentías que esos niños eran tus mejores amigos, ahora que estás recordando, nunca has necesitado algo tanto como esto, ¿verdad?

Yo tampoco.

Así, queridos amigos, por fin... ha llegado el momento de la magia.

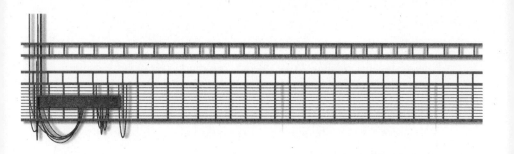

UNO

L as puertas están abiertas esa mañana.

Val sabe, porque lo sabe, que despertarse y ver las dos puertas de su cabaña destartalada abiertas al mundo probablemente solo signifique que su padre no ha dormido bien y que debería atarle una campana al pie antes de acostarse cada noche. Solo por si acaso.

Sin embargo...

—Una puerta abierta es una invitación —susurra para sí misma.

Y ella siempre mantiene las puertas de su cabaña firmemente cerradas. Pedirá a alguno de los trabajadores del rancho que instale una especie de sistema de cerradura en lo alto, donde su padre no pueda alcanzarlo.

Con eso bastará. Puede dejar de preocuparse.

Sin embargo, no lo hace. Sigue preocupada durante las clases de equitación de la mañana, durante el almuerzo lleno de torpes y alegres adolescentes, durante las actividades de grupo de la tarde, más clases de equitación y limpieza. Todas sus actividades favoritas (sobre todo la limpieza, teniendo en cuenta que los padres están pagando una pequeña fortuna para que sus hijas se pasen la semana haciendo las tareas que Val más detesta) quedan marcadas por la preocupación.

Sin embargo, a última hora de la tarde ya casi se le ha pasado. A veces una puerta abierta es solo una puerta abierta. No tiene por qué significar nada.

Una de las muchachas, Lola, pecosa, quemada por el sol y espléndida, levanta la mano.

—¿Señorita Val?

—Ya sabes dónde está el baño —responde Val—. No hace falta que me pidas permiso para ir.

Ya es casi la hora de recoger, lo que significa que tiene que sacar a Poppy del corral de las cabras. Las otras cinco campistas, polvorientas, felices y cansadas, están aquí con Val, terminando con los establos.

—¡No! —ríe Lola tímidamente—. No es eso. ¿Tiene hijos?

Por la mente de Val pasan destellos de imágenes. Una niña, aún más pequeña que ellas, con el cabello castaño siempre luchando por escapar de sus despeinadas coletas, con unos ojos tan azules que le parten el corazón. Val sonríe.

—Todavía no, pero sé que hay alguien en mi futuro.

—¿Cómo? —pregunta Hannah, otra campista, arrugando la nariz bajo sus gafas sucias.

Val resiste el impulso de limpiárselas. La independencia es parte de lo que promete su campamento, aunque eso signifique llevar las gafas sucias. Val lleva dirigiendo los programas de verano del rancho de Gloria desde que tenía veinte años y es lo más destacado de cada año.

Val se encoge de hombros.

—Siempre lo he sabido.

—Pero ¿no se está haciendo demasiado mayor?

Val arquea una ceja. Lola frunce el ceño y le da un codazo a Hannah, pero Val niega con la cabeza.

—No, está bien hacer preguntas. Así es como llegamos a conocer el mundo. Y la respuesta es: no soy demasiado mayor. Todavía no.

Su corazón emite un tictac como el de un reloj, pero todavía tiene tiempo. Su fe en la niña de ojos azules es tan sólida como su fe en la gravedad. El cuándo y el cómo son preguntas que no se permite plantearse. No es fácil hacer preguntas. Agarrar esa pregunta, ponerla detrás de una puerta. Cerrar la puerta. No dejar nada abierto. Es consciente de su hipocresía, siempre anima a sus alumnas a hacer preguntas mientras se niega a sí misma esa libertad. Sin embargo, hay una puerta en su cabeza reservada solo para la disonancia cognitiva de *haz lo que digo, no lo que hago.*

—¿Tiene novio? —suelta Lola y, de repente, el interrogatorio cobra sentido. El padre de la joven siempre busca alguna excusa para demorarse cada vez que la deja y la recoge.

—Solo cuando quiero —contesta Val—. A veces tengo novia.

Aunque *novio* y *novia* son términos demasiado generosos para las relaciones que se permite tener.

Aun así, su respuesta tiene el efecto deseado de cambiar de tema rápidamente cuando las chicas abren los ojos como platos. Val ya puede ver las siguientes preguntas formándose, pero no tiene tiempo. Tiene que ir a por Poppy antes de que…

—Mierda —susurra Val por lo bajini. La madre de Poppy acaba de llegar con un Mercedes deportivo que tiene tanta funcionalidad como las botas de diseño con las que envió a Poppy el primer día. Y Poppy sigue en el corral de las cabras en lugar de en los establos.

Val da una palmada.

—¡Vale! ¡La última que se quite la ropa del granero tendrá que limpiar mañana el establo de Stormy!

Las chicas chillan y salen corriendo para quitarse el mono y las botas que Val les ha dado para proteger la ropa demasiado elegante que siempre les ponen sus padres.

Val atraviesa el camino polvoriento para interceptar a la madre de Poppy antes de que la muchacha oiga lo que está a punto de suceder.

—Hola —saluda.

No recuerda el nombre de la mujer. Siempre le pasa con otros adultos. Y no le importa. La mujer se levanta las gafas de sol y se las coloca sobre el cabello cuidadosamente peinado.

—¿Qué está haciendo Poppy en el corral de las cabras?

—Está trabajando con nuestros cabritos, Luke y Leia, entrenándolos para…

—¡Le pago por lecciones de equitación!

Los padres siempre sacan a relucir ese hecho, pero, técnicamente, ella no le está pagando nada a Val. Val no cobra. Sonríe amablemente.

—Está pagando por una semana de campamento diurno en el rancho de Gloria, lo que incluye experiencias con una gran variedad de animales. Y *puede* incluir lecciones de equitación si las chicas quieren, cosa que Poppy no desea.

—¡No depende de ella! ¡Quiero que aprenda a montar!

Val resiste el impulso de quitarle las gafas de sol de la cabeza de un manotazo.

—Poppy está pasando una semana al aire libre creando vínculos afectivos con amigas y animales. ¿Quiere que la obligue a subirse a una silla y ver cómo sufre un ataque de pánico? Porque eso no es seguro ni para Poppy ni para el caballo.

—Pero yo *pago*...

—No —interrumpe Val—. Mire a su hija. Ahora.

Poppy está sentada sobre un fardo de heno con una profunda expresión de concentración haciendo equilibrios junto a un pequeño cabrito. Da una orden, salta y se da la vuelta, expectante. La cría la sigue. Poppy grita de triunfo y alegría.

—Pero... —insiste la madre, con su ira disminuida ante la felicidad de Poppy.

—Le dan miedo los caballos. Es un temor perfectamente racional. Los caballos son criaturas aterradoras. Son grandes y fuertes, su cuerpo parece un barril y sus patas son como alfileres enormes, y ¿ha visto *sus* dientes?

La mujer arquea una ceja perfecta.

—Parece como si le dieran miedo a usted.

—Claro que sí. Lo ignoro porque es lo que me toca, pero no hay motivos para que Poppy tenga que superar este miedo en particular. Es una niña extraordinaria y, cuando crezca y se convierta en una adulta extraordinaria, recordará que su madre la escuchó y la ayudará a buscar otras cosas que se le dan bien.

La mujer suspira, soltando lo que le queda de ira.

—Sí que parece contenta.

—Y sucia.

Val arruga la nariz. Ni siquiera se alegra de haber convencido a esa mujer de que tiene razón. Siempre será así. Cuando Val se propone algo, lo consigue.

La mujer se ríe, totalmente persuadida.

—Y sucia.

—¡Poppy! ¡Al granero! —Val señala y Poppy salta por el corral como si ella también fuera una cabra.

—Quería comprarle ropa de montar bonita —comenta la madre con melancolía.

A veces a Val se le olvida que los adultos son solo niños con mayor y menor autonomía al mismo tiempo. Sonríe tímidamente y le da un empujón con el hombro.

—¿Sabe? También tenemos clases de equitación para adultos y usted estaría fabulosa con un nuevo conjunto para montar.

Val se ve recompensada con otra carcajada y una mirada pensativa hacia los establos. La mujer ya está decidiendo cuál es el caballo más bonito y, probablemente, imaginándose cómo sería tener uno. Sería bueno para el negocio que se lo dejara allí.

¿Qué haríamos sin ti, Val?, le pregunta Gloria en su cabeza, y ella responde lo mismo de siempre: *Nunca tendrás que averiguarlo.*

Ese día, la contestación tiene un sabor más amargo.

Dejando sus sentimientos a un lado, Val supervisa la recogida de las niñas. Tiene cuidado de mantenerse alejada del padre de Lola, quien definitivamente había convencido a su hija para que le preguntara a Val sobre su estado civil. Nunca sale con gente con la que puedan formarse vínculos, lo que deja a cualquier persona con hijos fuera de sus límites. Val recuerda a cada niño al que ha enseñado durante los últimos dieciocho años, sabe que será ella la que se encariñe. Por suerte, la madre de Poppy monopoliza su tiempo y el padre de Lola se marcha, decepcionado, junto con el resto de las niñas y los padres.

Val comprueba los establos por última vez, asegurándose de que las puertas estén cerradas y de que todo esté recogido.

—Hasta mañana, bestias de mis pesadillas —dice despidiéndose de los caballos y apartando a Stormy por si acaso. Por lo que sabe gracias a los trabajadores del rancho, cada establo tiene un Stormy y una sorprendente cantidad de ellos también se llaman Stormy. Pero saber que su Stormy no es una anomalía no hace que le caiga mejor su yegua traviesa.

Las cabras están en muy buenas condiciones gracias a Poppy, así que Val atraviesa el campo y pasa junto a la casa grande en dirección a la cabaña que comparte con su padre, al igual que cuando llegaron ahí treinta años atrás.

Treinta años. Eso es. Eso es lo que lleva desde esa mañana mosqueándola e irritándola. Es 1 de agosto, hace justo treinta años que llegaron al rancho y nunca se han marchado. Se deshace la trenza gruesa y oscura que le cae por la espalda. Le pesa más de lo normal.

Se dará una larga ducha, suponiendo que funcione el calentador. Tiene casi su misma edad, pero ella trabaja todos los días, así que ¿por qué no puede hacerlo también el calentador? Luego le leerá a su padre y lo meterá en la cama, y después se irá a buscar a uno de los trabajadores para que le ayude a pensar un nuevo sistema de cerradura.

El sol está bajo y deslumbra desde detrás de la cabaña, así que no se da cuenta de que la puerta está abierta de par en par hasta que está a punto de llegar.

Val no quiere entrar. No puede entrar. La puerta es una vulgar invitación. Lo que sea que la espera es tan malo como cualquier cosa (o casi cualquier cosa) que le haya sucedido antes. Necesita toda su voluntad para poner un pie delante del otro. No puede convencerse a sí misma de que es solo una puerta abierta. Sabe que no es solo eso.

Las puertas abiertas te tragan entera.

Se detiene en el desgastado escalón del porche, el silencio que sale de la oscuridad interior es abrumador. Acuden a ella unas palabras como un soplo de aire frío en la nuca.

Y cuando tengas problemas y necesites una mano amiga, extiende el brazo y susurra, sabes que puedes...

Es como encontrar el agujero más profundo y oscuro y meter el brazo dentro. Sabiendo que algo le agarrará la mano. Sabiendo que ha estado todo ese tiempo esperando a que se acercara y preguntara. Sabiendo que, cuando lo haga, no podrá controlar lo que responderá al otro lado.

Val atraviesa el umbral con una mano temblorosa.

—Por favor —susurra—. Por favor.

Es lo más cerca de rezar que ha estado nunca. Deja la mano quieta y espera, pero nada se la agarra. Nada responde a su plegaria.

Entra y todo lo demás deja de importar. Nunca ha importado. Las puertas abiertas eran una advertencia, pero se había equivocado con el mensaje. No había entrado nada. Algo había salido. Escapado. La había dejado sola.

Su padre estaba muerto.

Asunto: Reencuentro??

Hola, amigos.

Sí, soy yo de verdad y, sí, es legítimo. Vamos a celebrar un reencuentro en honor al trigésimo aniversario del final del programa. He aprobado el pódcast. Creo que pueden hacer un buen trabajo para honrar el legado del programa.

Lo más fácil sería volar al aeropuerto de Salt Lake City y luego tomar un vuelo interurbano hasta Saint George, alquilar un coche y conducir desde allí. Os recogería yo misma, pero mi agenda es un desastre. ¿Quién iba a saber que tener seis hijas daría tanto trabajo? jajajaja

Pero si os coordináis vosotros, podéis compartir coche. Será más eficiente y barato. Y no os preocupéis por el coste. Los patrocinadores del pódcast os lo reembolsarán. Siempre que esté dentro de lo razonable, por supuesto. Adjunto indicaciones para llegar a la casa. Sé que os he avisado con poca antelación, pero creo que es importante. Mucha gente nunca consiguió cerrar ese capítulo. Incluidos nosotros. Sobre todo, nosotros.

Espero que vengáis. He echado mucho de menos a mis amigos.

Un abrazo,
Jenny

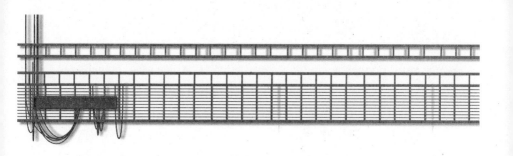

DOS

—Todavía recuerdo la noche que llegó contigo en brazos.

Gloria mira por la ventana sobre el fregadero. Tiene las manos sumergidas en el agua jabonosa, pero no está lavando nada en realidad. Hace un día soleado, un derroche de vida verde y dorada, nada fúnebre. Los ojos de Gloria se muestran sentimentales detrás de sus gafas con montura azul, combinadas cuidadosamente con un delineador de ojos también azul al que se comprometió en los ochenta y nunca ha abandonado, igual que con su peinado.

Aparentemente, Gloria se está encargando de todos los arreglos, pero eso solo significa que ella dirige mientras Val hace todo el trabajo. Así ha sido siempre entre ellas y preparar la casa para los dolientes no iba a ser diferente.

A Val no le importa. No sabe qué haría sin una tarea, sin trabajo. No sabe cómo sentir… lo que sea eso. ¿Es tristeza? Las vibraciones se parecen más a las de la ira. Si fuera una de sus campistas se diría a sí misma que se tomara su tiempo, que se permitiera sentir lo que estaba sintiendo. Pero ella no sabe qué siente ni qué quiere sentir.

Su padre está muerto y no tiene ni idea de qué significa eso para ella. De qué cambia, si es que cambia algo. Llevaba ido mucho más tiempo del que lleva muerto. Le resulta muy extraño verlo ahí tumbado, en paz. Con ropa elegante y sin los guantes de trabajo siempre omnipresentes. Val nunca lo había visto sin sus guantes. Tiene las

manos muy pequeñas sin ellos, muy frágiles. Arrugadas, manchadas
y horribles a la vista. Desea no haberlas visto.

Un momento.

—¿Conmigo en brazos?

Val había llegado al rancho con ocho años, ¿por qué la llevaba en
brazos?

—Sabes que todos estábamos preocupados por ti —dice Gloria
perdida en sus recuerdos. Saca un vaso del agua jabonosa como si acabara de darse cuenta de lo que está haciendo—. No hablabas. Ni una
palabra. No dijiste nada durante todo el primer año. A veces te encontraba en mitad de un campo, con los ojos cerrados con fuerza, con la
mano izquierda en un puño y con la derecha encima, como si quisieras
mantenerla cerrada. Siempre la misma pose. Me preguntaba si estarías... Bueno... ya sabes.

Gloria se da unos toquecitos en la sien como si eso explicara el
resto y se deja un rastro de pompas en la cabeza.

—Papá nunca hablaba de...

Bueno, de nada. ¿De qué hablaban cuando él todavía era capaz de
hacerlo? De las tareas diarias. De algún detalle destacado del libro de
no ficción que estuviera leyendo. Nada importante, nada que tuviera
ninguna emoción auténtica detrás. Había reglas y esas reglas eran in-
expugnables. Solo se enfadaba con ella cuando intentaba romperlas,
como cuando se había escabullido hasta la casa para ver la tele con los
hijos mayores de Gloria. Le había gritado que era peligroso y se la
había llevado de regreso a su aburrida cabaña.

No obstante, su padre consideraba peligrosas muchas cosas. La escuela. Los amigos. Los médicos. Val se frota la muñeca donde tiene un
pequeño bulto en el hueso por una fractura que se hizo a los doce años
y que le curó su propio padre. Tira de las mangas del vestido negro
que le han prestado para cubrirse el bulto y las cicatrices. La gente
empezará a llegar pronto y no le apetece que le hagan preguntas. Parece ser que tiene mucho en común con su padre en ese sentido.

Hoy en el cementerio ha sido la primera vez que ha salido del rancho en lo que llevan de año. A veces olvida que el resto del mundo

sigue ahí fuera, grande, brillante y ruidoso. Su padre hizo del rancho toda su vida y no es una mala vida, pero...

Pero.

Su padre está muerto y ya no es la vida de los dos. Solo la de ella. ¿Cómo se siente? Un fantasma de la resolución que sintió en su trigésimo cumpleaños pasa por ella. Iba a marcharse, pero su padre sufrió ese ataque. Nada de médicos. Solo ella. Así que se quedó en el rancho y ahí sigue. La versión de Val decidida a marcharse está tan muerta como su padre.

—Necesitaremos más que eso —comenta Gloria mirando la pila de platos que ha dejado Val sobre el banco.

—¿Por qué?

La ceremonia junto a la tumba ha sido algo pequeño, solo con Gloria, un par de sus hijos que han podido ir y tres empleados del rancho como Val. No conocían de verdad a su padre porque los últimos años no podía moverse bien, pero han ido por ella y eso lo aprecia.

Gloria se seca las manos, busca más platos en el armario y se los entrega a Val.

—He publicado los detalles de la recepción en mi Facebook.

Los platos se estrellan contra el suelo. Val mira los fragmentos más allá de sus manos vacías.

—¿Qué?

Gloria rodea con delicadeza los fragmentos de cerámica y toma las manos de Val entre las suyas, todas igual de callosas. Su voz es dulce, usa la misma que cuando le habla a Stormy cuando la yegua se pone nerviosa por cualquier cosa.

—Está descansando. Ahora está a salvo. Nadie va a venir a por él.

Gloria le acaricia la mejilla y va hacia el armario a por la escoba. Es una mujer de Idaho de la vieja escuela con una sana desconfianza en el gobierno que dejó a Val conducir en cuanto llegó a los pedales. Nunca le han importado los permisos, los impuestos ni nada oficial. Ese desprecio por el papeleo se extendió al hombre que trabajaba para ella de adolescente y que había vuelto una década más tarde con una niña de ocho años. Por lo que Val sabe, Gloria no pestañeó antes de aceptarlos, no cuestionó por qué su padre no podía ser empleado legalmente, por qué no matriculaba a su hija en la escuela ni por qué se quedaron y permanecieron ocultos.

Probablemente asumió que él había hecho algo ilegal, lo que, en su opinión, no era lo mismo que *incorrecto*. Tras perder a un hermano muy querido por el sida, Gloria había dejado de escuchar las definiciones del bien y el mal de la gente, confiando en su propio juicio, que le dijo que el padre de Val era un buen hombre.

Pero lo que no entiende Gloria, lo que nunca se le ha ocurrido pensar...

¿Se escondían por su padre o por Val?

El miedo se apodera de Val, encerrado detrás de la puerta más gruesa y antigua. Le susurra que *ella* es la razón por la que llevan treinta años escondiéndose. No su padre.

¿Qué hiciste?, le grita su mente, pero no es su voz. No sabe de quién es esa voz, pero sabe que, lo que fuera que hubiera hecho, fue algo malo.

Ella es mala.

Su padre sabía lo que había hecho. Y la vigilaba atentamente, la había mantenido ahí. «A salvo», decía al final de cada día. «A salvo» en lugar de «buenas noches» o «te quiero». Nunca había sabido si se refería a que ellos estaban a salvo o a que lo estaba el resto del mundo.

Una vez preguntó. Preguntó de dónde venían. Si tenía madre, más parientes.

Su padre se había mostrado tan aterrado que el miedo también se había apoderado de ella.

—Se fue —le susurró él—. No vuelvas a preguntarlo.

Val tenía miedo, así que nunca lo hizo. Y, con el paso de los años, el miedo no desapareció, sino que ella creció con él. Creció a su alrededor. Se volvió testaruda y tenaz, ignorando el miedo arraigado en su interior. Y, aunque quería saber, aunque *necesitaba* saber cómo había muerto su madre, no iba a preguntarlo. Jamás.

Ahora su padre también está muerto. Es una puerta que no puede volver a abrir. Y se arrepiente. Mucho.

No importa. Acepta la escoba que le tiende Gloria y barre los restos de los platos. Luego termina de preparar bandejas de comida y jarras de bebida. Es una costumbre curiosa lo de que, cuando muere alguien, haya que alimentar a otra gente. Nutrirlos y consolarlos cuando es ella la que tiene su mundo entero en un cementerio a veinte minutos de distancia.

Sin embargo, Gloria tenía razón con lo de los platos. Se presenta más gente de la que Val esperaba. Muchos de sus alumnos del campamento de verano y de las clases de equitación, algunos todavía niños, y otros adultos maduros, lo que la hace sentir mareada y ligeramente asustada. Si ellos son tan mayores, ¿cuán vieja es ella? Pero es agradable verlos, recordar que los veranos que pasaron juntos también significaron algo para los alumnos.

También aparecen trabajadores del rancho de las últimas tres décadas con los sombreros en la mano, vestidos con sus pantalones más elegantes y sus botas más limpias, a presentarle sus respetos a su padre. Le da la sensación de que ellos conocieron a un hombre diferente al que conocía ella. Uno amigable y divertido. Un hombre que les importaba, del que hablaban con cariño y gratitud.

Comprende, por fin, que el sentimiento que amenaza con dejarla sin aliento en el suelo es la tristeza. Su padre debería haber tenido todo eso en vida. Amistad. Compañerismo. Una sensación de hogar en el mundo.

Val también debería haberlo tenido.

Los sofás con estampados florales brillantes y resbaladizos de Gloria están llenos en el salón, los cubiles también están atestados de gente, montones de pies pisan la tradicional alfombra turca del comedor. La casa grande tiene un diseño antiguo, evita la apertura moderna y presenta una separación modular. Pasar de un espacio al siguiente le produce un *shock* cada vez.

Tendrá que limpiar mucho cuando acabe, pero vale la pena por ver todas esas pruebas de que su padre existía. De que le importaba a más gente además de a ella. Y ver a tantos de sus exalumnos le hace sentir esperanza de que tal vez ella también importe.

También calma sus preocupaciones. No ha aparecido la policía, no hay equipos armados descendiendo al rancho con una orden de arresto de décadas de antigüedad. Hasta el momento, lo único malo que ha pasado porque Gloria haya roto las reglas y haya publicado el nombre de su padre en Facebook es que Lola y su esperanzado padre están aquí.

Val ve al hombre buscándola por el comedor, por lo que se escabulle por la cocina y sale al patio trasero aprovechando para comprobar que el baño de invitados siga en buenas condiciones antes de volver a la entrada. Puede que se escape un rato al piso de arriba.

Sin embargo, la puerta de entrada está abierta de par en par. Frunce el ceño para ignorar la punzada de miedo que le provoca y la cierra. Definitivamente, va a subir. Al menos, hasta que se marchen Lola y su padre. No confía en sí misma para ser agradable en ese momento. *¡Sonríe, sé amable! ¡Sé siempre agradable! ¡Las niñas buenas siguen las reglas!* Val pone los ojos en blanco ante la vieja cancioncilla que se le viene a la cabeza siempre en ese tipo de situaciones. Ver a Gloria administrando su propio rancho le enseñó a Val que nunca tenía que ceder ante los hombres ni disculparse por su existencia.

Aun así, se le queda pegada la canción. Val no le debe una sonrisa a nadie. Nunca, pero menos aún ese día.

Se da la vuelta y está a punto de chocar con alguien. Es un hombre blanco, larguirucho o desgarbado según la generosidad del espectador, pero Val tiende a ser generosa con la gente. Todos son interesantes en cierto sentido. Tiene la mandíbula cubierta de una barba espesa y oscura como su pelo y sus gafas rectangulares agrandan de manera desconcertante sus ojos avellana. Sus miradas se encuentran.

Algo se libera en su pecho, un criatura excavadora que sale a la superficie.

Él deja caer el vaso con un golpe sordo, derramando agua sobre los zapatos de ambos, pero ni siquiera baja la mirada. Sus ojos son como un foco que la mantiene inmóvil. Lo conoce. ¿Cómo puede conocerlo?

—Valentine —murmura él en voz tan baja que parece un secreto.

Le lleva un momento darse cuenta de por qué le resulta tan cho-
cante: ahí nadie la conoce como Valentine. En el rancho, todos asumie-
ron que Val era un diminutivo de Valerie y su padre animó esa idea.

Eso significa...

Ahora recuerda aquel año que pasó sin hablar. Se sentía *aterroriza-*
da. Tanto que no podía pensar, no podía ver, no podía hablar. No es
capaz de decir qué la asustaba tanto, pero el miedo... el miedo lo recuerda. Es un miedo oscuro, un puño en la garganta.

De nuevo, no puede hablar. No puede hacer nada que no sea quedarse clavada en el sitio por esa mirada.

Está demasiado conmocionada para moverse cuando él desliza los
dedos entre los suyos. Es como meterse en la cama al final de un largo
día.

—No puedo creer que por fin te haya encontrado —murmura y,
antes de que ella pueda reunir el aliento para preguntar de qué la conoce, de qué lo conoce ella, él rompe en llanto.

OMG habéis visto que hay un nuevo pódcast de Mister Magic? Acaba de salir el primer capítulo y habrá un reencuentro de verdad con el último elenco!

@imreadyru Dios, llevo una eternidad sin pensar en ese programa!! Volvía corriendo del colegio cada día para verlo! Siempre le quitaba las gafas de lectura a mi padre y fingía ser como-se-llame! Era mi amigo favorito.

@imreadyru Enlace?

@imreadyru En serio, con todo lo que está pasando en el mundo y publicas sobre un reencuentro de un programa infantil que nadie recuerda

@imreadyru @chk234523 Si nadie lo recuerda, cómo sabes que era un programa infantil, listo

@imreadyru Han dicho qué miembros del elenco participan?? No salía Ronald Reagan???

@imreadyru @homeboy562 Estoy bastante seguro de que Ronald Reagan está muerto, así que dudo que aparezca para un pódcast, aunque a los Reagan les iban las sesiones espiritistas, así que quién sabe

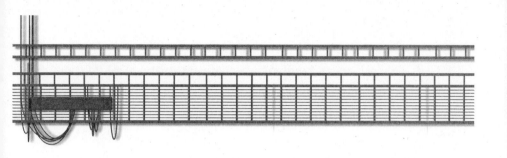

ABRÓCHAME EL ZAPATO

—**D**ios mío.

Otro hombre observa la escena desde la entrada. Val sigue con las manos entrelazadas con el desconocido. Se siente como si acabaran de descubrirla haciendo algo vergonzoso. El hombre nuevo tiene el pelo negro azabache con elegantes mechones plateados en las sienes y el traje le sienta como si se lo hubieran hecho a medida. Lleva los zapatos lustrados hasta conseguir un brillo que hace que los suelos cuidadosamente pulidos de Gloria parezcan sucios.

—Isaac, ¿qué has hecho? —pregunta.

Isaac. El nombre encaja en un espacio que Val no se había dado cuenta de que estaba vacío. Isaac. El hombre de las gafas que le sostiene las manos y llora.

Isaac la suelta, pero se ríe mientras se limpia los ojos. Val siente el extraño impulso de volver a tomarle la mano con una punzada de pánico por haber perdido algo valioso.

—Lo siento. Lo siento, es que... ha pasado mucho tiempo, ¿sabes?

Val no lo sabe. Mira al otro hombre en busca de ayuda.

Él arquea una ceja. Tiene los ojos marrón oscuro, la piel aceitunada y una sonrisa de aspecto tan caro como su traje. Encajaría a la perfección en alguna de las telenovelas que veía Gloria.

Al parecer, su confusión es evidente. El hombre habla con voz suave, parece casi herido cuando dice:

—No me reconoces, ¿verdad? —Se lleva una mano al pecho como si hubiera recibido un disparo, pero luego vuelve a hablar con voz dulce y juguetona—. Bueno, yo nunca te olvidaría, Valentina. Todo ese pelo.

Val se retira la gruesa trenza, pensando.

—Valentina —repite y luego ríe, a pesar de su confusión. Hay un atisbo de recuerdo de lo guapa que se sentía al oír su nombre pronunciado de ese modo. ¿Quiénes son esos hombres?

—¿Señorita Val? —la llama Lola desde la puerta de la cocina.

Val recupera su atención. Cierto. El funeral.

—Lola, necesito tu ayuda. Busca a todas las campistas y asígnales tareas. Alguien que recoja los platos y vasos vacíos. Alguien que lave los platos sucios. Alguien que seque. Y alguien que vaya sacando comida de la cocina al comedor cuando quede poca en las bandejas.

La postura de Lola cambia de tentativa a confiada.

—No la decepcionaré.

—Sé que no lo harás. —Val le dedica una sonrisa y luego señala la puerta a los hombres. Sabe exactamente qué le diría su padre. Lo que le había dicho que hiciera una y otra vez si alguna vez aparecía alguien buscándolos. Pero él ya no está y Val creía que todas las respuestas se habían ido con él—. Vosotros dos. Fuera, ya. Quiero explicaciones.

El guapo se ríe.

—Veo que sigues tan mandona como siempre.

—Hay una diferencia entre… —empieza Val, pero Isaac la corta para terminar la frase.

— … ser mandona y estar al mando, y tú estás al mando.

Le sonríe mostrándole sus pequeños dientes torcidos de manera amistosa. Si la sonrisa del otro hombre es deslumbrante, la de Isaac es acogedora.

—¿Javi? —Isaac se hace a un lado y le hace un gesto para indicarle que pase primero.

Javi abre la puerta y lo siguen. Issac lleva una camisa abotonada metida debajo de unos pantalones casuales. Tanto la camisa como los pantalones están arrugados, pero él huele a pastilla de jabón y Val lo prefiere al ardor de la colonia que deja Javi a su paso. Ninguno de los dos parece policía o detective privado. Un agente no podría permitirse el traje de Javi y duda mucho que un investigador fuera a estallar en lágrimas al encontrarla. Además, no solo saben quién es, sino que la *conocen*.

Val los conduce por la esquina del porche de múltiples entradas hasta el lateral de la casa que queda junto al cuarto de lavado. Lo último que quiere es que el padre de Lola los vea por la ventana y decida unirse a ellos. Hay un columpio que instalaron su padre y ella hace unos años. Javi se sienta en el borde e Isaac mira por encima para ver qué hace Val. Ella se apoya en la barandilla blanca y se cruza de brazos. Isaac se sienta junto a Javi, lo que hace que el columpio se mueva y que este se vea obligado a sentarse bien. Es ligeramente gracioso ver a dos hombres adultos balanceándose accidentalmente, sin saber qué hacer con los pies y las piernas. Parte de la tensión del pecho de Val se relaja.

Levanta los dedos.

—Uno: ¿de qué me conocéis? Dos: ¿qué hacéis aquí?

La expresión de Isaac decae, pero Javi se muestra ofendido.

—¿De qué te conocemos nosotros a ti? ¿Es que tú no nos conoces?

Val niega con la cabeza, pero desvía la mirada hasta Isaac. No sería del todo sincera si dijera que no los conoce. Conoce a Isaac, pero del mismo modo que su cuerpo conoce la función de respirar. Es así hasta que lo piensa y ya no recuerda cómo hacerlo normalmente. Si acepta que Isaac simplemente es y ha sido siempre, se siente bien. Pero si intenta averiguar de qué lo conoce, le entra el pánico, como si se saltara un escalón en la oscuridad.

Una puerta cerrada. No entra nada, no sale nada. Val respira profundamente. Sabe cómo respirar. Está siendo una tonta.

—Yo...

—¡Madre mía, está aquí!

Un hombre negro abre los brazos de par en par y abraza a Val. Ella se queda congelada. La han abrazado mucho ese día, mucho más de lo que está acostumbrada, pero al menos conocía el nombre de todos los que la habían abrazado. Ese hombre, que le saca una cabeza y es mucho más ancho que ella, la envuelve de un modo que le resulta tan familiar que está segura de que se han abrazado antes.

Si lo conociera de su vida en el rancho, lo recordaría. Es sorprendentemente guapo, tienes unos preciosos ojos marrón oscuro, la cabeza rapada y una barba mucho más cuidada que la de Isaac.

—Marcus. —Isaac se levanta y hace que el columpio se balancee de nuevo.

—¿Vas a venir al reencuentro? Dime que sí. Cuando Isaac nos dijo que te había encontrado no podía creerlo. —Finalmente, Marcus la suelta y se queda a un brazo de distancia. Algo de lo que ve en el rostro de Val se lo revela y hace una mueca. La euforia se retira y sus rasgos se suavizan—. Por Dios, claro. Lamento mucho tu pérdida, pero me alegro de verte. Y es una mierda que sea en estas circunstancias. —Señala vagamente la casa tras ellos.

—No se acuerda de nosotros —dice Javi; luce una sonrisa irónica, pero hay cierto trasfondo amargo en su voz, como en un bocado de pomelo.

—¿Qué? —Marcus deja caer los brazos de sus hombros como si le quemaran—. Espera… ¿qué?

A Val le había parecido que la transición de eufórico a dulce había sido radical, pero ahora su rostro vuelve a cambiar y está… Dios, está triste, le ha hecho daño a ese hombre que ni siquiera conoce. Ver tanto dolor en su rostro hace que se le encoja el estómago al saber que le ha hecho daño otra vez.

Otra vez. ¿Cómo puede hacerle daño «otra vez»? ¿Cuándo se lo hizo por primera vez?

Nada de eso responde a sus preguntas. Pero… Marcus le ha preguntado por un reencuentro. La han relacionado con alguien. Está decepcionada cuando debería sentirse aliviada. No la conocen de verdad, pero desea que sí.

—No fui nunca a la escuela, así que no he recibido ninguna invitación a un reencuentro.

—Del programa —suelta Javi llanamente con los ojos entornados.

—¿El programa?

—Ya sabes, con... —Marcus se interrumpe y decide cambiar de táctica—. ¿El programa infantil? —insiste mirándola atentamente—. ¿El programa de la tele en el que participábamos todos juntos de pequeños?

—¿Qué carajo? —Brota una carcajada del paisaje desolado del pecho de Val. Ríe y luego, de algún modo, se echa a llorar. Por primera vez en años. No recuerda la última vez que lloró, la última vez que se permitió...

Sentir.

Su padre está muerto y ella sigue aquí, y esos hombres, esas tres personas tan brillantes e interesantes, la conocen y ella no. No los conoce y, de repente, está segura de que tampoco se conoce a sí misma. A menos que estén mintiendo. A menos que sea una especie de broma de mal gusto. A menos que...

Marcus la abraza de nuevo y ella apoya la cabeza en su hombro. Nota las manos del hombre en su espalda, grandes y reconfortantes, y *conoce* ese abrazo. Conoce a Marcus, a Javi y a Isaac y ellos la conocen a ella. No entiende cómo, pero, sean quienes fueren, no están mintiéndole. Lo que significa que ahora de verdad tiene respuestas imposibles después de treinta años.

Toma una bocanada de aire profunda y temblorosa y se seca los ojos. Una melodía alegre suena en su cabeza. *¡Sonríe! Estás bien. ¡Sonríe! Lo haces de diez.* Su boca responde a las instrucciones.

—Estoy bien. Y ahora habladme de ese programa y de por qué nos conocemos unos a otros. No me acuerdo de nada.

—¿De cuánto tiempo estamos hablando? —pregunta Javi.

Val rebusca en su mente, pero retrocede de inmediato. Es como meter la mano en la oscuridad de la puerta el día de la muerte de su padre. Si alguna vez tuvo recuerdos de infancia, ahora no es capaz de llegar hasta ellos. Cerró todas las puertas con fuerza como si no hubieran existido nunca.

Se encoge de hombros ignorando lo molesta que es toda esa situación. Esa puta cancioncita de «sonríe» no deja de repetirse en su cabeza.

—No recuerdo nada anterior a mi llegada aquí.

—¿Cuándo fue eso? —Isaac la mira con esos ojos como focos, como si le diera miedo apartar la mirada. ¿Qué piensa que sucederá si lo hace?

—Cuando tenía ocho años.

—Fue entonces cuando nos dejaste —comenta Javi—. ¿Has estado aquí desde entonces?

Mira a su alrededor y Val se alegra de que no pueda ver la cabaña vieja y destartalada que compartía con su padre. Se alegra de que no vea que ninguna de las puertas de los armarios se sostiene en ángulo recto, que tenían que salir al porche trasero para acceder al baño adicional, que pasaba más tiempo durmiendo en un nido de mantas en el armario que en su cama chirriante porque siempre le ha parecido que la cama está demasiado expuesta. Que es demasiado solitaria.

Tiene treinta y ocho años y eso es lo único que tiene que mostrar de su vida: un funeral en una casa prestada con un vestido prestado. Una vida prestada.

—Todo este tiempo, sí.

Marcus se rasca la nuca y mira en la dirección por la que han venido como si tal vez quisiera marcharse y fingir que nada de eso había pasado. ¿Se avergüenza de ella?

¿Se avergüenza Val de sí misma?

—No podíamos haber llegado en peor momento. —Javi luce esa sonrisa tan cara—. Intercambiemos los números y ya hablaremos cuando lo tengas todo arreglado. Además, tenemos que ponernos en marcha si queremos llegar a tiempo después de este desvío —continúa sacando un elegante móvil.

Isaac se pasa los dedos por el pelo. Le llega casi hasta los hombros, brillante, marrón y mal recortado, como si en realidad no hubiera tenido nunca la intención de dejárselo crecer tanto, sino que simplemente no había podido cortárselo. No aparta la mirada de Val.

—Sí —reafirma Marcus—. No lo hemos pensado bien. Simplemente nos emocionamos mucho cuando Isaac encontró esa publicación sobre tu padre y comprendimos que podríamos volver a verte. —Sus ojos son preciosos, cálidos y comprensivos—. Lo lamento. Vuelve ahí dentro. Tendremos tiempo de hablar después.

—¿Después de qué? —Val está desesperada por mantenerlos ahí. Puede que ella no sea capaz de abrir todas las puertas que cerró de su pasado, pero quizás ellos sí. Recuerdos prestados a juego con su vida prestada—. ¿Tenéis que iros ya? ¿Es por ese reencuentro?

—No te preocupes por eso —le dice Marcus—. Nadie esperaba que vinieras porque... bueno, nadie sabía dónde estabas. Además, es una especie de historia oral o pódcast o algo así. —Agita la mano con desdén, mostrando un dedo sin anillos con una reveladora marca de una pulsera recién quitada. Ahí hay una historia y Val quiere saberla. Quiere todas sus historias. También las suyas propias—. Así que, si no recuerdas nada, no hay motivos para que vayas. —Se estremece—. ¡Aparte de reconectar, por supuesto! Cosa que haremos en un mejor momento.

Isaac tiene una postura tensa, cada línea de su cuerpo rígida como si se estuviera reprimiendo de hacer algo. ¿De marcharse? ¿De hablar? ¿De tomarle la mano de nuevo?

—¿De verdad estuvimos todos juntos en un programa infantil? —Le cuesta creerlo. Ver la televisión quedaba totalmente fuera de los límites. Su padre nunca se lo permitía.

Vuelve a mirar la parte delantera del porche. Lleva a una de las únicas puertas seguras. Suspira. No puede marcharse del funeral de su padre y tampoco puede pedirles que se queden.

—Prometed que me llamaréis. Yo no tengo móvil, pero os daré el número de Gloria.

—¡Por supuesto! Nosotros... —empieza Marcus, pero Isaac lo interrumpe.

—¿Tu madre lo sabe ya?

—¿Qué? —Val se vuelve bruscamente hacia él.

—Que tu padre ha muerto.

—Mi madre... —Val se estira todavía más las mangas para cubrirse las cicatrices de quemaduras de los brazos y desea poder cubrirse también las manos—. Mi madre está muerta.

Isaac frunce el ceño, confundido. A continuación, abre mucho los ojos y mira un momento a los demás como si buscara refuerzos.

—¿Quién te lo ha dicho?

—Mi padre.

Pero... «Se fue». Eso fue lo que le dijo. Que se hubiera ido no significaba que estuviera muerta. El corazón empieza a latirle más rápido.

Isaac le dice la verdad con dulzura, como si estuviera dejando una lata de atún cerca de un gato salvaje.

—La vi hace un par de años. En realidad, vive cerca de nuestro destino. Puedo conseguirte su dirección y su teléfono.

Su padre le había mentido.

Le había mentido sin mentirle, había permitido que creyera una mentira todo ese tiempo. Él sabía, tenía que haber sabido, que Val estaba convencida de que había matado a su madre de algún modo. Y él había dejado que lo creyera y así seguía.

—Yo también voy —declara Val sin pensarlo, presa de un miedo repentino de que, en cuanto se fueran, se llevaran su pasado y su futuro con ellos.

Su madre... Por Dios, ¿todavía tenía madre? Su madre se iría de nuevo con ellos. Volvería a ese funeral, sola, con gente que no conocía a su padre. Porque nadie lo conocía de verdad. Con gente que no la conocía a ella porque ella no se conocía a sí misma.

—¿Qué? ¿En serio? —pregunta Marcus.

—Lo siento, quiero decir, ¿puedo ir? Necesito verla. Y no quiero...

Se detiene, pensando en esos hombres, en esa línea temporal inesperada. Tal vez cuando buscaba en la oscuridad y pedía... tal vez fuera eso lo que estaba pidiendo, aunque no lo supiera.

—No quiero quedarme aquí —asegura.

Antes no estaba segura, pero ahora lo sabía. Se había quedado ahí por lealtad a su padre y por amor a sus campistas y a Gloria, sí, pero, más que nada, se había quedado por temor a lo que pudiera encontrarla si algún día se marchaba, convencida como estaba de que había matado de algún modo a su madre. Una mujer que seguía vivita y coleando. Y su padre lo sabía.

Pero la expresión de Marcus le deja claro lo extraña que le resulta la petición. No recuerda a ninguno de ellos y va y se autoinvita a su viaje por carretera. Esboza una sonrisa tensa.

—En realidad, lo siento, no tenéis por qué llevarme con vosotros. Solo dadme la dirección.

Tomará una de las camionetas viejas. No tiene permiso de conducir, pero a Gloria no le importará.

—Eres parte del círculo —afirma Isaac—. Siempre hay un lugar para ti.

Le ofrece una leve sonrisa y ella la observa como si fuera un filo con el que abrirse en canal.

¿Acaso no es eso lo que quiere? ¿Abrirse para poder hacer una autopsia de su pasado?

—Pero ¿qué hay del funeral de tu padre? —Marcus hace un gesto de impotencia.

Le cuesta creer que su padre le haya permitido vivir en una mentira todos esos años. Hace que se sienta enloquecer, como si su cerebro estuviera luchando al mismo tiempo por aferrarse a los cimientos de su vida entera y por rechazarla por completo.

Su padre nunca había sido cruel. Pero tampoco había sido cariñoso. Apenas podía mirarla, siempre desviaba la mirada, como hacía ella con la sonrisa de Isaac.

¿Qué veía en ella que le resultaba tan doloroso de contemplar?

Necesita ver a su madre, tener pruebas irrefutables de que su padre le había mentido. O una prueba de que está cayendo en la estafa más extraña del mundo. Pero, al igual que Gloria, Val confía en su juicio sobre la gente. Esos hombres no le están mintiendo. ¿Por qué iban a hacerlo?

Val intenta ofrecerle una sonrisa irónica a Marcus, pero no lo consigue. Habla con un tono tan sombrío como sus sentimientos.

—Mi padre está muerto. Parece ser que mi madre no. Esa debe ser la prioridad.

—Val quiere venir —le dice Javi a Marcus—. Y todos sabemos que cuando Val se propone algo, sucede.

Marcus se ríe y ese sonido es como un brillante señuelo que tira del pecho de Val. Quiere reírse con él. Con todos ellos. Desea ir al reencuentro. Le parece más fácil que lo que está haciendo.

—¿Necesitas ayuda con el equipaje?

Al menos, ese era un gesto de amabilidad que le había dejado su padre.

—No.

Los conduce fuera del porche hasta una hilera de camionetas que hay detrás de la casa. Al final hay un montón de chatarra oxidada que, según las apariencias, nunca volverá a circular. Abre la puerta y busca su bolsa de lona detrás del asiento agrietado y pelado. Tienen bolsas llenas de equipaje escondidas en varias partes de la propiedad.

Tienen, no. Ya no hay plural, solo está Val.

Saca dinero de la mochila de su padre y vuelve a dejarla ignorando las miradas curiosas de sus tres nuevos viejos amigos. El camino en el que están aparcados todos los coches de los visitantes brilla como un río cromado ofreciéndole una corriente que finalmente la alejará de aquí.

—Me siento extrañamente obligado a advertirte sobre el peligro de los desconocidos —dice Marcus—. Soy un buen padre, pero... estás metiéndote en un coche con nosotros para ir a un sitio desconocido. Sin decirle a nadie dónde estarás. Y no te acuerdas de ninguno de nosotros.

—No os recuerdo —confirma Val caminando entre Isaac y Javi. Marcus está al otro lado de Javi. Se han colocado de ese modo automáticamente, pero Val tiene la extraña sensación de que algo no está del todo bien. Como si faltaran piezas. Ella no debería estar al lado de Javi—. No os recuerdo —repite—, pero os *conozco*. E Isaac sabe dónde está mi madre. Por hoy, me basta con eso. Además, me he pasado los últimos treinta años acarreando fardos, arreglando vallas, peleando con cabras y discutiendo con caballos. Podría daros una paliza a cualquiera.

Javi se ríe.

—Siempre fue así.

—Y por el camino podéis ir contándome lo que he olvidado.

Espera que le sigan la corriente y la ayuden a fingir que todo eso es normal.

—¡No sé ni por dónde empezar!

Marcus sigue sonriendo, pero su mirada parece distante. Javi le pone una mano en el hombro y, en ese mismo momento, los dedos de Val se rozan con los de Isaac. Es como una oscuridad aterciopelada. La seguridad de no ser vista y de no ver.

Isaac abre un sedán plateado.

—¿Seguro que quieres venir? —susurra en voz tan baja que, por un momento, Val cree que está hablando solo. Por una vez, no la mira a ella, sino a la carretera. Se acerca a Val y sus movimientos contradicen sus palabras: sus dedos se rozan, la sujetan, mientras que sus palabras la animan a volver a la casa—. Seguro que tu padre tenía sus motivos para hacer lo que hizo, para decirte eso sobre tu madre. Y no nos pediste que te encontráramos.

Sin embargo, sí que lo pidió, de un modo que no puede explicar. No está segura de querer ir con ellos, pero sí que está segura de que necesita hacerlo.

Además, Isaac tiene razón. Su padre la llevó ahí por un motivo. Ha llegado el momento de descubrir cuál era ese motivo.

Mister Magic

Wikipedia, la enciclopedia libre

Este artículo es sobre la serie infantil. Para otros usos de este término, véase Mister Magic (desambiguación).

A este artículo le falta información sobre el estudio que produjo *Mister Magic*, la distribuidora y las cadenas que lo retransmitieron. Por favor, expande el artículo incluyendo esta información.

Este artículo no cita fuentes suficientes. Por favor, ayuda a mejorarlo añadiendo citas a fuentes fiables. La información que no provenga de ninguna fuente puede ser examinada y retirada. (Enero de 2013) (Descubre cómo y cuándo quitar estos mensajes)

Mister Magic fue un drama radiofónico serializado que se convirtió en un programa televisivo infantil con la llegada de la televisión a las casas a finales de los años 30. El programa duró desde los años 40 hasta 1991, lo que, junto con la duración desconocida del radiofónico, que se rumorea que fue uno de los primeros programas de este estilo, lo convierte en el programa que más tiempo ha estado en antena en la historia.[cita requerida]

Tras cincuenta años en la televisión, la producción se detuvo bruscamente por un accidente en el set.

Contenido [mostrar]

Descripción del programa

Mister Magic iba de seis niños y su amigo, Mister Magic, al cual podían convocar cada vez que necesitaban ayuda. No ha sido posible encontrar en ninguna parte guiones ni grabaciones del programa, pero la memoria colectiva habla de niños jugando a juegos imaginativos y aprendiendo lecciones de Mister Magic en forma de canciones pegadizas.[cita requerida]

> *Cuando nos preocupamos por los demás*
> *Compartimos lo que tenemos*
> *Pero si no te lo trabajas*
> *La suerte no te da nada.*

No existe una lista del elenco, pero a lo largo de las décadas muchas personalidades reconocidas empezaron en el programa.

[Sección eliminada por los editores por falta de fuentes. Si crees que ha sido un error, descubre cómo reportarlo.]

Historial de transmisiones

[Sección eliminada por los editores por falta de fuentes. Si crees que ha sido un error, descubre cómo reportarlo.]

Seguimiento del culto

En las décadas transcurridas desde su final, *Mister Magic* ha desarrollado un gran culto de seguidores.[1] Hay varias páginas de **Reddit** dedicadas al programa[2] [3] [4] [5] y a su impacto,[6] así como teorías sobre cómo y por qué terminó.[7] [8] [9] [10] [11] El fandom está dividido en facciones: aquellos que insisten en que Mister Magic era una **marioneta**,[12] [13] [14] los que aseguran que era un actor disfrazado [15] [16] y los que piensan que las últimas temporadas de *Mister Magic* fueron los primeros ejemplos convincentes de un personaje creado con CGI.[17] También hay varias páginas dedicadas a relacionar a adultos con los niños actores de varias generaciones del programa.[18] [19] [20] [21] [22] [23] [24] [25] [26] El más famoso de todos es **Ronald Reagan**, quien se rumorea que fue uno de los actores de voz infantiles del radiofónico. La estrella de cine y televisión **Marcus Reed** formó parte del último elenco,[cita requerida] pero nunca ha confirmado su participación ni ha hablado al respecto en ninguna entrevista.

Varios pódcasts de misterio y crímenes reales han abordado el abrupto final del programa, incluyendo **Asesinato, afirmó ella en un pódcast,**[27] **El dingo se comió a su bebé**[28] y **Dónde están ahora**.[29] Un pódcast centrado en *Mister Magic, Magic Time*, lanzó varios episodios investigando la historia y el impacto del programa antes de ser retirado de las plataformas. [cita requerida]

Hay una petición en **Change.org** para lanzar un revival de *Mister Magic* que cuenta actualmente con 350 000 firmas.[30] Como los derechos de propiedad estaban en manos de una productora desaparecida, nadie sabe a dónde enviar la petición.[31]

Algunos famosos fanáticos del programa son el actor **Chet Pennington**,[32] el **futbolista Tom Brady**,[33] el juez de la **Corte Suprema Brent Harrel**,[34] la presentadora de programa de entrevistas **Candy Carlton**[35] y **Vin Diesel**, quien atribuye al programa su deseo de convertirse en actor porque «solo quería ser uno de esos amigos y vivir esa magia».[36]

Según la leyenda urbana, **Diane Sawyer** intentó llevar a cabo un reportaje de investigación sobre la historia y el misterio del programa, pero la cadena se negó a aprobar el segmento. [37]

Referencias [mostrar]

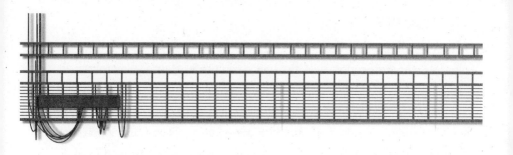

TRES

—Tengo muchas más preguntas que antes.

Val mira la pantalla agrietada del móvil de Marcus, en el que sigue abierto el artículo de Wikipedia. Marcus se asoma entre el asiento del conductor y el del copiloto, observando.

—¿Este eres tú? ¿Marcus Reed?

Val pasa el dedo sobre el enlace del artículo. Marcus le quita el móvil.

—Oh, no. No entres ahí. Es muy humillante. Wikipedia siempre elige las fotos menos favorecedoras que tengas.

—¿Eres una estrella del cine?

Val puede imaginárselo. Sus rasgos son impresionantes y hay algo en su presencia que ha provocado una reacción inmediatamente en ella. Tal vez tuviera ese efecto en todo el mundo.

—En absoluto. Hice algunos trabajitos después del programa, tonterías de estrella infantil. Y una *sitcom* de adolescentes. Era horrible, no la vio nadie.

—Yo la vi.

Javi tiene la frente apoyada en el cristal. Está sentado en la parte de atrás con ella, pero lleva gafas de sol y se ha mantenido en silencio casi todo el trayecto.

Marcus lo mira de reojo, conmovido y sorprendido. Como Javi no dice nada más, Marcus continúa:

—De todos modos, dejé atrás todo eso por el glamuroso mundo de la gerencia intermedia.

—¿Y mantuvisteis todos el contacto después del programa?

Val es incapaz de decir «*nuestro* programa». ¿De verdad había formado parte de un grupo de actores infantiles? ¿Cómo podría haber olvidado algo así?

La pregunta se queda flotando en el aire con un peso inesperado. Finalmente, Isaac se aclara la garganta desde el asiento del conductor.

—Todos nos dispersamos. No teníamos mucho poder de decisión, éramos pequeños. ¿Tú has estado todo este tiempo en el rancho? ¿No has vivido nunca en otra parte?

—En ninguna otra parte.

Val pasa la mirada por el paisaje. Llevan una hora en el coche y eso es lo más lejos que ha estado del rancho desde... ¿cuándo? Después de la pubertad, su aspecto había cambiado lo suficiente como para que su padre le permitiera ir a comprar con Gloria, pero habían sido pocas veces y espaciadas en el tiempo. Cuando cumplió los veinte, salía ocasionalmente a algún bar con trabajadores del rancho y ligaba fácilmente. Pero, tras el ataque de su padre, no salía casi nunca. El hecho de no marcharse jamás hacía que quedarse fuera más fácil.

—Debes de ser muy buena jinete —comenta Marcus.

—Mmm... ¿Sabes esas personas que están destinadas a amar a los caballos desde su nacimiento? No pueden hacer nada al respecto... Para ellas tener caballos en su vida es una necesidad imperiosa. Sí, pues yo no soy así. Me parecen aterradores.

—¿Los caballos o los fanáticos de los caballos? —pregunta Javi.

—Los caballos. Los fanáticos de los caballos son encantadores.

—Qué vida tan bonita, te dan miedo los caballos y vives rodeada de ellos.

Javi se pellizca el puente de la nariz por debajo de las gafas de sol y toma aire varias veces. Definitivamente, se ha mareado con el viaje. Val se pregunta por qué no ha pedido sentarse delante. Pero Marcus es muy grande, estaría incómodo atrás. Tal vez lo hayan hablado antes.

—¿A qué te dedicas? —le pregunta a Javi intentando distraerlo.

—¿Sabes esas personas que están destinadas a ser abogados despiadados desde su nacimiento? No pueden hacer nada al respecto... Para ellas ser abogados despiadados es una necesidad imperiosa. Sí, pues yo sí soy así. Me parece que somos aterradores.

—Al menos tus dientes son más pequeños que los de los caballos —comenta Val, lo que le vale una carcajada.

Mira expectante por el retrovisor para ver si Isaac explica a qué se dedica, pero no revela ninguna información.

Val capta un destello de su propio reflejo. Los ojos de su padre eran de un color azul nebuloso y redondos, con los rabillos exteriores hacia abajo de modo que hacían que siempre pareciera algo triste. Los suyos son marrón oscuro y almendrados. ¿Tiene los ojos de su madre? Cuando se miren, ¿sentirá que una parte de sí misma le devuelve la mirada? ¿Qué le dirá Val? ¿Qué quiere que le diga su madre? Cuando intenta imaginarse ese momento, se queda en blanco.

—Bueno, ¿y qué me decís del programa? —Val necesita que sigan hablando, necesita que llenen los silencios para no tener que pensar en el destino al que la están conduciendo. Una señal de salida declara que se encuentran en Pocatello. Quiere decirlo en voz alta para saber cómo es pronunciar esa palabra que parece que rebotará en su lengua en un *staccato*. Tantos lugares divertidos en el mundo y ha visto muy pocos—. ¿Cuántos años tenía cuando empecé en el programa?

Javi se baja las gafas de sol y la mira fijamente.

—¿De verdad que no recuerdas nada?

Val niega con la cabeza y él suelta un resoplido.

—Debe ser agradable.

—¿Por qué? ¿Era malo?

—No —contesta rápidamente Isaac indicando la salida de la autopista—. No era malo, era...

—Era increíble hasta que dejó de serlo —interviene Marcus—. Y fue difícil tener que dejarlo tan de repente.

Javi asiente de mala gana.

—Sí. Bueno, tenías unos... ocho años cuando todo se vino abajo.

Se le acelera el corazón en señal de advertencia. No tendría que haberse subido a ese coche. Estaba a salvo sin toda esa información. Tal vez debería haberse quedado. Puede que no quiera saber todo lo que le ha estado ocultando su padre durante todos esos años. La mayoría de los días no podía mirarla a la cara, pero la cuidaba, ¿verdad? Le había enseñado a leer, a escribir, a arreglar una máquina y a coser una herida.

Pero también le había mentido. Ahora ya no podía confiar en nada de la vida que habían compartido.

—Y luego el programa se acabó. —Isaac entra en una gasolinera y se detiene delante de un surtidor—. No podía continuar. No después de que tú te marcharas.

Val lo sabía. Había hecho algo y por eso su padre se la había llevado y la había escondido. Detrás de cada puerta cerrada hay un lodazal de vergüenza: la certeza que siempre ha sentido sobre haber hecho algo *malo*. Solo que no es capaz de recordar qué.

Pero ellos sí.

—¿Qué…? —Se lleva una mano al cuello, luchando contra sus propias pulsaciones. Intentando atraparlas con los dedos para que se ralenticen—. ¿Qué pasó?

Javi y Marcus salen del sedán como si no pudieran hacerlo lo bastante rápido.

Javi se dirige a la tienda de la gasolinera y Marcus se estira como si llevara mucho más de una hora en el coche de una manera que le deja claro a Val que quiere eludir su mirada.

Isaac sale y abre la puerta.

—Éramos todos niños. Es complicado recordar los detalles y hablar de ello. Y Jenny nos pidió que no compartiéramos información ni recuerdos. Desde el pódcast no quieren que nos influenciemos los unos a los otros.

Siente tanto decepción como alivio. Una cosa es sospechar que has hecho algo imperdonable, pero que se lo confirmaran habría sido diferente. Sin embargo… no puede evitar sentir que hay otro motivo por el que evitan hablar del tema. No puede ser simplemente para proteger la autenticidad de los recuerdos en el pódcast.

—De todos modos —interviene Marcus subrayando su rechazo al anterior tema sombrío—, estuvimos unos dos años juntos, así que probablemente empezarías en el programa con seis años. —Mira a Isaac en busca de confirmación, pero este se encoge de hombros sin comprometerse.

—Es complicado de saber. —Fija la mirada en las llaves del coche que sostiene en la palma de la mano como si fueran más pesadas de lo que deberían—. El tiempo pasaba de un modo diferente en aquella época.

—Pues sí. —Los ojos de Marcus vuelven a adquirir ese brillo distante. Se lleva una mano al hombro pasando el brazo por encima del corazón—. Era como… como si lleváramos toda la vida haciéndolo y como si no fuera a acabar nunca. Hasta que acabó. Y aquí estamos. Y diría que es como si no hubiera pasado el tiempo, pero ha pasado demasiado tiempo, en realidad. Creo que el reencuentro nos irá bien a todos. Podemos hablar de todo lo que sucedió. —Contempla el verde intenso del verano de Idaho y Val no sabe si le gusta lo que ve. Marcus vuelve a centrarse, se vuelve hacia ella y deja caer la mano—. Deberías venir al reencuentro después de ir a ver a tu madre. Si quieres. Seguro que después de las entrevistas no habrá problema en compartir recuerdos.

Val se imagina sus recuerdos como monedas brillantes. Las quiere todas en la mano ya, pero al parecer, debe esperar.

—¿Sois solo los tres?

—Jenny ha ayudado con la organización —contesta Isaac—. Ella ya está allí con la creadora del pódcast.

Otra vez ese nombre. No significaba nada para Val, pero le preocupaba que pudiera ser ofensivo admitirlo.

—¿Dónde es «allí»? ¿En Idaho? ¿A qué distancia?

Marcus le sonríe a modo de reprimenda.

—Eso tendrías que haberlo preguntado lo primero y habérselo dicho a alguien de confianza. Vamos al sur de Utah, al desierto en el que estaba emplazado el estudio. Estábamos esperando un vuelo de escala en Salt Lake City cuando Isaac nos dijo que creía que te había encontrado. Así que alquilamos un coche y vinimos hasta aquí.

—¿Y vosotros le habéis dicho a alguien de confianza que ibais a ir conduciendo hasta la mitad de la nada en Idaho para reuniros con una mujer con la que lleváis décadas sin hablar? —Val arquea una ceja y Marcus se ríe y le aplaude.

Así que Val no es la única impulsiva. Habían renunciado a asientos en un vuelo a Idaho con la esperanza de encontrarla. Eso hacía que no se sintiera tan tonta. Ellos tampoco tenían ninguna garantía. Pero Marcus tenía razón en algo.

—¿Puedo usar un teléfono? —pregunta.

Isaac le entrega el suyo y Val manda un mensaje rápido al único número que conoce, que también es, tristemente, la única persona que la echará de menos. El mensaje a Gloria es tanto una disculpa por marcharse como una nota avisándola de que estará fuera unos días. Se siente bastante culpable, Gloria también está de duelo, pero Val sabe que, si hubiera intentado explicarle lo que iba a hacer, se habría dado cuenta de lo estúpido y absurdo que era y le habría quitado la idea de la cabeza.

Ese viaje es una mala idea. Pero hay algo en ese hecho que lo hace aún más atractivo. Entregarse a un impulso en lugar de al dolor y la ira, como un rollo de una noche en un bar que ocupa el lugar de relaciones y conexiones verdaderas.

Pero… joder.

—¿Vais a abordar el vuelo de todos modos? ¿Vamos de camino al aeropuerto?

El efectivo de Val es limitado y no tiene carnet de identidad.

Isaac recupera su móvil y empieza a llenar el depósito.

—No hay vuelos hasta mañana, así que llegaremos antes en coche.

Quedarse de pie sigue poniéndola demasiado nerviosa, así que entra en la gasolinera para usar el baño y para comprar una botella de agua. El interior del establecimiento es viejo y pequeño, pero está bien mantenido. Es un laberinto de estanterías de metal con cualquier cosa que alguien pudiera necesitar de repente en una parada en Pocatello. Javi pasa junto a ella de camino a la salida con una bolsa que Val espera que contenga Biodramina.

Tras desesperarse pensando cuánto dinero gastar en cosas para picar, Val lleva su selección al mostrador. La empleada es una joven de unos veintipocos con el pelo corto y despeinado, unos ojos enormes y una etiqueta en la que pone BRANDON. Brandon apenas hace contacto visual mientras registra en silencio la compra de Val.

—¡Eh, amiga! —grita una mujer desde el fondo de la tienda. El cambio en la joven es instantáneo, endereza la postura y se le ilumina la cara—. ¡He encontrado una caja entera de bollería que caducó la semana pasada! ¡Esta noche la cita corre por mi cuenta!

La muchacha suelta una pequeña y aguda carcajada y Val es consciente de que acaba de presenciar algo privado y precioso. Desea poder transformar a alguien por completo solo diciendo su nombre.

—¿Algo más? —La joven señala un mostrador con billetes de lotería y chicles.

El chicle Big Red era el favorito de su padre. Solía sacar una tira y partirla por la mitad. Val siempre lo aceptaba, feliz de compartir algo con él, aunque odiaba el sabor y lo escupía en cuanto él dejaba de mirar.

Y ahora estaba despreciándolo al ignorar lo único que le había pedido: que se mantuviera escondida y a salvo. Todavía lleva el vestido del funeral, una muestra de lo mucho que le cuesta abandonar aquello que ha querido.

Todo esto es una locura. Llamará a Gloria y le pedirá que vaya a recogerla. Volverá al rancho y a la vida que conoce. Atribuirá ese desvío al dolor y reunirá el coraje necesario para llamar a su madre como cualquier persona normal. No conoce a esos hombres, no recuerda a *Mister Magic* ni nada de eso y...

—¿Preparada? —pregunta Isaac.

La está observando con los ojos muy abiertos, como si no pudiera ver a nadie más en todo el mundo. Le roza la parte baja de la espalda con esos dedos delgados y esbeltos. Siente un destello de algo y esta vez no es miedo o reconocimiento, es...

¿Esperanza?

Ya la han encontrado. En realidad, ya no hay vuelta atrás. No puede seguir viviendo a medias, sospechando sin saber. Es de cobardes, y

Val no es ninguna cobarde. Paga y le echa un último vistazo a la empleada que ahora está apoyada en el mostrador mirando a través de una puerta abierta a aquello que la hace tan feliz que lo cambia todo.

—Preparada —responde Val. No lo está, pero tiene que estarlo. Es hora de cambiar.

Para: Jenny.Poplar@zmail.com
De: mci@mci.biz

Era ella. Está con nosotros, pero no recuerda nada. Creía que su madre había muerto y ahora quiere conocerla. ¿Me llamas?

Para: mci@mci.biz
De: Jenny.Poplar@zmail.com

No la llevéis con esa mujer. Lo arruinará todo. No hace falta hablar. Solo asegúrate de que Val no vuelva a desaparecer. Nada de esto funcionará sin ella. Sabes lo que nos costó y lo que hay en juego. Traedla aquí y yo me encargaré del resto. No le des demasiadas vueltas. Ya casi lo tenemos.

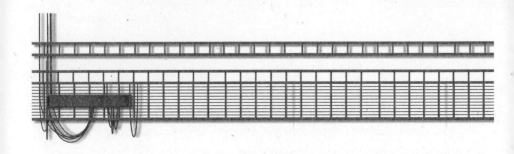

CUATRO

Javi tiene migraña, así que nadie habla demasiado. Es agradable viajar por carretera observando cómo cambia el paisaje. Tal vez sigan conduciendo para siempre. A Val no le importaría. Es menos aterrador que el destino al que se dirigen.

Por Dios, ¿desde cuándo se había vuelto tan gallina? Debería estar contenta por reunirse con su madre. Sin embargo, ¿por qué iba a mentirle su padre acerca de su madre? ¿Es posible que, al fin y al cabo, fuera él quien había hecho algo malo?

Pero si había sido su padre y no Val, ¿por qué la culpa se aferraba a ella como una lapa? Tal vez su culpa fuera un error, una mentira, un malentendido. Tal vez un reencuentro con su madre la liberara por fin. Se imagina acercándose a una puerta. Llamando. Esperando a que se abra.

La idea de una puerta abriéndose hacia lo desconocido hace que se le forme un nudo en el estómago. O tal vez el mareo de Javi en el coche sea contagioso. Val traga saliva intentando deshacerse de esa sensación. Se acercará andando a una casa y su madre estará fuera, ocupándose del jardín. Levantará la mirada, tendrán los mismos ojos y ella sabrá que es Val sin que tenga que decirle nada. Y entonces…

¿Llorará ella? ¿Llorará Val? Val no quiere llorar. Tal vez se abracen. Su madre le explicará todo de un modo que absuelva a su padre, que absuelva a Val, que absuelva a todo el mundo. Todos serán inocentes y los últimos treinta años no habrán sido más que un error.

No, eso es aún peor. Tiene que encontrar otro modo de pensar en que saldrá bien.

Val visualiza escenarios en su cabeza como si estuviera domando un caballo mientras conducen por el norte de Utah. Salt Lake Valley es tan plano y marrón que las montañas que se elevan a ambos lados son como paréntesis grises envolviendo la sentencia del desierto. Gloria había ido de visita varias veces a Salt Lake para ir de compras con sus hijas. Val siempre quería acompañarla, pero no podía porque no podía alejarse tanto de su padre y porque no era hija de Gloria. Por muy agradables que fueran con ella, no era de la familia.

—¿Val? —Isaac la mira por el retrovisor—. ¿Estás bien?

—Sí —contesta ella porque es lo que dice siempre. Si lo dice con la suficiente determinación, se lo acaba creyendo. Como si fuera una manta que puede sacar del éter para envolverse en ella.

—¿Os apetece una lectura dramática? —propone Marcus—. Hay una página de Reddit en la que hay gente que habla de sus madres babeando por el hombre de la capa.

Mueve las cejas con aire lascivo. Val asume que el hombre de la capa es el personaje principal del programa. Javi suelta una carcajada.

—Qué turbio. Ponte a leer ya, por favor.

Marcus se aclara la garganta.

—«Una noche en la que mi madre había bebido demasiado vino en cartón empezó a murmurar: "¿era porque tenía algo o porque entretenía a los niños varios minutos dejándome tiempo para mí misma? El modo en el que lo cubría la capa insinuando lo que podría haber debajo..."».

Javi levanta la mano.

—He cambiado de opinión. No quiero oír esto.

Marcus varía la voz para indicar que ahora habla otra persona:

—«¿Cómo se puede justificar el hecho de sexualizar a un personaje clásico infantil?» —Vuelve a cambiar la voz—. «Calma, tampoco es que ella planeara...». Dios, no puedo leer esta parte en voz alta, pero digamos que incluye un acto sexual gráfico con un habitante del Bosque de los Cien Acres.

—Tigger. Tiene que ser Tigger. —Javi todavía tiene los ojos cerrados, pero esa conversación le ha proporcionado algo de vida.

—«Nadie recuerda realmente el aspecto de Mi... del hombre de la capa ni quién era, así que no estamos sexualizando a un personaje, estamos sexualizando el recuerdo de un personaje». —Marcus hace una pausa y lee—. Alguien menciona a Bowie en *Dentro del laberinto,* otra persona le llama la atención por salirse del tema y siguen un rato así. Me pregunto si habrá *fanfics* del hombre de la capa.

Val quiere una aclaración.

—¿Qué son *fanfics*? ¿Y estáis hablando de Mister...?

Javi le pone una mano en la boca. Tiene los ojos inyectados en sangre y entornados mientras niega con la cabeza antes de soltarla.

—No pronunciamos su nombre fuera del círculo.

—¿Qué? —inquiere Val, desconcertada. Mira hacia adelante, pero Isaac tiene la vista puesta en la carretera y Marcus no se gira para mirarla—. Es como... ¿cómo se llama esa obra en la que la gente no pronuncia el nombre?

—*Macbeth* —dice Marcus—. Supongo que es algo así. Tal vez. No lo sé. Creía que yo era el único que todavía seguía las reglas.

—Yo tampoco lo pronuncio —añade Isaac.

—Pero ¿por qué? —pregunta Val.

—Era tu norma. —Javi se recuesta, aparentemente satisfecho porque ella no vaya a intentar pronunciar de nuevo el nombre—. Nos lo dijiste tú.

Val se resiste a espetar que ella no podría habérselo dicho porque no se acuerda. Y aunque así fuera, tampoco es que le estén contando muchas cosas.

Pero Marcus se da cuenta de que está molesta y responde en tono amable.

—Era una norma de esas que tenías de pequeña y que nunca te podías saltar. Una superstición tipo no pisar una grieta o a tu madre se le romperá la espalda.

—¿Entonces es una superstición?

Marcus ignora su pregunta y continúa:

—O no sentarse demasiado cerca de la tele para no quedarte ciego. Isaac asiente.

—No bañarte hasta treinta minutos después de comer.

Javi habla en tono sombrío con la barbilla levantada en un ángulo extraño:

—Todos seguimos intentando ser buenos y respetar las reglas.

—*Apréndete las reglas, síguelas al pie de la letra* —canturrea Val sin pensar. Se lo dice a las chicas en todos los campamentos.

—*Errores y trampas acechan, pero llegarás a casa ilesa si sigues las reglas y estás siempre alerta.*

—¿Cómo es que te la sabes? —preguntó, sorprendida porque creía que se la había inventado o que la había sacado de algún libro infantil olvidado.

Javi la mira con una ceja arqueada.

—La habremos cantado juntos cientos de veces.

Val se recuesta, le da vueltas la cabeza.

—No tenía ni idea de que era de algo. La he tenido siempre en la cabeza.

Tiene todo un catálogo mental de cancioncillas tontas. Puede que no lo recuerde todo sobre el programa, pero sigue en alguna parte dentro de ella. Ha estado ahí todo ese tiempo en forma de semillas invisibles que florecen de maneras inesperadas.

Piensa otra de esas cancioncitas llenas de rimas.

—*Limpio y ordenado…*

—*Como debe estar. Te protegerá de la oscuridad* —continúa Marcus.

—Ahora que lo pienso, es un poco raro. ¿De qué oscuridad me tengo que proteger?

Javi se encoge de hombros.

—Malos guiones. La mayoría son así, buscan la rima fácil en lugar de que la frase tenga sentido. —Levanta el móvil y lo agita en señal de fastidio—. Jenny me acaba de escribir otra vez para asegurarse de que no estemos hablando del programa. Es muy insistente.

Val se desinfla. No tiene recuerdos propios, necesita los suyos. Pero podrá escuchar sus grabaciones en algún momento. Se mantendrán en contacto. Al fin y al cabo, Isaac y los demás se han desviado mucho de su camino para reencontrarse con ella. Y hay algo que parece encajar cuando están juntos. Encaja bien, pero sigue incompleto. Todavía faltan piezas. Se pregunta si Jenny será una de esas piezas.

Sin embargo, Val ya se siente algo mejor, como si aquello que mantenía encerrado estuviera ahora más cerca de la superficie. Tal vez sea capaz de recordar cosas si lo intenta. Puede que reencontrarse con su madre le resulte fácil y divertido. Es posible que descubra que su padre escapó con ella en mitad de la noche treinta años atrás, le mintió sobre la existencia de su madre y se escondió cada momento de cada día por razones completamente normales y comprensivas.

Claro.

Si no pueden hablar del programa, pueden hablar de cosas relacionadas.

—¿Por qué van a hacer un pódcast de reencuentro? —pregunta.

—Supongo que porque fue uno de los programas más longevos de la historia, lo que lo hace bastante importante —responde Marcus.

—O solo largo —espeta Javi—. Tener una historia larga no implica que algo sea importante o inherentemente valioso. —Su estado de ánimo vuelve a ser como un sistema tormentoso presionando y deteniendo toda conversación.

Val mira por la ventana mientras dejan las partes más habitadas de Utah atrás y llegan a un largo tramo de autopista solitaria. Sin gente que se dedique al paisajismo o la agricultura, la vegetación es escasa, tan solo hay unos pocos matorrales verdes sobre colinas marrones vacías. Sin mejores opciones para comer, comparten lo que han comprado en la gasolinera.

La tarde lo tiñe todo de color púrpura y el crepúsculo persiste hasta pasadas las nueve. Su única parada es una gasolinera Chevron solitaria en un paso de montaña donde el viento los azota con tanta fuerza que es imposible hablar una vez abiertas las puertas del coche. Es un alivio volver a encerrarse en la tranquilidad protegida de ese vehículo de alquiler.

Isaac no enciende el motor enseguida, sino que mira la pantalla del móvil con el ceño fruncido.

—Bliss[1] está más lejos de nuestro destino.

Val debe mostrarse tan confundida como se siente porque Isaac le sonríe.

—Bliss es el nombre del pueblo en el que vive tu madre.

—Eso tiene mucho más sentido que intentar averiguar por qué te habías puesto tan metafórico buscando la felicidad.

Javi ríe.

—La felicidad está más lejos de nuestro destino. Parece una de esas publicaciones inspiracionales sin sentido de Facebook.

—Mi madre lo compartiría —agrega Marcus.

—¿Podemos parar nosotros primero? —le pregunta Javi a Val—. Puedo ponerme violentamente enfermo si añadimos más horas a este viaje exageradamente largo.

Ya se han desviado del camino por Val. Claro que la prioridad deberían ser ellos.

—Sí, claro, no hay problema.

Sin embargo, se arrepiente cuando vuelven a la carretera y la noche vence finalmente a la infinita tarde de verano. Aunque están cerca del primer destino y ella pueda llegar rápidamente a Bliss después, es tarde. ¿De verdad va a sorprender a su madre en mitad de la noche?

Puede que haya algún motel en Bliss. En los moteles no piden carnet de identidad. En realidad, ahora que lo piensa, tampoco sabe cómo funcionan los moteles. ¿Podrá pagar en efectivo?

Una señal los advierte de que no hay servicios en esa salida en particular. Isaac la toma y dejan atrás la autopista cambiándola por una carretera con dos carriles y sin señalización alguna. Solo se ven arbustos iluminados por sus faros en ráfagas tan rápidas que asustan a Val cada vez, casi como si los matorrales corrieran haca ellos y no al contrario. La oscuridad es un túnel a su alrededor que hace que parezca

---

1. N. de la T.: *Bliss* significa «felicidad» en inglés.

que son lo único que queda en el mundo. Tras un largo rato, demasiado largo, por fin cambia algo.

La carretera se convierte en tierra.

—Esto no puede estar bien.

Javi se inclina hacia adelante y se agarra al respaldo de la silla de Isaac mientras este conduce con cuidado. Marcus levanta el móvil, pero no tiene cobertura. Gruñendo de frustración, muestra una captura de pantalla con las indicaciones.

—Hemos tomado la salida correcta. Las indicaciones estaban claras. No había más desvíos ni otras carreteras.

—Pero aquí no hay nada. Estamos en mitad de la nada.

Val mira por la ventanilla. En el rancho, la oscuridad siempre parecía estar llena. Los árboles susurraban, se oían sonidos suaves de animales cerca de la cabañita que compartía con su padre. Ahí fuera parece todo tan vacío que hace que le entren ganas de sostenerle la mano a Javi solo para asegurarse de que no está sola. Siente el extraño impulso de pedirle a Isaac que dé media vuelta. Que los devuelva a la autopista, a las luces.

La voz paciente de Isaac se ve socavada por la fuerza con la que se aferra al volante.

—Tenemos mucha gasolina, voy a seguir media hora más. Si no encontramos la casa, daremos media vuelta y buscaremos algún sitio en el que pasar la noche.

—¿Una casa? —pregunta Marcus, sorprendido—. Creía que íbamos a donde se grababa el programa.

—Así es.

Isaac no desarrolla más, así que Javi le empuja el respaldo del asiento.

—¿Se grababa en una casa?

—En algún sitio tenían que vivir nuestras familias durante el programa. —Isaac se encoge de hombros, pero parece más un tic—. ¿Ninguno recuerda la casa?

Al menos, Val no estaba sola en eso. Tanto Javi como Marcus niegan con la cabeza. Entonces Javi vuelve a hablar.

—Es demasiado tarde para que Val vaya a darle una sorpresa a su madre.

Val no había querido admitirlo ante sí misma, pero tiene razón. Si iba a presentarse salida de la nada tras treinta años, no debería hacerlo en mitad de la noche. Cualquiera entraría en pánico si llamaran a su puerta tan tarde. No quiere que su relación con su madre empiece con un pico de ansiedad.

—Quédate con nosotros esta noche —le dice Marcus—. Dondequiera que acabemos. Y Isaac puede llevarte mañana por la mañana. ¿Te parece bien?

Val asume que Marcus se lo está preguntando a Isaac, pero en realidad esperan su respuesta. Asiente con una oleada de alivio tanto por tener un lugar en el que pasar la noche como por poder retrasar el reencuentro con su madre. Mejor al día siguiente, cuando haya dormido.

Pero aún están en la carretera y sigue sin haber nada a su alrededor. Val se remueve y mira por el parabrisas con Javi. Marcus se agarra con fuerza al reposabrazos. Isaac está inclinado hacia adelante como si estuviera pilotando un barco frente a un huracán, cuando la noche continúa siendo tan tranquila como negra.

El reloj avanza con una terrible tensión. Si no encuentran su destino esa noche, se acabó. El hechizo que ha hecho que se metiera en ese coche y en esa aventura se habrá roto. Los demás se darán cuenta de que han acogido a una completa desconocida y se arrepentirán de haberla invitado. Al fin y al cabo, ¿cómo podría conectarlos una infancia si su extremo de la conexión no es más que estática vacía? No tiene dinero suficiente para ir a un motel, no sabe cómo encontrar a su madre sin Isaac y no tiene modo de volver a casa. Demonios, en realidad no tiene casa. No sin su padre.

Parte del motivo por el que se ha subido al coche, por el que está huyendo, es porque se ha dado cuenta de que estaba *esperando* a que su padre muriera. Se odia a sí misma por reconocerlo, pero la muerte de su padre era la línea de meta. El final de su guardia. Y tenía que decidir si marcharse o quedarse. Continuar con la vida que le dio su padre.

Huir es más fácil que tomar una decisión, aunque eso ya es una decisión en sí misma. Se ha marchado. Quiere a Gloria, quiere al rancho y a sus alumnas. Pero no es *su* vida. Allí no hay nada para ella. Tiene que haber algo en lo que le espera delante.

Tiene que haberlo.

Los neumáticos del coche zumban sobre el camino de tierra con un ruido constante. Cada vez es más fuerte. ¿Se están desgastando los neumáticos o está cambiando la carretera?

Val extiende la mano en un gesto inconsciente pidiendo lo que quiere: la casa. Un lugar en el que poder descansar a salvo de la oscuridad de la noche y de la de su mente. Con Isaac, Javi y Marcus. Juntos, para sentir que están unidos a ella. Para que sigan ayudándola. Para que no la abandonen.

Y entonces, como por arte de magia, como si tuviera una imagen en su cabeza y se hubiera quedado dormida para hacerla realidad en sueños, una casa aparece en mitad de la oscuridad vacía.

—¿Qué *mierdas*? —susurra Javi.

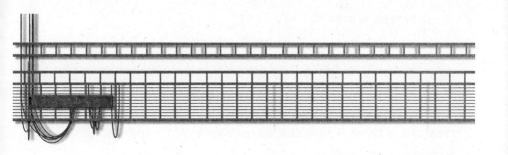

La cámara con sensor de movimiento empieza a grabar unos segundos de oscuridad con el sonido de unas suaves pisadas.

A continuación, la luz inunda la imagen atenuándola antes de que la lente se ajuste para revelar a una mujer de pie delante de la pared de la pantalla.

Es bajita, con un cuerpo que dejaba entrever que sería mucho más redondo y suave si no se hubiera visto dominado por una sumisión brutal. Viste una camisa negra holgada con cuello y manga corta y unos pantalones caqui. No lleva nada de joyas excepto un anillo de matrimonio, una pieza solitaria y anticuada que no brilla ni centellea, sino que se posa en su dedo como un peso olvidado. Tiene el cabello rubio decolorado con las raíces castañas y grises recogido en una coleta baja, ni lujosamente larga ni elegantemente corta.

Práctica. Sencilla. El único indicio de personalidad está en sus zapatos planos de un atrevido color púrpura. Tiene la mirada fija en la pared. Da un paso adelante y se sale parcialmente del encuadre de la cámara. Tiene una mirada cansada, el corrector no logra ocultar las bolsas que se le forman debajo de los ojos ni las arrugas prematuras que los rodean. Levanta la mano y toca la pantalla tentativamente, nerviosa, incluso. Sus ojos van y vienen buscando algo.

Cuando habla, no queda claro si se dirige a la cámara o a la pantalla sin vida.

—Ya casi han llegado. La hemos encontrado y lo arreglaremos todo, por fin.

Sea lo que fuere lo que buscan sus ojos, no lo encuentran. Los cierra y baja la cabeza de manera que casi apoya la frente en la pantalla. Se envuelve a sí misma en un abrazo.

—¿Puedo...? —Su voz baja hasta una plegaria susurrada—. ¿Puedo verlo? Por favor.

Hay una larga pausa como si estuviera escuchando, pero el audio no capta nada. Finalmente, da un paso atrás con los ojos todavía cerrados.

—Lo sé, sé que no funciona así. Solo... —Durante un instante exquisito, su rostro refleja pura emoción: dolor, ira y pérdida. Y es hermosa. Y entonces, como si le hubieran recogido el pelo en una coleta de golpe, su expresión se transforma en una sencilla máscara de amabilidad. Corrige su postura, endereza los hombros y sonríe—. Tengo que asegurarme de que todo esté listo. Nadie más lo hará.

Sale de la habitación sin mirar atrás. Una vez más, las luces se apagan unos segundos antes que la cámara. Se oye algo como un suspiro en la oscuridad y termina la grabación.

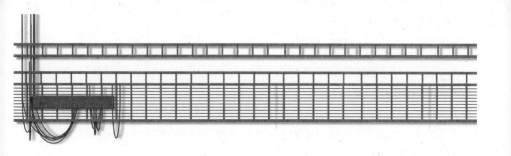

CIERRA LA PUERTA

I saac deja el coche en el aparcamiento. Nadie se mueve para salir.
Javi señala las vistas del otro lado de la ventanilla con el dedo.
—De nuevo, vuelvo a preguntar: ¿qué mierdas?

La casa está aposentada sola en mitad del desierto oscuro.

«Aposentada» es la palabra adecuada. Val se pregunta si todas las casas tendrán raíces profundas, secciones enteras de sus cuerpos ocultas bajo el suelo. Pero esta casa, esta casa inexplicable, se niega a quedarse enterrada y se eleva en toda su altura, lista para atacar.

El exterior confunde la vista. Hay un primer piso de estuco blanco con persianas blancas y una puerta blanca enmarcada por ventanas geométricas con vidrieras. Sin embargo, en lugar de acabar en una segunda planta con techo a dos aguas, las ventanas suben y suben seis pisos de altura sin variación, como si alguien hubiera tomado seis ranchos y los hubiera colocado uno sobre otro. Un pequeño balcón sale de cada planta y las barandillas parecen la columna vertebral expuesta de la criatura que sea esa casa.

—Debería parecer un edificio de apartamentos, ¿verdad? Eso tendría sentido. Pero esto... —Marcus calla, incapaz de terminar la frase.

—Parece como si alguien hubiera puesto una casa normal en un exhibidor medieval y la hubiera torturado —comenta Javi.

—El reflejo de una casa en un divertido laberinto de espejos —añade Marcus.

Val no ha estado nunca en un laberinto de espejos, pero no hay nada acerca de esa casa que le parezca divertido. Le parece que está

63

mal, fuera de lugar. No solo la casa en sí, que podría atribuirse a un épico error arquitectónico, sino también la ubicación: el camino de tierra acaba en una calle pavimentada, como si fuera un barrio normal. Pero no hay nada en kilómetros a la redonda. Kilómetros, kilómetros y kilómetros.

¿Quién construiría una casa así y por qué?

El porqué es lo que más mosquea a Val.

No quiere estar ahí. Lo sabe en lo más profundo de su ser. El instinto que le había dicho que conocía a esos hombres, que podía confiar en ellos, le está diciendo ahora que esa casa (apartamento o edificio, lo que mierdas fuera) no es su amiga.

Es irracional, pero no le importa. Dejó la razón atrás cuando se subió al coche. Se apoya en el respaldo y se cruza de brazos.

—No. No vamos a dormir en esa cosa.

Marcus parece aliviado por que lo haya dicho ella, y se apresura a asentir en señal de acuerdo.

Javi tamborilea con los dedos en el respaldo del asiento de Isaac, demostrando su nerviosismo.

—¿Por qué una casa en mitad de la nada? No tiene sentido. No podríamos haber grabado en el interior. No es lo bastante grande.

Isaac se da la vuelta y arquea las cejas, levantándolas por encima de la montura de las gafas. Val no se había fijado en ellas hasta ahora. Son elegantes, pozos oscuros de emoción.

—No rodábamos aquí. Aquí vivían nuestros padres mientras nosotros trabajábamos en el programa.

Javi ríe, poco convencido.

—Es imposible que *mi* madre, Vivienne Chanel Chase de los Chase de Nueva York, viviera en esa casa.

Sin embargo, no es una casa. Es un depredador que ha tomado la forma de algo conocido, de algo reconfortante, para atraerlos. Val se pone una mano en la frente. Está perdiendo la cabeza. La tensión por la muerte de su padre, la revelación de que su madre sigue viva… Es demasiado y su cerebro se está rebelando y colocando amenazas y significados ocultos donde no los hay.

—Yo era mayor que todos vosotros. —Isaac parece melancólico. Triste, incluso—. El mayor. Recuerdo haber venido aquí con mis padres antes de que empezara.

—Un momento, ¿*todos* nuestros padres vivían aquí? ¿Mi madre vivía aquí? —pregunta Val—. ¿Y ahora ya no?

Isaac niega con la cabeza.

—Se marcharon todos después de que acabara el programa. Ella se quedó en Bliss, como muchos de los otros padres, incluidos los míos. Por eso sé dónde vive.

—¿Puedes pedirle el número a tu madre? —pregunta Marcus—. Así Val podría llamar antes de presentarse.

Al parecer, Val no es la única preocupada por su reunión maternal. Es agradable que Marcus le cubra la espalda.

—No son amigas —contesta Isaac simplemente, sin más explicación.

Val capta que hay una historia detrás, pero, antes de que pueda preguntar, Javi interrumpe.

—Has dicho que nuestros *padres* vivían aquí. ¿Y nosotros no? —Javi el abogado capta inmediatamente un detalle que Val había pasado por alto.

—No. Nosotros estábamos en otro sitio.

—¿Como en un campamento? —pregunta Marcus, desconcertado—. ¿Para un programa? Es raro.

—No hay muchas opciones de alojamiento aquí —añade Javi—. ¿Por qué de entre todos los lugares posibles se rodaba en el desierto de Utah?

Val observa su entorno oscuro intentando vislumbrar algún otro edificio.

No hay nada. Pero, en esa casa, en esa casa imposible y desconcertante, habían vivido sus padres. Juntos. Cuando su padre y su madre eran una unidad, antes de que pasara lo que fuera que pasara. Tal vez hubiera pistas en el interior. O tal vez solo una sensación, una idea. Puede que los recuerdos hubieran echado raíces ahí y que fuera posible arrancarlos de la tierra de un tirón para ver qué se retorcía ahí abajo.

Quizá, si pudiera ver qué habían sido antes, el después tendría más sentido. Tal vez se sentiría preparada para reencontrarse con su madre.

—Demos una vuelta y vayamos a buscar un motel —propone Marcus, pero no suena muy esperanzado—. Val ha dicho que no vamos a quedarnos aquí y todos sabemos que ella está al mando.

Val les dirige una mirada de incomprensión. Ni siquiera está ahí por el reencuentro. ¿Por qué iba a estar al mando? No obstante, a pesar de su declaración anterior, hay algo en esa casa que la inquieta. Necesita averiguar qué es.

—Tal vez deberíamos echar un vistazo.

Marcus y Javi parecen sorprendidos, pero Isaac suelta un suspiro de resignación.

—De todos modos, no hay ningún otro sitio en el que quedarnos. A menos que queráis conducir otras dos horas.

—Por Dios, no —masculla Javi y agarra su mochila.

Val toma a regañadientes su bolso de lona y abre la puerta, estremeciéndose ante la oleada de frío. Las noches de verano en Idaho son cálidas, pero en el desierto, el aire la recibe con un fresco sorprendente.

Se oye un zumbido, como si estuviera cerca de un cableado eléctrico. Val levanta la mirada, pero no ve nada más que un infinito manto de estrellas. El motor del coche debe estar sobrecargado.

Isaac apaga las luces y el coche. Sin embargo, el zumbido no desaparece. Le pone los pelos de punta y hace que le cueste centrarse. Tal vez sea de un generador. ¿Cómo si no iban a encender cosas ahí? La única iluminación que hay proviene de la casa, que está de centinela. Los demás salen del coche siguiendo su ejemplo.

Javi agita el móvil.

—No hay cobertura. ¿Cómo se supone que vamos a hablar con nuestros hijos?

—Hay señal wifi —interviene Marcus—. Seguro que Jenny tiene la contraseña.

—¿Todos tenéis hijos? —pregunta Val distraídamente con la mirada fija en la casa como si fuera a revelar algo antes de que entrara.

—Un niño de siete años.

Marcus le tiende el móvil y ella observa la pantalla con ternura, pero también hay dolor en su mirada. Val no tiene fuerzas para soltar una exclamación de dulzura. El hijo de Marcus tiene sus mismos ojos hermosos y es un niño totalmente adorable.

—Dos terremotos gemelos de cinco años.

Javi le tiende su móvil para enseñarle dos niños vestidos con ropa más elegante de la que ella ha tenido nunca, con el pelo perfectamente peinado y sonriendo ante la cámara. Pero los dos tienen un brillo en la mirada que le hace sospechar que su pelo perfecto y su ropa impecable no duraron demasiado.

Isaac no saca el móvil.

—Charlotte —dice en voz baja mirando hacia el camino por el que han llegado.

¿Espera que llegue alguien más o es que está preguntándose si deberían irse?

—¿Cuántos niños son en total? —pregunta Marcus.

Val le dirige una mirada de confusión. No es un cálculo difícil.

—Cuatro.

—No. —Marcus se ríe y señala la furgoneta aparcada en el camino. Tiene una de esas pegatinas con muñecos de palos para cada miembro de la familia. Hay un papá, una mamá y una auténtica tropa de seis muñequitas con coletas.

—¿Seis? —Javi suelta un silbido de incredulidad—. Seis niñas. Y un perro.

—¿Habéis oído e...? —empieza Marcus, pero entonces se abre la puerta.

Aparece una mujer iluminada desde atrás, por lo que es simplemente una silueta de impaciencia.

—Es tarde, hace frío y ninguno lleváis chaqueta. Venga.

Se aparta a un lado para hacerlos pasar. No les parece correcto discutir, así que avanzan todos a una hacia la puerta. A medida que van entrando, la mujer les entrega una carpeta.

Val es la última. Echa un último vistazo a la oscuridad por encima del hombro. No sabe a dónde lleva esa puerta. Lo único que sabe es que la advertencia que ha sentido en el coche ha vuelto con todas sus fuerzas, la sensación de que ahí hay algo malo, hubo algo malo, habrá algo malo. Pero si sus padres vivieron ahí, es un buen sitio por el que empezar. Y tenía dónde pasar la noche. Tal vez al día siguiente se quede con su madre.

Además, su recelo no tiene ningún sentido. La paranoia que la atraviesa es un vestigio de los miedos de su padre. La mantuvo oculta en un lugar durante mucho tiempo, es normal que sienta que cualquier otro sitio es malo y peligroso. Sobre todo si se trata de un lugar de su pasado que puede conducirla a respuestas que él no quería que encontrara. Su padre ni siquiera quería que se formulara preguntas.

Pero él ya no está y Val está aquí. Su obstinación vence al miedo y al recelo y los encierra.

La mujer le entrega una carpeta. Val niega con la cabeza.

—No, yo...

—Es tu horario —espeta la mujer. Debe ser la creadora del pódcast.

Val acepta la carpeta, pero intenta explicarse.

—Yo no he venido por el reencuentro, estoy...

—No me recuerdas.

Val reprime una maldición exasperada. No es la creadora del pódcast, pues. Entonces... ¿Jenny?

Jenny la mira una vez de arriba abajo.

—Valentine —dice y no parece transmitir alivio, felicidad o romanticismo. Parece más un veredicto de culpa.

Jenny sonríe y le pone una mano en la parte baja de la espalda para guiarla al interior de la casa. Dentro hace casi más frío y es todo tan blanco que cuesta procesarlo.

—Me alegro de que te hayan encontrado. Las chicas juntas de nuevo. Vamos a pasarlo genial. —Jenny cierra la puerta firmemente tras ellas.

Hay un cambio en la presión del aire y Val siente que necesita despejarse los oídos. Abre la mandíbula, pero no hay alivio. Esperaba que el zumbido se interrumpiera, pero el ruido sigue a su alrededor. Lo nota en los dientes.

—¿Qué es eso? —pregunta.

—¿El qué?

—Ese ruido.

Jenny se encoge de hombros.

—Creo que es el aire acondicionado.

Val nunca había visto ninguno que hiciera tanto ruido. Además, una casa tan grande debería usar refrigeración por evaporación. Pero no vale la pena insistir. Observa su carpeta.

—Solo he venido con ellos para conocer a mi madre, pero se ha hecho demasiado tarde para ir ahora.

—Iremos a primera hora de la mañana —promete Isaac con la mirada fija en las baldosas del suelo.

—¿Puedo quedarme aquí esta noche? ¿Hay espacio?

Es una pregunta estúpida teniendo en cuenta el tamaño del edificio, pero le parece más educado preguntar.

—Por supuesto —contesta Jenny y su sonrisa sigue ahí, aunque es un poco como el estuco de esa casa, colocado para ocultar lo que hay debajo—. Claro que puedes quedarte. Eres una de nosotros, ¿verdad?

—Cierra la puerta y la presión se libera en los oídos de Val con un estallido suave y tembloroso—. Este es tu sitio.

hatandcape
@conspiraciesandtv

Vale, sé que esto desaparecerá pronto porque pasa siempre, PASA SIEMPRE, pero tengo que decirlo: cada página que habla sobre los detalles de aquel viejo programa de Mister Magic acaba siendo cerrada. Todas ellas. Puedes hablar de cosas relacionadas o sobre el programa en general, pero cualquier cosa sustancial desaparece. La semana pasada estaba leyendo un blog que rastreaba a antiguos miembros del reparto y hoy he ido a comprobar una cosa y ya no estaba. Desaparecido. Como si no hubiera existido nunca. ¿No es raro que no haya imágenes del programa ni siquiera en YouTube? No es tan antiguo, el último episodio fue a principios de los 90. Debería haber algo, pero no hay absolutamente nada, he buscado en todas partes. Tampoco hay fotos del set, nadie tiene imágenes de los niños, de Mister Magic ni de nada. Eso me hace sentir que me lo he inventado todo, como si hubiera alucinado ese programa que veía todos los días. Así que le pedí a una amiga que es bibliotecaria que comprobara la programación televisiva en periódicos de finales de los ochenta y principios de los noventa para poder averiguar por fin en qué canal la echaban y quizás encontrar así a la distribuidora o al estudio y nada. NADA. No aparece en ninguna guía de televisión que hayamos encontrado, lo que me hace sentir otra vez como si estuviera perdiendo la cabeza, pero luego voy a Reddit y veo a gente hablando de que sus madres querían tirarse a Mister Magic. ¿Cómo? ¿Soñamos todos colectivamente el programa? ¿Cómo es que todo el mundo recuerda algo que, a todos los efectos, no ha existido nunca? TODAVÍA PUEDO CANTAR LA CANCIONCITA, ¡SIGO TARAREANDO LA CANCIÓN DE LA MODESTIA CUANDO ESCOJO ROPA! ¿POR QUÉ NO PUEDO ENCONTRAR NINGUNA LISTA O DESCRIPCIÓN DE LOS EPISDIOS? ¿POR QUÉ ME SIENTO COMO SI ME LO HUBIERA INVENTADO TODO?

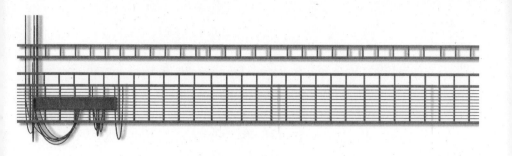

CINCO

L a casa es como si alguien hubiera tomado una casa perfectamente banal y anticuada y lo hubiera blanqueado todo. Hay una cocina pequeña en forma de «L» con encimeras laminadas blancas con las esquinas desconchadas y un círculo descolorido como si alguien hubiera dejado una sartén caliente donde no debía. Una vieja nevera blanca, una cocina blanca con fogones de espiral, un microondas blanco ocupando un valioso espacio en la encimera. Hay una mesa para dos apenas mejor que una mesa de juego plegable en mitad del suelo de baldosas que pasa sin ceremonias a una alfombra alarmantemente blanca. Hay un sofá blanco satinado con unos cojines de encaje blanco. En un soporte clavado en la pared está lo único visible que no es blanco: un viejo televisor achaparrado.

—Dios mío. —Javi mueve las dos antenas que lo hacían parecer un insecto—. ¿Recordáis cuando cambiar de canal significaba tener que mover una ruedecita y pasarlos uno a uno? Mi abuela tenía una tele como esa en su habitación. Solíamos ver telenovelas. A veces me tocaba sostener la antena para obtener una imagen más clara.

Marcus se ríe.

—Y no te sientes demasiado cerca o te quemarás los ojos, ¿recuerdas?

Val siente un impulso descabellado de destrozar el televisor. Es la rareza que le ha dejado su padre. No está haciendo nada peligroso, simplemente está en la misma habitación que la tele. Y esta ni siquiera está encendida. Duda que funcione. En ese sitio, todo es antiguo. Es como una cápsula del tiempo, al igual que su cabaña.

Desde la entrada puede ver las escaleras que llevan arriba, una puerta abierta que da a un pequeño baño tan blanco como todo lo demás y otra puerta frente a la cocina que asume que será un estudio o una biblioteca. A pesar de todos sus defectos, sigue siendo mejor que el sitio en el que vive. Está segura de que esa casa debió de tener clase cuando fue construida, con esa alfombra imposible de limpiar, pero nunca la han actualizado. Sin embargo, tampoco parece abandonada. Es como si durante todo ese tiempo hubiera habido alguien viviendo ahí o, al menos, manteniéndola.

Val se queda donde está dejando que la cocina la separe de la televisión. Desea poder reírse de la rareza de su miedo, pero solo la entristece. Echa de menos a su padre tanto como lo odia. Está muy cansada.

—¿Queréis repasar los horarios?

Jenny también parece agotada. Tiene unas profundas ojeras y parte de su cabello ha escapado de la coleta. No parece particularmente emocionada por verlos, lo que contrasta enormemente con la calidez y la emoción de los chicos. Nadie sabe si puede acercarse a ella. Isaac la observa, Javi se ha rendido con la televisión, pero sigue en mitad de la estancia familiar y Marcus no para de dejar la mochila y volver a recogerla como si no quisiera quedarse ahí.

—¿Es necesario repasarlos esta noche? —pregunta Isaac.

—No necesariamente. De todos modos, los horarios son inexactos, ya que se suponía que teníais que llegar tres horas antes —continúa Jenny.

—Has impreso uno para Val —señala Marcus—, así que no pueden ser tan inexactos, ¿verdad?

—Soy eficiente. —Enfatiza su contestación con una sonrisa que desaparece tan pronto como cumple su propósito—. Los repasaremos mañana a primera hora, entonces.

—Yo no estaré aquí mañana —le recuerda Val sin saber si debería disculparse por estar ahí en primer lugar o por estar ausente en el futuro. Ha hecho algo que ha molestado a Jenny, pero no sabe qué.

Los ojos de Jenny se fijan en alguien detrás de ella, pero antes de que Val pueda girarse para ver quién es, la mujer niega con la cabeza.

—No, ya que estás aquí, será mejor que te quedes. Haz algunas entrevistas. Eso hará que el pódcast sea más completo.

—No puedo.

—¿No puedes? —A Jenny se le abren las fosas nasales mientras toma aire—. Qué típico.

—¿A qué te refieres con «típico»?

Val quiere explicar que no puede hacerlo porque no recuerda nada, pero, más que eso, quiere que Jenny le explique por qué eso es típico de Val.

—¿No puedes tomarte ni unas horas para ayudarnos después de lo que hiciste?

A Val se le encoge el estómago.

—¿Qué hice? —pregunta.

—Te marchaste. —El gruñido de Jenny la transforma. A continuación, levanta una mano y se la pasa por la cara quitando físicamente esa expresión. Su rostro se vuelve tan insulso como la cocina en la que está—. Lo siento, estoy agotada. Ha sido un día muy largo. Un año largo. Una década larga —suspira—. No quiero meterme en eso ahora. ¿Podemos dejarlo todo para mañana?

—Por supuesto.

Val está ansiosa por suavizar lo que haya sido eso, pero su disposición a aceptar parece molestar aún más a Jenny, quien vuelve a mirar con expresión alarmada a alguien sobre el hombro de Val.

—¿Dónde está nuestra ilustre entrevistadora?

Javi mira a su alrededor como si en ese plano abierto pudiera haber una persona secreta. Todas sus miradas se dirigen a las escaleras y Val se da cuenta de que también van hacia abajo. La casa tiene un sótano.

—Mañana —contesta Jenny con desdén—. Dios, ¿todos tenéis hambre? —Lo pregunta como si fuera algo tan esperado como terrible—. Quería escribiros para que pararais en Cedar City, ya que llegabais tarde.

Da un paso hacia la nevera, pero Val extiende una mano para detenerla.

—¿Por qué no te acuestas? Podemos cuidar de nosotros mismos, aquí todos somos adultos.

Jenny ríe secamente.

—Claro. Porque a los adultos se les da muy bien cuidar de sí mismos.

Casi en ese mismo instante suena el móvil de Jenny. Mira la pantalla y un destello de ira le atraviesa el rostro. Pero, cuando responde, lo hace con voz tranquila:

—¿Sí? En el armario en el que guardamos todos los medicamentos de las niñas. Donde ha estado siempre. Sí. La dosis está en la caja. No, no me la sé de memoria. Pues entonces dale una. Es un placebo. Necesita que te sientes con ella y le frotes la espalda para que pueda calmarse lo suficiente como para dormirse. No, lo sé. Hum... Vale. No, acaban de llegar. No puedo... —Jenny contrae la mandíbula y a continuación su tono de voz cambia—. Hola, cariño. ¿Te duelen las piernas? Lo siento. ¿Recuerdas lo que hemos hablado?

Jenny abre la puerta cerrada que hay enfrente de la cocina y no revela un estudio, sino un dormitorio. Cierra la puerta tras ella y su voz empieza a entonar una canción.

—Bueno, Jenny ha cambiado. —Javi mira alrededor de la casa como si oliera mal, pero solo se percibe un olor seco y frío. Esterilizado, incluso.

—Sí —confirma Marcus tirándose de la oreja. Val se pregunta si a él también le habrá molestado el cambio de presión en el aire—. Era la más agradable, ¿os acordáis?

Val está empezando a odiar ese verbo. Mira en los armarios. Jenny no bromeaba cuando ha dicho que podía alimentarlos, están bien abastecidos. Val abre el horario preguntándose si incluirá las comidas. En lugar de eso, solo ve nombres y horas. Su nombre está impreso como los demás, no añadido en boli. ¿Cuándo ha podido hacerlo Jenny?

Quizá Val pueda volver después de ver a su madre. Tal vez aferrarse a ese plan se lo pondría todo más fácil, no se sentiría como si estuviera dando vueltas en la oscuridad.

Por otra parte, esa casa es horrible. Se tira de la oreja ella también intentando liberarse del zumbido del aire acondicionado que parece que se haya alojado ahí de algún modo. Como si se le hubiera metido un insecto y estuviera zumbando justo contra su tímpano.

Hay un paquete de barritas de granola en el armario. Jenny debe comprar en los mismos sitios que Gloria, donde todo viene en cajas lo bastante grandes como para vivir en ellas. Val toma unas cuantas barritas y se las lanza a los chicos.

Javi la atrapa en el aire.

—¿Y qué? Jenny está diferente. Todos estamos diferentes. Mirad a Val, por ejemplo. ¿Os habríais imaginado que iba a acceder a cambiar sus planes basándose en lo que quiere Jenny?

—Ninguno de nosotros podría haber estado al mando con Val ahí —dice Marcus con una sonrisa cariñosa.

Javi se acerca a las escaleras a paso lento.

—Mamá está ocupada, vamos a explorar. ¿Arriba o abajo? Abajo, ¿verdad? Tiene que ser abajo. Los cuerpos siempre se esconden en el sótano.

En cuanto Javi pone un pie en el primer escalón, se abre la puerta del dormitorio y Jenny ordena:

—Ni se te ocurra.

Javi se queda paralizado y luego se echa a reír.

—Dios, Jenny, tu voz de madre es muy poderosa. Podrías labrarte una fortuna embotellándola y vendiéndola. Vale tanto para padres desesperados como para madres retorcidas.

Jenny pone los ojos en blanco y esboza la primera sonrisa real que le ve Val.

—No has cambiado nada.

—Disculpa, pero ahora soy mucho más guapo.

—No sé, a mí me gustabas sin dientes.

—He recibido muchas ofertas para eliminármelos. Habría aceptado si hubiera sabido que te gustaba.

Jenny vuelve a negar con la cabeza, riendo.

—Cállate, idiota. —Recuerda dónde está y se sonroja. Se alisa la camisa ya impecable—. Abajo está el área de entrevistas, así que queda prohibida a menos que sea vuestro turno. Podríais estropear el equipo por accidente. Y no tiene ningún sentido explorar. Todos las plantas son exactamente iguales. —Señala con la mano el área que los rodea.

Javi asiente sabiamente.

—Ah, sí, porque lo único que podría mejorar estas estancias es repetirlas seis veces.

Jenny lo ignora.

—Javi, tú estás en la segunda planta. Marcus, la tercera. Isaac, la cuarta. Val, la quinta.

—¿Y quién va en la sexta? —pregunta Val.

—Nadie.

Val está bastante segura de que el artículo de Wikipedia decía que había seis amigos en el programa, pero nadie ha mencionado a la sexta persona ni ha dicho si va a acudir. Mientras todos recogen su equipaje y empiezan a subir a las plantas que tienen asignadas, Val echa una última mirada al piso de abajo. Las escaleras parecen más largas y profundas de lo que debería ser posible y…

Una mano sobre la suya, más grande, tira de ella.

Deja de ser tan cabezota. ¡Ya no la soporto! Llévatela tú.

Venga, Vally-Wally. Todo irá bien. Lo prometo. Y si no te gusta, no tienes por qué quedarte.

¡No le prometas eso! Siempre la malcrías. Es culpa tuya que sea así. Los demás están esperando. Deja de avergonzarme, Valentine.

Una mano amable le toma la suya y se oyen suaves pisadas tras ellos. Las escaleras son largas, muy largas, la oscuridad del fondo brilla tanto que le duelen los ojos, se vuelve más y más grande como si estuviera corriendo hacia ella, como si se estuviera abriendo para tragársela. El ruido está en todas partes, el zumbido es tan fuerte que le castañean los dientes, un zumbido en su interior y…

—¡Val! —Unas manos la agarran por los hombros y se tambalea hacia atrás, cayendo con fuerza de culo en lo alto de las escaleras que llevan al sótano.

Isaac se agacha a su lado.

—¿Estás bien? —La observa fijamente—. Parecía como si estuvieras a punto de caer.

Ella sacude la cabeza y cierra los ojos.

—Supongo que me he mareado. Ha sido un día largo. Y raro.

—Es bastante insensible decir que el funeral de tu padre ha sido un «día raro» —espeta Jenny—. Pero claro, tienes un mal historial con la familia.

—Jenny —advierte Marcus en voz baja.

Jenny no dice nada más, simplemente sube las escaleras con fuertes pisadas para mostrarles sus habitaciones.

Isaac le tiende una mano para ayudarla a levantarse.

—Venga. Necesitas dormir un poco. —La acompaña hasta la segunda planta y ella tiene cuidado de no mirar por encima del hombro hacia la oscuridad que está convencida de que se está acumulando debajo de ellos, esperando.

¡Hola y bienvenidos a mi página! Soy Zoraida Romero, escenógrafa. Puede que hayas visto mi trabajo en la serie de YouTube «Far From», en el videoclip viral «bluberry» de Rash o incluso en escaparates locales (que puedes ver en mi perfil de Pinterest **aquí**). Algunas de mis inspiraciones son *Dentro del laberinto* (si tienes oportunidad, mírala en pantalla grande porque la atención a los detalles es increíble), *Emma* (la versión de 2020, ojalá pudiera usar esos decorados, me los comería enteros), *Stranger Things, Severance* y *Beetlejuice*. Me encantan los sets que se convierten en personajes y participan en la narrativa de manera dinámica o perturbadora. Este amor me empezó de joven, quedó profundamente arraigado en mí por mi programa preferido de pequeña: *Mister Magic*. ¿La manera en la que todo empezaba con ese escenario negro y sin nada, sin paredes, suelos y techo, y luego, a medida que jugaban los niños, se iba llenando por su imaginación? Asombroso. Probablemente sea el mejor ejemplo de set dinámico que ha existido jamás y ojalá pudiera enlazarlo aquí. He intentado encontrar copias de los episodios para estudiar cómo lo hacían, pero tal vez sea mejor que no lo haya logrado. Así, puede existir en mi memoria como pura magia, la misma magia que intento recrear en mis propios diseños de escenarios. Puedes consultar mi página con información de contacto si te interesa trabajar conmigo. ¡Déjame construirte todo un mundo de maravillas!

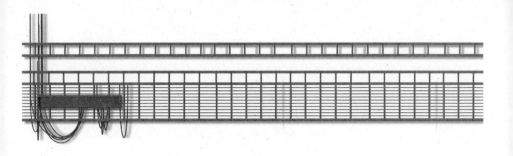

SEIS

Hay una puerta en la pared frente a la de Val. Puede sentir movimiento en el aire, el cambio de la atmósfera que la rodea mientras se abre. Pero ella está tumbada, paralizada, con los ojos cerrados, incapaz de hacer nada.

Percibe un olor frío. El tipo de frío que se puede saborear. El tipo de frío que te bautiza con una promesa de paz perfecta si te quedas tumbada y te entregas a él. Si dejas que el frío te envuelva, te aferre y te susurre que nunca tendrás que volver a preocuparte por nada.

Alguien se sienta en el borde de la cama de Val y el colchón se hunde con el peso, pero aun así no puede moverse, no puede abrir los ojos. Intenta decirse a sí misma que está bien, que está a salvo, pero lo único que consigue es emitir un gemido bajo como un animal herido.

Un único dedo helado traza un círculo en la palma de su mano izquierda con tanta ligereza que le hace cosquillas.

Val se sienta, jadeando. El mundo da vueltas a su alrededor, todo parece fuera de lugar antes de establecerse en su sitio: está en esa casa en mitad de la nada. No hay nadie en su habitación. Y no hay puerta abierta ni cerrada frente a ella. Solo una pared blanca. Pero eso no hace que sus latidos se tranquilicen porque está en la cama… pero no había ido ahí a dormir.

Se sentía demasiado expuesta, vulnerable. No por la gente que había ahí, sino por el lugar en sí. Como si la casa fuera algo de lo que protegerse, algo que necesitara ser vigilado. Podía sentir el sótano debajo de ella, podía ver las escaleras desde la cama. Cuando intentó acostarse, no logró cerrar los ojos porque le daba miedo que, en cuanto lo hiciera, el espacio que la separaba de esas escaleras, de ese sótano, desapareciera.

Tal vez por eso ha soñado con una puerta: una ilusión. Quien haya diseñado ese sitio olvidó poner puertas a los dormitorios. Las únicas barreras que podía levantar entre ella y las escaleras del sótano eran el baño o el armario.

Así que, exhausta e incapaz de autoconvencerse para dejar de tener miedo, Val tomó una almohada y una manta y se acurrucó en el suelo del armario, el único lugar que le parecía lo bastante seguro para dormir.

Entonces, ¿cómo ha acabado en la cama? Todas las mantas están cuidadosamente colocadas a su alrededor, excepto por un área arrugada al borde del colchón. Como si alguien se hubiera sentado ahí para tomarla de la mano.

Se levanta, pero no hay nada más alterado en la habitación. No hay señales de que nadie la haya movido, pero su respiración temblorosa revela algo que persiste: un rastro de aire helado.

La ventana está cerrada, aunque ese maldito zumbido sigue vibrando a su alrededor, a pesar de que, hasta donde puede ver, no hay ningún aire acondicionado en funcionamiento ni corriente de aire. Sin embargo, el frío no se lo está imaginando. Cuando llegó, la habitación olía a polvo, le hacía cosquillas en la nariz y la hacía estornudar. Algo ha cambiado y no entiende cómo.

Val se pone las botas y se dirige con cautela a las escaleras. Solo la luz del televisor ilumina su camino.

¿El televisor? Se detiene. No estaba encendido cuando se había metido en la cama. Ni siquiera lo había mirado y mucho menos tocado. Pero ve que la pantalla está oscura, casi negra. Tal vez había estado así todo el tiempo y no se había dado cuenta con las luces todavía encendidas. Extiende la mano para apagarlo, pero sus dedos se retuercen hacia atrás. No quiere tocarlo.

Cuando llega a las escaleras y empieza a bajar planta tras planta, los televisores iluminan su camino, brillando oscuramente en cada piso.

Val no puede librarse del insistente temor de ir demasiado lejos y acabar en el sótano. Se para a mitad de un tramo. ¿Cuántas plantas ha bajado? No se acuerda. Tiene el corazón acelerado y la respiración entrecortada. El impulso de volver hasta arriba del todo solo para contar las plantas con precisión es casi abrumador. Desea poder reírse al respecto. Reírse de sí misma. Pero le tiembla la mano cuando la desliza por la pared.

No volverá a subir, pero bajará muy, muy lentamente. Armándose de valor, continúa. Tarda más de lo que debería, como si las escaleras se estiraran burlándose de ella, pero sabe exactamente cuándo está a punto de ir demasiado lejos. Había sido una tontería pensar que bajaría hasta el sótano por accidente. Se siente *enferma* en ese rellano.

Val corre hacia el primer piso poniendo tanta distancia como puede entre ella y el enorme descenso. Necesita salir de esa casa, estar en algún sitio en el que no sienta ese aroma helado persistente en su piel, bajándole por la garganta. La televisión también está encendida ahí abajo, pero su luz parpadeante es más fuerte que la de las demás. La idea de tocarla le parece físicamente repulsiva y se esconde detrás del sofá, deseando interponer algo entre ella y el aparato.

Gracias, papá, piensa. Se aferra con avidez a su enfado usándolo como escudo contra el miedo que se apodera de ella.

La puerta principal está abierta. Es solo una grieta lo suficientemente grande para ver la profunda oscuridad que hay al otro lado. Sale al frío normal que hay en mitad de la noche en el desierto.

Ojalá la casa no fuera tan alta... No puede ir a donde la casa no pueda verla, a donde ella no pueda ver la casa, donde no pueda *oírla*. Val avanza recto por la carretera, pasa junto a la furgoneta de Jenny y el coche de alquiler de Isaac. Si tuviera llaves, se metería en el coche y se marcharía. Conduciría de vuelta al rancho, a lo que conoce y siempre ha conocido.

No quiere estar ahí. No quiere recordar aquello en lo que su cerebro se ha esforzado tanto por olvidar. Ha sido una idea horrible. Tal vez la razón por la que no puede imaginarse un escenario en el que reunirse con su madre sea agradable o feliz es porque ese escenario no es posible. No después de tanto tiempo.

Le escuece la palma izquierda. Se rasca maldiciendo el viento seco que le irrita la piel llena de cicatrices y toma aire profunda y calmadamente. Hay explicaciones para todo. Que alguien le haya tocado la mano en el sueño ha sido el modo que ha tenido su cerebro de procesar la irritación. El aire helado era la corriente que entraba por la puerta principal abierta y que de algún modo había conseguido llegar hasta la quinta planta. Y estaba tan cansada y exhausta tras un día largo y confuso que se había dormido en la cama y había soñado lo de meterse en el armario.

Está bien. Está a salvo. Está...

No está sola.

Hay alguien ahí, justo delante de ella. Una silueta recortada en la oscuridad, una ventana a otra noche, otro lugar sin luz alguna. Un agujero negro de una forma que su corazón conoce, aunque su cabeza no. Ese gemido animal de miedo y dolor se eleva en su pecho y entonces...

La persona se mueve. No lleva una capa sobre los hombros, sino una manta. Se da la vuelta y un destello se refleja en sus gafas.

Isaac. Es Isaac.

No... ¿quién se había pensado que era?

Isaac levanta la mano en un saludo silencioso. Val cruza los brazos sobre el pecho y se acerca a él. Aunque solo lleva una camiseta larga y botas sería demasiado raro ignorarlo. Y no hay absolutamente ninguna posibilidad de que vuelva a su dormitorio. Todavía no.

Él lleva la manta de su cama alrededor de los hombros. Val se pregunta si sería lo bastante abrigadora para desterrar el recuerdo de ese olor helado. Lo tiene clavado en las fosas nasales, en el fondo de la garganta, como una mucosidad que no puede eliminar.

Isaac señala con la cabeza la Vía Láctea que se extiende impúdicamente a través de la oscuridad.

—No recuerdo la última vez que vi tantas estrellas.

—En el rancho se ven casi igual que aquí, pero no suelo quedarme despierta para verlas. Ni deambular en mitad de la noche.

—Pesadillas —dice Isaac suavemente.

Val está a punto de decirle que sí cuando se da cuenta de que él no le ha preguntado por qué está ahí, sino que le está diciendo por qué ha salido él.

—Sí —afirma—. Pesadillas.

Isaac levanta una esquina de la manta invitándola a entrar. Val tiene una extraña sensación de *déjà vu:* ya han hecho esto antes. No lo de estar en el desierto, sino lo de temblar en la oscuridad. Está tambaleándose, volviendo a caer en una versión de sí misma que no recuerda, pero que, en cierto modo, todavía existe.

No. No está preparada. Las puertas de su mente se mantienen cerradas y no se mueve.

Isaac parpadea mirando su ofrecimiento, como si no hubiera tenido la intención de hacerlo conscientemente.

—Lo… lo siento, ¿quieres la manta?

—Estoy bien. —Es mentira, pero quizás «estoy bien» siempre sea mentira. Una insistencia obcecada consigo misma que obliga al mundo que la rodea a adaptarse a lo que ella quiere sentir. Si declara que está bien, todo estará bien.

—Siento que estoy perdiendo la cabeza —dice Isaac.

—No estás solo. —Val le dirige una sonrisa que pretende ser irónica, pero está desesperadamente preocupada.

—No puedo creer que estés aquí. Estás aquí de verdad. Te busqué. Nunca dejé de hacerlo. Me sentía culpable por haberte perdido, moldeé toda mi vida alrededor del espacio en el que faltabas.

—*Tú* no me perdiste. —Val lo mira—. Mi padre me llevó.

—Pero mi trabajo era vigilarte, ayudarte. Asegurarme de que estuvieras bien. Y ya no podía hacerlo. Intenté mantenerte con nosotros, pero no era lo bastante fuerte. —Se mira las manos y se las envuelve con la manta como si no quisiera seguir viéndolas.

Val da un paso hacia él. Quiere consolarlo, pero no sabe cómo hacerlo.

—No lo entiendo. ¿A qué te refieres con lo de que no eras lo bastante fuerte?

—Sentía que era culpa mía. Un instante estabas con nosotros en el programa y al siguiente... te habías ido. Y todo se desmoronó. Nadie sabía dónde estabas. Pero yo siempre era el que te encontraba y pensé que quizá, si podía encontrarte de nuevo, si podía asegurarme de que estuvieras bien, si podía... —Se interrumpe y se encoge de hombros—. Creía que arreglaría las cosas. Pero he tardado mucho en encontrarte.

A Val le da vueltas la cabeza. Desearía que hubiera un sitio para sentarse. Considera sentarse directamente en el suelo, en la tierra, intentar usar la gravedad para estabilizarse. En lugar de eso, toma a Isaac del brazo. Lo aferra con demasiada fuerza, pero no puede evitarlo.

—Espera. ¿Estás diciendo que mi padre me secuestró?

Había sido una estupidez no considerarlo cuando se había enterado de que su madre seguía viva, pero no podía imaginarse a su padre como un secuestrador. Apenas podía mirarla la mayoría de los días, difícilmente era la actitud de un padre tan desesperado por su hija que podía llegar a secuestrarla. ¿Tal vez se tratara de un castigo? Una especie de venganza amarga contra su madre. Sin embargo, él nunca había sido cruel con ella. No tenía sentido.

Isaac parece sorprendido. Busca palabras, molesto y preocupado.

—Ay, Val, lo siento. Había asumido que lo sabías, pero que te habías quedado con él por lealtad. O que habías elegido irte con él en primer lugar.

Deja de avergonzarme, Valentine. Val se estremece ante el recuerdo. ¿Era la voz de su madre?

—¿Mi madre ha estado buscándome? ¿Se alegrará de verme?

Las palabras le duelen cuando las pronuncia. Hay miedo en ellas, sí, pero también esperanza. La esperanza tiene mucha más fuerza que el miedo, más capacidad para destrozarla desde dentro.

Cuando finalmente responde, Isaac vuelve a hablar con cautela.

—Lo ha pasado mal desde que sucedió todo. Hace bastante que no la veo.

Val asiente. Claro que su madre lo había pasado mal.

—Odio no recordar, pero, de un modo extraño, siento que estoy a salvo. Me aterroriza lo que pueda haber ahí, ¿sabes? En mi interior. Es como si estuviera andando por el borde de un precipicio y, si caigo, puede que no vuelva a ser capaz de salir. O que lo que salga ya no sea yo.

Isaac vuelve a extender la manta y Val entra, se deja envolver en su pequeño capullo de calidez. Le resulta tan familiar que se pregunta cómo ha podido sobrevivir todos esos años sin esa sensación. Sin él.

Suelta una ligera risita por no llorar.

—¿Es una locura que me sienta más unida a ti que a cualquier otra persona de mi vida?

—Éramos inseparables. Una parte de ti todavía lo sabe. —Isaac lo dice como si fuera un hecho y eso hace que se sienta mejor.

Se quedan un rato callados. Él inclina la cabeza hacia arriba y le roza ligeramente el brazo. No tanto para abrazarla, sino para ofrecerle su apoyo si lo necesita. Cuando vuelve a hablar, lo hace en tono soñador:

—Puede que tengas suerte. Cuando éramos pequeños, ese fue el momento más feliz de nuestras vidas. Lo veo también en los demás. Nos atormenta saber lo que teníamos y que nunca podremos recuperarlo. El trauma de perderte a ti y después perder el programa me dejó muy jodido. Puede que olvidar fuera tu modo de permitirte pasar página.

—¿Pasar página a qué? —Tiene un nudo en la garganta, su voz suena áspera y tensa—. Nunca he pasado página. Nunca he seguido adelante.

A pesar de todo, quería a su padre. A veces incluso sentía que quería al rancho, la sorpresa de la primavera, la extensión cálida y pegajosa del verano, la inercia pacífica del invierno… También quería a Gloria y a las campistas. A Val le gustaba su vida allí cuando no pensaba demasiado en ella. Pero no era *su* vida, ¿verdad? No la había elegido. No había elegido nada.

Val contempla las estrellas deseando estar en otro sitio, pero todavía con Isaac. Esa es la única parte que no quiere cambiar.

—Ni siquiera sospeché que mi padre me hubiera secuestrado porque pensé que era culpa mía que estuviéramos escondiéndonos. Pensaba que era... pensaba que era mala, así que lo acepté. Todo.

La voz de Isaac es aún más aterciopelada que el cielo estrellado que los cubre. Su brazo la estrecha con más fuerza, contradiciendo sus siguientes palabras:

—Puede que no debas quedarte. Escríbele una carta a tu madre o algo. Tómatelo con calma, en tus propios términos, y deja enterrado todo el resto. Los demás no... no estamos completos. No sé cómo explicarlo bien. Tú todavía puedes dejarlo guardado en la oscuridad en la que lo dejaste.

—¿El qué?

Isaac se encoge de hombros.

—Nuestra infancia. La magia. El final de todo.

Odia esa casa, odia ese sitio, pero quiere saber lo que ha perdido. Lo que hizo, si es que hizo algo, porque todavía no puede dejar atrás ese pozo de culpa que siente en lo más profundo de su alma. Seguramente, no *toda* la culpa había sido por sugerencia de su padre. Tal vez si llegara a entender por qué se siente así, podría liberarse de ese sentimiento.

—Quiero saberlo todo. Además, es demasiado tarde para marcharme. Ya era tarde en el momento en que os vi. Algo se liberó y no puedo volver a enterrarlo.

—Entonces sí que me reconociste —comenta, melancólico.

—En cierto sentido, sí. Al igual que tú me reconociste a mí.

—Yo te reconocería en cualquier parte. Siempre voy a encontrarte, para bien o para mal.

El suspiro de Isaac los acerca más y juntos se sienten a salvo del frío y la oscuridad.

Es inevitable, piensa Val. Pero la palabra la lleva de vuelta a aquellas escaleras, al sótano que espera al final de ellas. *Inevitable*, repite su mente, pero esta vez no parece su voz la que lo dice.

La última vez que se formó el círculo, por Asfixia en la oscuridad

Mister Magic

Mister Magic: programa televisivo infantil, Mister Magic, caos, terror, violencia contra la infancia, muerte infantil

Nota de la autora: Vi el último capítulo de *Mister Magic*. Tenía solo seis años, pero lo que pasó lleva atormentándome desde entonces. Y no me digáis que no se retransmitió en directo, ya lo sé, lo que hace aún más retorcido que lo emitieran. He hablado con mi terapeuta al respecto varias veces y dice que creé el recuerdo para intentar procesar una pérdida en mi vida en aquella época, pero no creo que tenga razón. En absoluto. Recuerdo estar sentada en la alfombra desgastada delante de la tele, tan cerca que podía sentir la electricidad estática. Tan cerca que podía oír el zumbido de la electricidad. A veces alargaba la mano para ponerla con las suyas fingiendo que era parte del círculo. Supe que algo iba mal en cuanto empezó el episodio porque el círculo no estaba bien. Me sentí mal al verlo, me dolía la barriga como siempre que estaba nerviosa o asustada. ¿Por qué iba a crear ese recuerdo? ¿Por qué iba a crear lo que pasó después? Bueno, pues por eso escribí este fic intentando describir lo que vi en una historia. Incluso tenían una canción al respecto: *Cuéntate un cuento, yo también me los invento, vive en ese cuento, todo será perfecto.*

Pero no todo fue perfecto en el último episodio de *Mister Magic* y, si yo lo he tenido dentro todos estos años, vosotros también.

Idioma:	Palabras:	Comentarios:	Kudos:	Hits:
inglés	3500	6	0	298

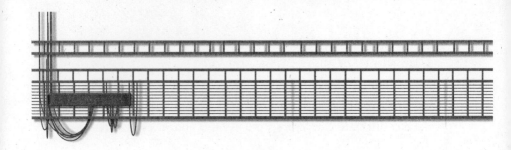

PALITOS CHINOS

V al e Isaac se quedan fuera hasta que el amanecer destierra la noche del desierto. Val parece reacia a volver y, a juzgar por sus pasos lentos, Isaac también.

Val no sabe si la casa es más o menos visceralmente inquietante a la luz del día. Sí que parece más absurda ahí sola. No se oye ni un sonido por encima de ese zumbido grave. Tal vez sea un insecto propio del desierto, como las cigarras. Demasiado pequeñas para verlas, demasiado escandalosas para ignorarlas.

Se pregunta a cuántos kilómetros estarán de la autopista. Aunque empieza a hacer calor, a Val le desconcierta que sea verano. Ahí no hay vida. El paisaje está congelado, no alberga esperanzas de cambiar. La tierra y las rocas que los rodean tienen una tonalidad rojiza, una escasa contribución a la belleza de ese escenario desolador. No es suficiente para que sus ojos tengan algo en lo que detenerse. Y la casa se cierne sobre todo, vigilando. Preparada.

¿Preparada para qué?, se pregunta Val.

Val e Isaac caminan hombro con hombro, su velocidad disminuye a medida que se acercan a su destino.

—Me ducho y nos vamos, ¿vale?

Val solo siente miedo y no emoción ante la perspectiva de reunirse con su madre, pero eso hace que sea aún más urgente hacerlo cuanto antes, antes de que pueda convencerse de lo contrario. Sabe que se le da bien decidir no hacer algo y mantener esa idea para siempre.

Isaac asiente. La suave luz del amanecer lo pinta con tonalidades azules haciendo que parezca casi traslúcido. Desea saber pintar. Los colores de su rostro solo se podrían capturar con acuarelas.

—Lo confirmaré con Jenny, pero estoy seguro de que el horario es flexible.

Val está segura de que con Jenny no hay nada flexible, pero no quiere ser cruel con alguien que acaba de conocer. Ya han llegado delante de la casa. Ambos dudan unos segundos más de lo que deberían. La puerta se abre de golpe.

—Típico —masculla Jenny poniendo los ojos en blanco. Tiene un cuenco en un brazo y lo remueve vigorosamente con la mano libre—. Venga, entrad, no queremos que entren moscas.

No hay moscas. En realidad, no hay ningún animal. Val sigue a Isaac y se apoya en la encimera al lado de Jenny. Está demorando el momento de volver a enfrentarse a las escaleras.

—No dejas de decir eso. ¿A qué te referías esta vez?

Jenny deja de remover.

—Es lo que hacíais los dos siempre. Desaparecías y luego Isaac iba a por ti. Tardaba una eternidad en lograr que volvieras. Nunca supimos a dónde ibas. Solo Isaac podía encontrarte.

—¿En el set?

Probablemente habría muchos escondites en los sets. Pero ¿por qué era otro niño el que la encontraba y no un adulto? ¿Y por qué ella se escondía siempre?

Jenny entorna los ojos. Val conoce esa expresión, se la ha visto a las madres dirigiéndola a sus hijas a todas horas en los campamentos, intentando hacerlas admitir que están mintiendo sin acusarlas directamente.

—¿De verdad no te acuerdas?

Val niega con la cabeza.

—No. Lo siento.

Jenny deja escapar una extraña risa entrecortada. A continuación, sacude la cabeza y vuelve a esbozar su sonrisa habitual, como si se pusiera un delantal sobre la ropa para protegerla. ¿Jenny muestra esa sonrisa del mismo modo en el que Val dice «estoy bien»? ¿Es una decisión consciente o un reflejo?

Pero, evidentemente, Jenny la cree o, al menos, acepta que Val no va a cambiar de opinión bajo la presión de la mirada de madre.

—Vaya, qué suerte. Bueno, el desayuno está casi preparado, así que puedes sentarte. De todos modos, la primera entrevista es la de Marcus.

Val se sienta. Isaac se ha escabullido escaleras arriba dejándola sola con Jenny por el momento. Lo cual está bien. Quiere charlar con la otra mujer, encontrar algún terreno en común. Conectó tan fácilmente con los chicos que se siente culpable de que haya una distancia tan frágil entre ella y Jenny.

—¿Tienes seis hijos?

—Ajá. Todas niñas. La mayor tiene doce y la pequeña, tres.

—Vaya. Deben darte mucho trabajo.

—Pues sí.

Jenny no desarrolla. Vierte la masa en una plancha y se queda ahí observando fijamente cómo se calientan lentamente las tortitas. O usándolo como excusa para evitar conversar con Val con más profundidad.

Val sabe que desde el pódcast les han pedido que no hablasen del programa, pero a ella no le importa la contaminación cruzada con los recuerdos de los demás. Obtendrá toda la información que pueda.

—Cuando has dicho que solía esconderme, ¿a qué te...?

—¿Tienes algo elegante que ponerte? —la interrumpe Jenny.

—¿Para conocer a mi madre?

Val ni siquiera se lo había planteado. Tiene vaqueros, unas cuantas camisetas y dos camisas de franela en la mochila.

—No, para la gala de esta noche. —Jenny le da la vuelta a una tortita con tanta agresividad que se sale de la plancha—. Maldita sea —murmura recogiéndola y tirándola a la basura—. No te has leído el horario, ¿verdad?

—¿Una gala? ¿Como una fiesta elegante? Creía que esto era un reencuentro para grabar un pódcast.

—Está todo en el horario —espeta Jenny con la mandíbula apretada—. ¿Para qué lo escribo todo si nadie se molesta en leerlo?

—Pero yo no he venido para el reencuentro —responde Val pacientemente, a pesar de que ya lo había dejado claro la noche anterior.

—Bueno, de todos modos, vas a ir a Bliss, ¿verdad? La gala es ahí.
Lo menos que puedes hacer es presentarte. Que la gente sepa que estás
bien. Mucha gente buena se sintió dolida cuando te marchaste.

—¿La gala es en Bliss? ¿Donde vive mi madre?

Jenny agita la espátula con desdén.

—Todos los involucrados en... —Hace una ligera pausa como si
quisiera cambiar lo que iba a decir y luego continúa más rápido para
compensar. ¿Ella también está al tanto de la norma de no decir *Mister
Magic*?—. Todos los involucrados en el programa viven en Bliss.

Tiene sentido que todos los miembros del equipo se quedaran en
un pueblo local.

—¿De verdad el programa se rodaba aquí? —pregunta.

Isaac se une a ellas y se sienta junto a Val.

—Sí. Esto no se parece en nada a Hollywood. —Marcus llega por
las escaleras. Se acaba de duchar y tiene un aspecto fantástico con una
camisa lavanda abotonada metida bajo unos pantalones grises. No lleva zapatos y sus calcetines multicolores se deslizan sobre el suelo de
baldosas—. ¿Dónde está el estudio?

—Se quemó. Lo sabes.

Val encoge los dedos apretando sus palmas llenas de cicatrices.

—¿Cuándo tuvo lugar el incendio?

—Al final —contesta Jenny como si fuera una explicación completa. Luego continúa respondiéndole a Marcus—. Además, tampoco es
descabellado que estuviera aquí. Hollywood no ha sido siempre Hollywood y *Mister*...

Marcus e Isaac chistan al unísono. Al parecer, Jenny no sigue la
norma. Les dirige una mirada inexpresiva y continúa ignorando el
modo en el que se estremecen cuando lo pronuncia.

—*Mister Magic* es anterior a la televisión. Siempre ha estado aquí.

—¿Aquí? ¿En esta casa? —Val no lo comprende—. ¿O aquí en Bliss? ¿Y el estudio? ¿También estaba aquí? ¿Al lado de la casa? ¿O también en Bliss?

Quiere que Jenny le proporcione más detalles. ¿Cuándo tuvo lugar el incendio? Le parece una información esencial, pero también peligrosa.

—¿A qué pregunta quieres que te conteste? —Jenny la mira secamente.

—A todas.

Val le sonríe con timidez y Jenny cede ligeramente.

—*Mister Magic* siempre ha estado anclado aquí, *aquí*. Evidentemente, la casa no es tan antigua, creo que tendrá solo cuarenta o cincuenta años. Antes había un edificio diferente. Y sí, el estudio también estaba aquí. —Mueve la mano con desdén como si ese detalle fuera menos importante.

—Pero a nuestro alrededor no hay más que desierto. —Marcus extiende la mano en un gesto amplio—. ¿Dónde vivíamos mientras rodábamos? ¿Por qué nuestros padres se quedaban en esta casa y nosotros no?

Jenny le pone un plato delante. La tortita superior muestra una carita sonriente hecha con pepitas de chocolate.

Marcus la mira, pero su expresión no refleja la de la tortita.

—No recuerdo haber vivido en ninguna parte del desierto. En realidad, no recuerdo en absoluto que mis padres estuvieran aquí durante el programa.

—Estaban observando. —Jenny les entrega platos a Val y a Isaac.

—Gracias —dice Val, a pesar de que es la única que no ha obtenido una carita sonriente—. No recuerdo la última vez que alguien me preparó el desayuno. Es muy amable por tu parte.

—Ah —comenta Jenny frunciendo el ceño, sorprendida—. De nada. De todos modos, se supone que no podemos hablar del programa fuera de las entrevistas. Ya os lo había dicho.

—¿Cómo se originó el incendio? ¿Podemos ver dónde estaba el estudio? —pregunta Val—. Técnicamente, sucedió después del programa, así que podemos hablar de ello, ¿verdad?

—No se puede entrar —espeta Jenny depositando con fuerza una jarra de zumo de naranja. Inspira profundamente y se frota las sienes—. Lo siento, no he dormido bien esta noche. Esto es... demasiado. Creía que estaba preparada para veros a todos de nuevo, pero... sois diferentes y yo no... necesito que esto funcione. Tiene que funcionar. —Niega con la cabeza—. Marcus, eres el primero. Puedes bajar cuando estés listo.

—¿Ya está ahí la entrevistadora? Pero no hemos... —empieza Marcus.

Jenny levanta una mano.

—Tú solo baja. Yo me vuelvo a mi habitación.

Se marcha y cierra la puerta.

—¿Por qué ella sí que tiene puerta? —inquiere Marcus con el ceño fruncido.

—¿Qué le hice? —pregunta Val señalando su tortita sin nada y las tortitas felices de los chicos—. ¿Lo sabe alguno?

Isaac y Marcus comparten una mirada. Marcus se mete un buen trozo en la boca.

—Tengo que bajar a lo de la entrevista.

Se levanta y se marcha rápidamente, pero se detiene en lo alto de las escaleras. Apoya una mano en la pared y Val se pregunta si él también lo siente. El vértigo. Puede que haya algún problema con la casa. Una especie de fuga de gas. Pero Marcus sigue bajando las escaleras.

—No le hiciste nada a ella específicamente. —Isaac sirve un vaso de zumo para Val—. Quedarse sin el programa la molestó mucho. Para ella es más personal porque su familia permaneció en la zona. Hemos hablado un poco al respecto a lo largo de los años.

—¿Se siente abandonada? —pregunta Val.

—Más bien atascada.

Val lo entiende. Más de lo que Jenny podría imaginarse. Quiere una oportunidad para hablar con ella de verdad, pero está claro que a Jenny no le interesa nada conectar. Isaac y Val comen en silencio, ambos perdidos en sus pensamientos.

—No pienso ir a esa gala —declara Val cuando termina—. Quiero ver a mi madre, obtener respuestas. Y ya decidiré después qué hacer a continuación. Si puedes llevarme a donde vive, ya me las apañaré yo después. No deberías quedarte por ahí y perderte cosas del reencuentro.

Isaac mira la puerta de entrada con expresión decidida.

—Es un buen plan. En realidad, deberías llevarte mi coche, así... —Gira la cabeza hacia Val. Es un movimiento tenso, poco natural. Casi como si una mano invisible lo hubiera agarrado por la barbilla. Como si no pudiera evitar mirarla. Sus ojos agrandados se quedan fijos en su rostro y algo cambia. Su expresión de determinación se derrite en una sonrisa triste—. No quiero que pases por todo esto sola. Me quedaré contigo si me aceptas.

El alivio que siente Val es instantáneo. No quiere que se sienta obligado, pero él hace que todo parezca más factible. Se marcha antes de que cambie de opinión. Tras darse una ducha rápida y ponerse ropa limpia, Val vuelve a bajar las escaleras.

En la segunda planta, una mano sale disparada y la agarra del brazo. Deja escapar un grito antes de darse de cuenta de que es solo Javi. Lo fulmina con la mirada sin tener claro si pretendía ser gracioso o qué. Él no puede saber lo mucho que la enervan esas escaleras, pero sigue nerviosa y enfadada cuando dice:

—¡Me has asustado! Podría haberme caído.

Javi muestra una expresión intensa.

—No te marches —le dice sin alzar la voz.

—¿Qué?

—Después de ver a tu madre. No te marches. Aquí pasa algo más. No me fío de toda esta historia del pódcast. Creo que intentan culpar a alguno de nosotros. Tenemos que...

—¿Preparada? —dice Isaac desde las escaleras debajo de ellos.

Javi pasa junto a ella, repentinamente somnoliento y desaliñado en lugar de intenso.

—Café —gruñe y va directamente a la encimera en la que espera la cafetera. Val lo sigue, confusa y alarmada. Javi no la mira.

¿Qué está pasando en esa casa? ¿Y de qué querrían culpar a uno de ellos? El incendio. Tenía que ser por el incendio.

—¿Vais a salir? —pregunta Javi—. Deberías quedarte esta noche también con nosotros, Val. Ahórrate el dinero de un hotel —dice mirándola con una ceja arqueada.

Val responde con un gesto evasivo.

—Tal vez.

Javi le dirige una mirada afilada, pero vuelve a mostrar su expresión de sueño. No va a decirle nada más en ese momento, no delante de Isaac.

—Por cierto, ¿quién ha estado deambulando en mitad de la noche? ¿Y cómo arreglamos el maldito aire acondicionado? Hace un frío que pela y hace tanto ruido que apenas puedo dormir. ¿Y por qué no hay ni una puñetera puerta en este sitio? Seis plantas y sin puertas entre ellas. ¿Acaso a nuestros padres les iba el intercambio de parejas? Ay, Dios, no tendría que haber dicho eso. Hemos dormido en esas camas. —Hace una mueca, elige una taza y toma la cafetera.

—Eso me recuerda… —empieza Val pensando en las seis plantas y en que la página de Wikipedia mencionaba que eran seis amigos.

—¿Qué te recuerda que a nuestros padres les fuera el intercambio de parejas? —Javi abre los ojos como platos con dramatismo—. ¡Habla!

Val niega con la cabeza.

—No es eso. ¿Quién es el sexto miembro del grupo? ¿Va a venir o desapareció como yo?

Javi se queda paralizado mirándola con una expresión cercana al horror. El café se derrama sobre la taza y él maldice y retira la mano que se ha quemado.

—¿Me tomas el puto pelo? —susurra, pero le habla a ella, no es un comentario sobre su accidente.

—Val —dice Isaac. Cuando se da la vuelta, le da miedo lo que ve en su rostro. Hay piedad, pero también el mismo horror que en el de Javi—. ¿No te acuerdas de Kitty? Creía que simplemente no íbamos a hablar de ella, pero…

Val se cruza de brazos, cansada y de mal humor.

—¿Cuántas veces voy a tener que repetir que no me acuerdo de nada?

Isaac levanta una mano para interrumpir lo que fuera a decir Javi.

—Vamos a dar un paseo.

Es el tono de su voz. El que usó Gloria cuando Val estaba buscando a su perro preferido del rancho y le tocó decirle que lo había atropellado un coche. El que el padre de Val no había usado nunca porque, si había alguna verdad complicada que decirle, se la guardó para sí mismo.

A Val se le acelera el corazón. Es esa horrible verdad que ha estado esperando toda la vida. Por fin está ahí.

—Dime quién es Kitty y por qué os comportáis todos así.

La voz de Jenny se eleva desde detrás de ellos. Está en la puerta de su dormitorio, con los ojos entornados y habla en un tono inexpresivo:

—Era el miembro más joven del círculo. Y era tu hermana.

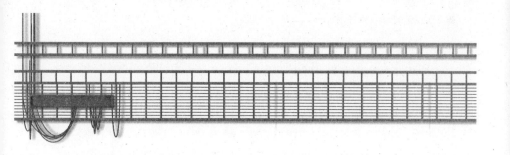

L a cámara se activa unos segundos antes que las luces. Se oye una inhalación brusca, como si alguien tomara aire profundamente para percibir un aroma. Las luces parpadean y revelan a Marcus al pie de las escaleras. Tiene los hombros hacia adentro y recorre la habitación con la mirada.

—¿Hola? —pregunta. No hay nadie más, solo una silla delante de la pared en la que está montada la cámara. Pero en la pared...—. Ah. Se sienta con cautela, con una postura rígida e incómoda. Su sonrisa es dubitativa, como un saludo a alguien que no sabes seguro si te va a reconocer—. Hola. No sabía que iba a ser de manera virtual.

Responde una voz de mujer. Hay una ligera distorsión, como si hubiera varias voces hablando a la vez en un perfecto unísono.

—No puedo estar ahí en persona.

—Es una instalación extraña. —Marcus mira de arriba abajo—. El monitor o la pantalla de la tele o lo que sea está colocado de manera vertical así que parece... no sé, ¿un móvil gigante? Y es muy delgada. No veo... —Empieza a inclinarse hacia adelante.

—Por favor, no toques nada.

—Vale. —Se vuelve a sentar—. Bueno, ¿qué hacemos ahora?

—Voy a presentarte, como en un pódcast auténtico.

Marcus vuelve a sonreír, pero su rostro expresa más confusión que otra cosa.

—¿Es que esto no va a ser un pódcast auténtico?

—Ah, claro que sí. Bueno, allá vamos. —Cambia el tono de voz volviéndola más aguda, melodiosa y artificial:

Sentado delante de mí tengo al preferido de todos, Marcus. De todos los amigos, Marcus es el que más imaginación tenía. Se le daba tan bien que creó mundos completamente nuevos para nosotros.

Sus grandes ojos marrones siguen siendo tan dulces y amables como siempre y ahora lleva el cabello rizado afeitado. Si vosotros también lo estuvierais viendo delante de vuestras narices, os sorprendería daros cuenta de lo mucho que habéis echado de menos jugar con él. Puede que os sintáis incluso algo enfadados por todo el tiempo que lleva fuera de vuestras vidas. Estar con él de nuevo os hace comprender cuánto os dolió que se marchara.

Marcus era un artista. Invocaba colores e imágenes para salpicar las paredes y llenar ese espacio blanco de vida. A veces se pasaba, lo hacía demasiado brillante. A veces se perdía en sus personajes y Mister Magic tenía que recuperarlo. ¿Os acordáis? ¿La mano apoyada en el hombro de Marcus? ¿La cabeza inclinada hacia su oreja? A Marcus se le daba muy bien escuchar, se le daba bien seguir instrucciones. Cuando formaba parte del círculo, encajaba a la perfección.

Probablemente tengáis muchas preguntas para Marcus. ¿Ahora es artista? ¿Llevó esa magia al mundo real? ¿Ha encontrado algún sitio en el que encajara tan bien como en aquel? ¿Ha sido feliz alguna vez?

A Marcus se le ha congelado la sonrisa y tiene los ojos como platos.

—Estoy abierta a sugerencias —dice ella—. Es solo una presentación.

—Ah. Y ahora… ¿hablamos simplemente? ¿Esto está siendo grabado para el pódcast?

Mira a su alrededor, buscando, pero no ve la cámara.

—Sí, se está grabando todo. Pero se puede editar. Podemos hacer que suene exactamente como queramos. Como lo necesitemos. Así que no tengas miedo.

Marcus asiente, desconcertado.

—Supongo que no me esperaba que fueras tan directa. Tampoco es el formato que me esperaba. Creía que estaríamos como en... ¿círculo? ¿Compartiendo recuerdos? Quiero decir, es un pódcast sobre un programa infantil tonto que se emitió hace treinta años. Puede que te lo estés tomando demasiado en serio.

—¿Y tú no?

—¿Tomármelo en serio? Me encantó formar parte de ello, pero fue hace mucho tiempo. Lo tengo todo borroso. Hace mucho que no pienso en pintar la habitación, en convertirme en un personaje. Por Dios, eso me hacía sentir...

Marcus se queda callado.

Vuelve la narración de la mujer.

Su sonrisa es muy leve, tan sutil como el estampado de cachemira de su camisa. No hay rastro de la brillante sonrisa con la que se veían recompensados los espectadores en aquella época. Si bien a veces Mister Magic hacía que Marcus atenuara el brillo de sus creaciones, parece que la vida ha atenuado casi por completo a Marcus.

—Oye —protesta Marcus con el ceño fruncido—. Eso no es justo. ¿Esto es una entrevista o qué?

—¡Claro! —canturrea ella—. Como ya he dicho, cambiaremos todo lo que no nos guste. ¿Recuerdas cómo pintabas el mundo alrededor de los amigos? ¿Cómo creabas esa maravilla de la nada para ellos?

Marcus asiente mirándose las manos.

—Recuerdo haber creado fondos para cualquier cosa a la que estuviéramos jugando, pero no en 2D, sino haber creado de verdad habitaciones, bosques y todo lo que había en ellos. ¿Pintaba los sets o algo así? Sin embargo, me llevaba muy poco tiempo. No consigo... no consigo encontrarle el sentido. Estuve en algunos programas más después y había guiones, escenarios y cámaras. Directores. Luces. Pero no recuerdo nada de eso en nuestro programa. Puede que simplemente fuera porque en los otros era mayor y me fijé en esas cosas.

—Entonces, ¿tus otros programas no eran mágicos?

Marcus deja escapar una carcajada seca y se pasa la mano por la cabeza rapada.

—¿Mágicos? En absoluto. Estuve en otro programa infantil y luego en un par de *sitcoms* adolescentes. En un largometraje. Pero era una edad complicada para estar ante la cámara y en cuanto crecí les preocupaba que al ser tan alto pudiera resultar demasiado *intimidante*. —El rostro de Marcus refleja la ira—. Bueno, nunca conseguí pasar de actor infantil. Ni siquiera tuve un momento sexi de revelación para declarar que ya no era un niño. No lancé ningún álbum vestido con cuero sintético en una camioneta de helados. Ni uno. Y ahora ya soy demasiado mayor para retorcerme, ponerme cuero sintético o ser una revelación. —Sonríe, pero su sonrisa se desvanece enseguida, como si se sintiera cohibido—. Actuar ya no era divertido. No como en nuestro programa. Supongo que crecí, ¿sabes? Se convirtió en realidad y dejó de ser un juego.

—¿El programa era todo jugar?

—Sí. Jugar con reglas y con lecciones. —Marcus se lleva una mano al hombro, pero la deja flotando como si la tuviera apoyada sobre la mano de otra persona—. *Atenúalo, cuidado con la mano. Contrólalo, no brilles tanto.* Era lo que cantaba cuando iba demasiado lejos, para recordarme a mí mismo que tenía que encajar. Sigo tarareándola todo el tiempo. Y la de la limpieza también. Se la canto a mi hijo. La detesta. —Esta vez, la sonrisa de Marcus es auténtica—. Ojalá él tuviera algo como el círculo de amigos. Me preocupa. Es un buen niño. Un gran niño. Pero me preocupa que mis decisiones, mis daños, puedan afectarlo.

—¿A qué te refieres con «daños»?

La voz es casi cantarina, arrulla a Marcus incluso mientras lo guía hacia adelante. Más al fondo. Él no aparta los ojos de la pantalla y de la oscuridad imposiblemente profunda que hay tras la entrevistadora. Se le dilatan lentamente las pupilas como si reflejaran esa oscuridad.

—A veces creo que todo habría sido mejor si hubiéramos acabado de verdad el programa. Si hubiera tenido un final. Tal vez deseo incluso que el programa nunca hubiera acabado. Entonces era más fácil. Más sencillo. Después del programa, siempre me daban miedo mis directores, mis agentes, mi madre. —Hace una mueca como si no hubiera querido incluirla—. No quería rebelarme, meterme en problemas ni decepcionar a nadie. Y es complicado no decepcionar a los adultos. Es casi imposible.

—Pero ¿en el programa no te daba miedo?

Marcus arquea las cejas en sorpresa como si fuera una pregunta absurda. Sus pupilas son tan grandes ya que los iris apenas se ven.

—En esa época nunca tenía miedo. Y él nunca se mostró decepcionado conmigo, no así. Me ayudó. En realidad...

Marcus hace una pausa y se lleva la mano al hombro de nuevo. Esta vez se da un apretón a sí mismo en un gesto extrañamente paternal. Habla con un deje de asombro.

—Supongo que él me enseñó cómo sobrevivir. Cómo actuar, cómo retroceder, cómo no revelar tanto. Yo siempre lo exponía todo, dejaba mi corazón en las paredes, en los paisajes, en los mundos. Pero así es como te hacen daño. Como te ven y acabas destruido. Él me lo puso más fácil. Era más fácil controlarme, ser lo que tenía que ser. Fue mucho más complicado saber cuándo y qué esconder cuando él se fue.

La mano de Marcus se contrae, se clava los dedos en el hombro como si fueran garras antes de soltarla.

—Me sentía a salvo con él de un modo que nunca volví a sentir. Siempre supuse que mi madre sospechaba quién era yo realmente, pero pude evitar que lo supiera con certeza. Con él, yo sabía que lo sabía. Todo. Conocía cada parte de mí. Y aun así se quedó conmigo. Al igual que mis amigos. Javi. Isaac. Jenny. Val. Kitty. —Pronuncia cada nombre como un ritual, como si fueran las cuentas de un rosario. Su expresión se aclara ligeramente, sus iris marrones luchan por reclamar su territorio—. Me querían como necesitaba ser querido. Siempre estaban ahí. Al cabo de un tiempo, se convirtieron en lo más importante de todo, ¿sabes? Él se fundió con el fondo, pero las manos de ellos siempre estaban sobre las mías. Los *necesitaba*. Empecé con el programa justo después de la muerte de mi padre, tal vez eso haya llenado el vacío. O tal vez haya sido demasiado pronto y por eso ocupa gran parte de mi cerebro. —Marcus niega con la cabeza—. ¿En qué estaba pensando mi madre llevándome a una audición en ese momento?

—Ah, pero tuviste suerte, fuiste elegido de entre miles de cartas escritas por padres de todo el país. No hubo audiciones.

—¿En serio? —pregunta Marcus, sorprendido.

—Solo niños especiales, elegidos. Mister...

—No decimos su nombre —interrumpe Marcus rápidamente. Se pasa una mano por los ojos y sus pupilas vuelven a encogerse, dejan de tragarse todo lo que le ofrece la pantalla—. Es una norma.

La entrevistadora habla con voz juguetona:

—¿Una regla del programa? ¿Igual que mantenerlo todo limpio y ordenado, sonreír y hacer caso a los adultos?

—No, esa era nuestra propia norma. La norma del círculo. Solo decíamos su nombre cuando era necesario.

—Esa norma se la inventó Val, así que no era una regla *real*.

—Si hubieras conocido a la Val pequeña y cabezota sabrías que lo que ella decía iba a misa. —Marcus esboza una sonrisa cariñosa—. Estaba al mando. Todo empezaba y acababa con ella.

—Háblame más de él. De aquel cuyo nombre no pronunciáis.

Marcus se remueve en su asiento, con la mano de nuevo en el hombro.

—Él no... No recuerdo que hablara nunca. ¿Hablaba?

—¿Me lo preguntas a mí?

—Eres la entrevistadora, asumo que has estado investigando.

—Esto va de ayudarte a recordar. Ayudarte a recuperar a quien eras entonces.

Marcus se echa hacia atrás dándose cuenta finalmente de lo mucho que se ha acercado a la pantalla. Cruza los brazos sobre el pecho a modo de barrera. Por su expresión queda claro que se está dando cuenta de lo mucho que ha dicho, de hasta dónde ha llegado sin proponérselo.

—No recuerdo su voz, solo su presencia y su mano en mi hombro cuando necesitaba contenerme. Sacábamos las lecciones de... —Marcus entorna los ojos—. No estoy seguro. ¿Los guiones? Lo he olvidado. Pero las lecciones eran importantes para el programa. Las enseñanzas morales habituales para niños. Haz lo que te dicen. Sé feliz. Cumple con tu parte de los tratos. ¿Estás tarareando? —Mira a su alrededor como si buscara la fuente de algún sonido—. ¿Oyes eso?

—Cumplir tu parte de los tratos. Es una lección interesante. ¿Recuerdas esa en particular?

Marcus se ríe, incómodo.

—En realidad, ahora que lo he dicho en voz alta, me parece raro. Es una de esas cosas que te tomas al pie de la letra de niño, pero que parecen absurdas cuando intentas explicarlas.

—Inténtalo de todos modos.

Marcus inclina la cabeza, distraído, buscando la fuente de la melodía.

—Ya sabes, tipo «si extiendes la mano y pides algo, tienes que aceptar cualquier cosa que se agarre a ti». No tiene sentido. ¿No lo oyes? Da lo mismo, no me estoy explicando bien. Quizá sea más bien algo tipo «es lo que hay y no te enfades». Esa la uso con mi hijo y la detesta. Pero cumplir tu parte del trato es más complicado. Más pesado. Porque no se trata solo de recibir, es acceder a dar algo para poder recibir. —Marcus niega con la cabeza, perdiendo el hilo de sus pensamientos—. Como una retroalimentación. ¿De verdad no oyes eso? ¿Está sonando algo en tu extremo? Me está volviendo loco. Casi no le encuentro sentido, pero...

—¿Recuerdas la canción con la que abríais? Adelante, empiezo yo: *Dame la mano...*

Marcus se levanta de repente.

—No quiero cantarla. —Parece sorprendido por su reacción, pero no vuelve a sentarse.

—Está bien —canturrea ella—. Sin embargo, ¿te gustaría verla?

Marcus se sienta lentamente.

—¿Tienes grabaciones de nuestro programa?

—Tengo el programa. Haremos un trato, te dejaré verlo después si cantas la canción conmigo. Tienes que acceder a dar algo para poder recibir, ¿verdad?

Asiente con un hambre desesperada en el rostro.

—Vale. Vale, es un trato. Quiero verlo otra vez. Creo que lo necesito.

La voz baja hasta prácticamente un ronroneo.

—Lo amabais. Aunque no digáis su nombre, lo amabais. Piensa en él. Practica la canción. Guárdatela en la memoria hasta que llegue el momento. Entonces, cuando cantemos, recordarás.

La sonrisa de Marcus parece un poco cautelosa y muy confundida. Ha dicho mucho más de lo que pretendía y tal vez ni siquiera lo recuerde todo. Se siente ligeramente aturdido, como si acabara de despertar de una siesta que no pretendía hacer. Vuelve a levantarse, pero titubea, algo arde en su pecho como si tuviera acidez de estómago. Se reflejan diferentes emociones en su rostro y luego se inclina hacia adelante con el ceño fruncido. Puede que sienta esa parte con más intensidad o que esté enfadado o molesto. Es difícil saberlo. Marcus se ha esforzado durante mucho tiempo por no mostrar sus sentimientos, a veces se confunden de camino a la superficie.

—¿Y si era simplemente un tipo, un actor, y no tiene ni idea de que seguimos aquí hablando de él, pensando en él, intentando averiguar si era una persona, una marioneta, o una capa vacía colgada de un alambre balanceándose por el escenario? Es una figura imponente y abrumadora de mi infancia y es simplemente un hombre. Sentado en un sofá, viendo la tele, bebiendo cerveza. Nunca piensa en ese extraño trabajo que tuvo hace treinta años. Apuesto a que ni siquiera se acuerda de nosotros.

Se oye una risita aguda que no encaja del todo con la voz de la entrevistadora.

—Ah, no os ha olvidado nunca, lo prometo. La magia nunca olvida el sabor de vuestra amistad.

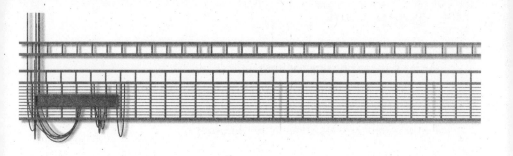

SIETE

V al sale de la casa a trompicones sin ver nada, sin sentir nada. Kitty. Una hermana. Una hermana que su padre, el padre de ambas, nunca había mencionado. ¿La vería a ella cuando miraba a Val? ¿Por eso no soportaba hablar con ella y apenas hacían contacto visual?

¿Por qué iba a llevarse a Val y dejar a Kitty? ¿O traer a Kitty no fue nunca una opción? ¿Ya estaba muerta? ¿Había sido…? ¿Había sido culpa de Val?

¿Y cómo había podido Val *olvidarse* de ella? ¿Se había vuelto tan buena ocultando cosas detrás de puertas cerradas que había encerrado a una persona entera?

Tal vez esa fuera la razón de su culpa. Había hecho algo y su hermana había muerto. Cuando su padre decía «a salvo» no se refería a mantenerla a ella a salvo, sino al resto del mundo.

Val es un monstruo. Siempre lo ha sabido, pero ahora está segura. Independientemente de lo que hubiera hecho, había olvidado a su hermana después. La había borrado de la existencia. ¿Quién hace eso?

Una mano le estrecha el hombro de manera suave, aunque insistente.

—Lo siento mucho —murmura Isaac—. Creía que era comprensible que no quisieras hablar de ella. Si lo hubiera sabido…

—¿Cómo ibas a saberlo? —Val se frota los ojos. Es como si se le hubiera metido en ellos la arena del desierto, a pesar de que el aire es pesado y sin vida.

—Has pasado por muchas cosas.

Isaac se mete las manos en los bolsillos, pero no se mueve, se conforma con quedarse a su lado, con asegurarse de que no esté sola. *Siempre te escondías y él siempre te encontraba.*

—¿Cómo murió?

Val aprieta los puños y su piel llena de cicatrices se arruga sobre la palma que le escuece. *En un incendio*, piensa Val. Kitty murió en el incendio. El que Val no puede imaginarse, pero lleva marcado en la piel desde entonces.

—No puedo decirlo con seguridad. —Isaac se encoge de hombros, impotente.

—¿Tú estabas ahí cuando sucedió?

—Es… es confuso. Lo tengo borroso. No sé qué es real y qué pesadillas posteriores.

Parece lamentar no tener nada más que ofrecerle, pero ¿quién es ella para enfadarse con alguien por su falta de recuerdos claros?

—Fue un accidente —dice Val con tristeza, citando la página de Wikipedia.

—Un accidente —confirma Isaac.

—¿Y yo estaba allí? —Tiene un nudo en la garganta, le duele. No sabe si es la necesidad de gritar o de llorar.

—No.

Val arquea las cejas con una dudosa sorpresa.

—¿Qué? ¿Estás seguro?

—Es de lo único que estoy seguro. Sucedió después de que tu padre te llevara.

Desea poder aferrarse a eso, pero Val no tendría por qué haber estado en el set para provocar el incendio, ¿verdad? Podría haberlo provocado desde fuera, donde nadie del reparto la viera. Tal vez su padre la descubrió. Quizá fue entonces cuando se marcharon.

Puede imaginárselo. Una pequeña versión de sí misma encendiendo una cerilla. Agachándose. Pero es como contarse a sí misma una historia sin vida. No hay emoción, calor. Nada real en las imágenes.

Isaac patea la tierra dura.

—¿Qué deberíamos hacer ahora? —pregunta y ella siente un destello de gratitud al ver que el chico todavía se incluye. Estar con Isaac es más fácil que estar sola. Nunca ha tenido eso con nadie anteriormente.

—Vamos a hablar con mi madre. Espero que ella sepa algo más que nosotros.

Isaac deja escapar un largo suspiro.

—Vale. Pero siento que no te he preparado de verdad. Sobre todo, ahora que sé que no sabías nada sobre… bueno, sobre muchas cosas. —Isaac se quita las gafas y se las limpia con la camisa. Su rostro parece extrañamente incompleto sin ellas, como si estuviera desenfocado—. Ha tenido una vida dura.

—Sí, me lo imagino. Una de sus hijas murió y la otra… —Val se envuelve con los brazos deseando poder abrazar a Isaac sin que fuera raro. Todavía le escuece la palma de la mano y se pregunta si todo sería más soportable si le agarrara la mano a él.

Isaac vuelve a ponerse las gafas y, de nuevo, su rostro vuelve a ser él. Gira la cabeza de ese modo extrañamente lento y posa la mirada en la casa.

¿De qué quería hablar Javi con ella? Probablemente de Kitty. Tal vez él sepa lo que pasó. Debería ir a preguntárselo. O tal vez solo esté tratando de posponer lo que tiene que hacer. Hablar con Javi parece más fácil, pero la prioridad es su madre. Tiene que serlo. Pobre mujer.

—En ese caso, deberíamos irnos.

Isaac aparta la mirada de la casa. Se encoge, casi como un estremecimiento. Que él esté incómodo en ese sitio hace que Val sienta que su odio hacia la casa es justificado. Se acercan al coche y él abre la puerta del copiloto para Val.

—¡Esperad! —grita Jenny desde la casa—. ¿Dónde vais?

Corre hacia ellos con el pánico reflejado en el rostro.

—A hablar con mi madre —responde Val desde el asiento del copiloto.

—¿Seguro que es buena idea? —Jenny mira a Isaac mientras lo pregunta—. Si vuelve a marcharse… —Retuerce las manos—. No será suficiente.

—No seré de mucha ayuda en la entrevista —dice Val. No piensa hablar de nada de eso delante de una grabadora. No hasta que sepa algo más de lo que pasó realmente. Tal vez ni siquiera entonces. Probablemente Javi quería advertirla sobre eso, de que no dijera nada de manera oficial. Tampoco podría, aunque quisiera—. No me necesitáis para el pódcast.

Jenny la fulmina con la mirada.

—Te *necesitaba* hace treinta años y te marchaste. Eras nuestra amiga, desapareciste y todos pagamos por ello.

A Val le sorprende ver lágrimas en los ojos de Jenny. Tal vez su ira sea solo dolor. Pero, antes de que pueda responder, Isaac le pone una mano en el hombro a Jenny y la hace girar hacia la casa. Le dice algo en voz tan baja que Val no lo oye, pero parte de la tensión de la postura de Jenny se suaviza. Asiente con brusquedad.

—¡No lleguéis tarde a la gala! —grita mientras Isaac se mete en el coche.

Una vez dentro, Val espera sentir alivio de ese zumbido omnipresente. Enciende la radio para amortiguarlo, pero no hay señal y los ruidos estáticos solo parecen amplificar el zumbido.

Pasa casi una hora hasta que llegan a una carretera pavimentada en la que Isaac puede aumentar la velocidad. Cuando salen a la autopista, es casi mediodía. Al menos hay bastante silencio y él no intenta llenarlo conversando. Parece contento con lo que ella ofrece, no la presiona para más. Pero ella no está contenta. Para nada. Necesita algo en lo que pensar para no obsesionarse con lo que no sabe.

—¿Cuántos años tiene tu hija? —pregunta mientras Isaac adelanta a un camión articulado.

—Seis —contesta manteniendo la vista en la carretera.

—¿Cómo es?

Isaac suspira.

—Llevo un año sin verla. En realidad, es bastante irónico que no pueda encontrar un modo de ver a mi propia hija. ¿Te he contado que soy detective privado?

Val suelta una carcajada seca.

—En el funeral, me pregunté si Javi y tú seríais detectives o inspectores, pero no teníais aspecto de serlo.

A Isaac se le elevan las comisuras de la boca.

—¿Fue por el llanto?

—Un poco, sí.

—Tantos años imaginándome exactamente qué te diría cuando te encontrara y, en lugar de eso, se me cae un vaso y me echo a llorar.

—Isaac niega con la cabeza, pero su sonrisa crece hasta ser auténtica—. Para ser justos, nadie piensa nunca que sea detective, lo cual puede resultar bastante útil. Estoy especializado en secuestros parentales.

Le había dicho que había estado buscándola, que nunca había dejado de hacerlo. Antes de que pueda preguntarlo, Isaac agrega:

—Sí, tú eres el motivo. Perderte cuando éramos pequeños tuvo un gran impacto sobre mí. Sobre todos, evidentemente. Bueno, el único estereotipo de detective que cumplo es que también soy alcohólico. Como mis padres. Mi madre pudo controlarlo cuando yo tenía unos veinte años, pero mi padre nunca lo logró. A Kaylee, mi ex, no le importaba que bebiera porque yo no me preocupaba por lo que estaba haciendo ella o por que saliera de fiesta. Pero cuando estuve sobrio, dejó de querer estar conmigo. Sin embargo, ella supo quedar mejor que yo sobre el papel, así que consiguió la custodia. Dejé la bebida por mi hija y la perdí por culpa de eso. Llevo desde entonces trabajando por recuperarla.

—Lo siento mucho.

—Charlotte merece algo mejor. Mejor que Kaylee y que yo. Merece algo mucho mejor. Pero... —Tiene los nudillos blancos mientras aferra el volante con la mandíbula apretada—. Estoy en ello. Puedo llegar a un acuerdo.

Val le pone una mano en el antebrazo. Lo tiene rígido, todos los tendones y músculos en tensión. Sin embargo, se relaja con su roce.

—Lo conseguirás. Sé que lo harás. Y si puedo ayudarte de algún modo... —Se interrumpe. Es una oferta estúpida. ¿Qué podría hacer ella?

No obstante, él asiente enseguida.

—Gracias. Significa mucho para mí.

No se arrepiente de haber preguntado por Charlotte, aunque no era el tema de conversación sencillo que esperaba. No era de extrañar que la noche anterior Isaac hubiera comentado que la infancia había sido la mejor época de sus vidas. Ella había malgastado todos los años posteriores escondiéndose y a él le habían arrebatado lo mejor de su vida. ¿Cuál sería el sufrimiento de Marcus, Javi y Jenny?

A su alrededor siguen estando las mismas colinas con altibajos con algunas zonas verdes resistentes y rocas anaranjadas. Parecen mucho menos amenazantes desde la carretera que desde la casa aislada.

—Me pregunto a qué sabrá ese color naranja —murmura.

—¿Te acuerdas de eso?

—¿De qué?

Él la mira con los arrugados por la sonrisa. Es un alivio verla.

—El color de la lluvia. Del programa. Decíamos un color y llovía lo que pedíamos. Todos tenían sabores diferentes.

Val niega con la cabeza, pero hay un indicio de algo. Un sabor en la parte posterior de su lengua.

—Es extraño. Siempre he observado los colores y me he imaginado su sabor. Una vez les dije a los hijos de Gloria que sabía qué sabor tenía el color verde. Se pasaron un año burlándose de mí. En realidad, siguen burlándose de mí.

—Siempre elegías el verde. —Los ojos de Isaac se arrugan todavía más—. A Jenny le gustaba el rosa. Marcus se sabía más colores que todos los demás, todavía hay colores que desconozco de los que él elegía. Y Javi siempre decía los colores más raros que se le ocurrían intentando encontrar algo asqueroso para gastarnos una broma.

Val *casi* lo recuerda. Es como una corriente de aire debajo de una puerta que revela un indicio de lo que hay detrás. Pero no pasa por alto que Isaac no ha hablado de Kitty. ¿Qué color elegía ella?

—Purpurina —susurra Val, lo que no tiene sentido porque ni siquiera es un color.

La sonrisa de Isaac se desvanece.

—Sí, purpurina. Bueno, Jenny se enfadará si hablamos del programa. Se supone que no debemos hacerlo fuera de las entrevistas.

—Pero yo no puedo influir en tus recuerdos si no tengo recuerdos propios. —Val se mueve para mirar por la ventanilla—. ¿Cómo lo hacían? Lo del color de la lluvia. Lo de tintar agua y arrojarla sobre el escenario me parece demasiado caro para un programa infantil.

Quiere saber el truco que hay detrás porque ahora no puede deshacerse del extraño recuerdo sensorial de ese sabor. El verde no sabía a manzana, a menta o a lima, sabía a *primavera*. Un derroche de vida brotando tras un largo invierno.

—No lo sé —dice Isaac—. Yo lo recuerdo como lluvia de verdad. Actuábamos tan bien que parecía real.

—Sí. Todos éramos prodigios de la actuación y esa era nuestra gran oportunidad de mostrar al mundo nuestras habilidades, y entonces...

—Entonces la magia se terminó —concluye Isaac—. Y nunca he vuelto a saborear el verde.

Val contempla el paisaje que se repite eternamente. Tal vez sea un set, una rodante que proyecta la misma escena una y otra vez. ¿Acaso su vida entera no ha sido un solo set con un ciclo de estaciones repitiéndose sin cambio alguno?

—¿Y si tuvieras razón? —pregunta.

—Probablemente, no la tenga. —Isaac intenta que parezca una broma, pero no suena como tal—. No creo que tenga razón sobre nada, pero ¿a qué te refieres específicamente?

—A que el motivo por el que me olvidé del programa quizá sea porque tenía que hacerlo. Porque, de lo contrario, habría sabido que en aquella época había sido realmente feliz y que nunca volvería a tener eso.

Isaac tamborilea con los dedos sobre el volante. Tiene los dedos largos y esbeltos y terminan en unas uñas cuidadosamente recortadas. Le gusta la forma de sus manos. Le gusta todo sobre Isaac, en realidad. Su cuerpo anguloso, el modo en el que su rostro es menos que la suma de sus partes, la manera que tiene de tomarse una pausa antes de hablar para asegurarse de ser cuidadoso con sus palabras.

—Pero, si todo hubiera sido ideal, Kitty no habría... Deberías saberlo, Val. Deberías saber que... —La mira, se le atascan las palabras y
vuelve a mirar hacia adelante—. Bueno, deberías saber lo que quieras
saber. Creo que ir a ver a tu madre es buena idea.

—Eso espero. —Val se vuelve hacia la carretera infinita, buscando
desesperadamente una señal de cambio.

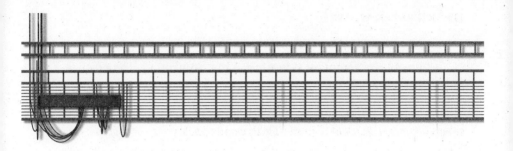

C uando las luces del sótano parpadean para revelar a Javi, él tiene los puños levantados, como si esperara una pelea. Solo necesita medio segundo para volver a su estado tranquilo y sereno. Avanza con paso calmado y toma la silla que hay frente a la pantalla.

—Hola, Javi —dice la voz más bajo de lo que le había hablado a Marcus.

—Si esto se iba a hacer de manera virtual, ¿no podríamos haberlo hecho desde un lugar más cómodo? —Javi cruza las piernas, con una postura cómoda y segura—. ¿O incluso desde casa?

—El lugar es importante.

—Aun así, tú no te has molestado en venir hasta aquí porque sabes que es poco razonable. Sin embargo, me suenas de algo. ¿Nos conocemos? —Su tono es desconcertado, sin el coqueteo que suele imprimir en sus palabras.

—¿Sí? Deja que te presente.

Para todos vosotros, sentados en la alfombra delante de…

—Espera, ¿es esto ya? ¿El pódcast? ¿Estás grabando esto?

—Sí. Por favor, no interrumpas. Tenemos que concentrarnos.

Javi le hace un gesto para que continúe.

Para todos vosotros, sentados en la alfombra delante de la tele, Javi era emocionante y peligroso. Tan peligroso como puede ser un niño en un programa infantil, al menos. Solo Javi desafiaba la narrativa, cuestionaba lo que estaban haciendo, introducía un elemento de caos.

¿Construían un fuerte? Javi intentaba construirlo tan alto que pudiera escalar hasta el cielo. ¿Dibujaban? Javi se dibujaba a sí mismo con tatuajes, escamas y palabras malsonantes e intentaba que los demás hicieran lo mismo. ¿Dejaban todos los juguetes que habían convocado en su lugar en el vacío de la oscuridad? Javi intentaba ocultar uno debajo de su camisa, guardárselo para después.

Nunca funcionaba, por supuesto. Mister...

—Chist. —Javi levanta una mano—. No pronunciamos su nombre. Es una regla.

—No es mi regla, es una norma inventada.

Él intenta esbozar una sonrisa amable, pero hay cierta tensión en ella.

—Todas las reglas son inventadas.

—Aquí no. Aquí las reglas importan más que nada. Lo sabes. Además, he dicho que no me interrumpieras.

Su voz se torna más aguda antes de volver a un tono más suave.

Mister Magic siempre aparecía delante de Javi bloqueándole el camino. Y ahí os dabais cuenta de que Javi era pequeño, ¡muy pequeño! No era tan grande como parecía cuando declaraba que iba a salir de ahí escalando ni tan valiente como cuando se hacía un grafiti en su propia piel, ni tan astuto como cuando intentaba esconder algo que no tenía permitido quedarse.

Javi agachaba la cabeza y se disculpaba y Mister Magic le levantaba la barbilla con un solo dedo. Dejabais escapar un suspiro de alivio porque Javi había hecho una travesura, había sido disciplinado y luego, perdonado. Podía volver con los demás, seguir siendo parte del círculo.

Javi era la encarnación adorable, traviesa y con pelo casco de que las acciones tienen consecuencias. Él actuaba para que vosotros no tuvierais que hacerlo. Moldeaba el mal comportamiento y la corrección para que pudierais hacer lo que se suponía que teníais que hacer tras haber visto vuestros impulsos ya representados en la pantalla.

¿No sentís curiosidad por saber qué acciones ha logrado el hombre que tengo ahora delante de mí, tan guapo, elegante y tal vez todavía con una pizca de picardía, y si han tenido alguna consecuencia?

Javi tiene un brillo en los ojos cuando se cruza de brazos.

—Bueno, eso ha estado bien.

—Gracias. Nos hemos esforzado mucho. —Ríe y el sonido resuena por toda la estancia.

Javi se relaja ligeramente.

—Tienes una risa muy agradable.

—Gracias. También nos esforzamos mucho con eso. ¿Recuerdas cómo te reías antes? Hacía que todos los que te escucharan también se rieran. Deseaban estar riéndose contigo.

Javi inclina la cabeza.

—Nadie recuerda su propia risa, solo las risas que provoca en otra gente. ¿Y ahora qué? ¿Estamos grabando? —Javi mira a su alrededor y ve una cámara. Arquea una ceja—. ¿Una cámara oculta? ¿En serio?

—Oculta no, solo camuflada. Es diferente. No te preocupes por la cámara, hemos incorporado dispositivos de seguridad a prueba de fallos, eso es todo. Aunque es inútil. —Lo pronuncia con un delicioso énfasis, como si rebotara en cada sílaba—. Es horrible que te falle algo de lo que dependes. Es una frase curiosa: seguridad a prueba de fallos. ¿Hay alguna seguridad en los fallos?

—¿Me lo estás preguntando a mí? ¿Esto es la entrevista? ¿Has escuchado alguna vez un pódcast? Porque estoy bastante seguro de que no funcionan así.

—Todo es la entrevista. Todo es el pódcast. ¿Por qué no te presentas como eres actualmente? Será bueno tenerlo en tus propias palabras.

Javi sonríe mostrando los dientes.

—Vale, claro. Hola, queridos oyentes. Me llamo Javier Chase, pero podéis llamarme Javi. Al fin y al cabo, somos amigos, ¿verdad? Si os interesa un programa infantil que se emitió hace treinta años es que llevamos mucho tiempo siéndolo. Diría que os buscarais algo mejor que hacer, pero aquí estoy, hablándoos, así que tampoco es que pueda criticaros.

—¿Lo has hecho?

—¿El qué?

—Buscarte algo mejor.

—Como todos. Soy abogado. Oficinista de la Corte Suprema gracias al nepotismo. Es fácil convertirse en socio cuando tu nombre está en el edificio. Me casé con una Kennedy. Era eso o una Bush, y a los Kennedy se les dan mejor las fiestas. Tuve dos hijos. Ahora mismo me estoy divorciando de una Kennedy. Para ser justos, los rechazados por los Kennedy también somos un grupo distinguido. Nosotros también celebramos buenas fiestas. Estoy pensando qué más no debería decir sobre mí.

—¿Qué quieres decir con lo de que no deberías?

—Se supone que todo debe pasar por nuestro publicista familiar bien enseñado. Tal vez por un par de grupos de sondeo para probar cómo se recibe la información. Voy a meterme en problemas.

—¿Con quién?

—No te preocupes por ello. No se enfadarán contigo. Y conmigo se enfadarán diga lo que diga. ¿Por qué echar más leña al fuego cuando puedes echar gasolina? Como dice siempre mi abuelo: «Comprométete con algo de una vez, inútil de mierda». —Un brillo peligroso en la mirada de Javi contradice su sonrisa relajada.

—Entonces, ¿por eso accediste a venir al reencuentro? ¿Para hacer enfadar a tu familia?

—Mi fase de adolescente rebelde fue interrumpida, tal vez esté intentando recuperar mi juventud. ¿Tú fuiste una adolescente rebelde?

—No fui nada.

—¿No fuiste rebelde ni adolescente? Parece una historia interesante o una muy aburrida. —Javi se ríe y se pasa los dedos por el pelo—.

Pero tuviste suerte. Yo probé tanto la adolescencia como la rebeldía y no terminó bien. Se aseguraron de que hubiera aprendido la lección. Confía en mí cuando te digo que no fueron tan amables como nuestro amigo de la capa. —Inclina la cabeza hacia arriba como si un dedo imaginario se la estuviera levantando de la barbilla. A continuación, se estremece y baja el mentón.

—Ahora tienes hijos. ¿Ellos aprenden las mismas lecciones?

Javi pone mala cara.

—¿A qué te refieres?

—Me refiero a quién los está enseñando. ¿Tienen la amabilidad de tu amigo de la capa o están aprendiendo como tu familia te enseñó? Quieres recuperar tu rebeldía adolescente, ¿qué hay de tu felicidad infantil? ¿Qué hay de *su* felicidad infantil? ¿Te gustaría que tuvieran algo como el círculo de amigos, donde sabrías que están a salvo?

—Pero no era seguro. Al final no.

Se oye un estallido de ruido estático y el zumbido del fondo se convierte en un bombardeo. Javi se estremece y se cubre los oídos. Parece más pequeño con una expresión asustada en su rostro normalmente confiado.

—Todavía no estamos hablando del final —continúa la voz como si no hubiera pasado nada—. Estamos hablando del medio. Sin recordar el principio, sin el final a la vista. ¿Acaso no era mágico que hubiera seis amigos especiales perfectos para el círculo, perfectos para que Mister Magic los ayudara, perfectos para ayudarse unos a otros y perfectos para ayudar a todos los que los veían? ¿Aprender, crecer y recibir enseñanzas junto a ellos? ¿No te gustaría proporcionarles eso a tus propios hijos?

Ha adoptado una postura defensiva, abandonando toda presunción de tranquilidad. No deja de mirar a un lado y a otro de la habitación. Claramente, se siente observado de un modo que ya no es solo una actuación ante una cámara.

—Lo estoy haciendo bien. Creo que mis hijos están bien.

—¿Eso crees? ¿O eso esperas? ¿O finges no ver que no lo están?

—Pues…

—La gente cree que las vidas de los niños son sencillas, fáciles, pero es justo lo contrario. *Todo* lo que pasa a su alrededor les influye y no tienen el poder de influir en nada a cambio. Pero aquí, con él, vosotros teníais todo el poder. Podíais influir en todo lo que os rodeaba, cambiarlo literalmente con vuestra imaginación, con vuestros sueños. Conseguíais exactamente lo que necesitabais. Y lo único que teníais que hacer era convocar a Mister Magic y seguir las reglas.

Javi se encoge al oír el nombre, volviendo a sí mismo. Entorna los ojos y se inclina hacia adelante, bajando la voz:

—Pareces muy emocionada hablando de un programa que terminó hace treinta años.

—¿Y tú no? ¿Acaso no ha influenciado en cada decisión que has tomado desde entonces?

Javi insiste, pero no responde la pregunta.

—¿Por qué estás haciendo realmente este pódcast? ¿Cuál es el objetivo?

—Hacemos esto porque el círculo se rompió y, al romperse, se rompió la magia. Rompió vuestras infancias. Os rompió a *vosotros*. Os sacaron demasiado pronto y eso no era justo. Para nadie. Perdimos a todos esos niños que os veían y a los que deberían haberos visto desde entonces. Queremos volver a cerrar el círculo por todos vosotros, por todos ellos.

Javi tuerce la boca y como si acabara de percibir un mal sabor.

—No finjas que era todo mágico. Si lo hubiera sido, Kitty no estaría muerta. ¿Has encontrado algo sobre eso? ¿Hubo alguna especie de abuso en el set? Si pretendes ser un Ronan Farrow o algo así, deberías informarme.

—No sé qué es un Ronan Farrow. ¿Tú recuerdas algún abuso?

Aprieta la mandíbula. La relaja. La vuelve a apretar. Levanta de nuevo la barbilla y luego la baja deliberadamente.

—No. Recuerdo haberme metido en problemas. Ese era mi papel. Pero nunca fue... no en esa época. No hubo ningún abuso entonces.

—Es interesante que uses la palabra «entonces». ¿Hubo algún abuso después?

—¿Me estás preguntando si la ilustre, respetada y asquerosamente rica familia Chase abusaría alguna vez de uno de los suyos? ¿Le mostrarían a su hijo, que es unos tonos demasiado marrón, lo que significa exactamente para ellos? ¿Lo lejos que llegarían para romperlo e impedir que los avergonzara? —La sonrisa de Javi es absolutamente devastadora—. No de ningún modo que se pueda demostrar.

—Así que... en el programa...

Tararea una nota para incitarlo a responder y Javi mira algo más allá de ella. Hay algo en el modo en el que esa pantalla negra, esa ausencia absoluta de cualquier cosa alrededor de la entrevistadora, se refleja en sus ojos. Saca algo de él, como si no pudiera evitar querer llenar ese vacío.

—Él nos decía lo que esperábamos y nosotros lo hacíamos. Incluso yo. Era fácil. Tal vez si me hubiera quedado más tiempo en el programa, podría haber aprendido esa lección lo bastante bien como para evitar lo que vino después. —A Javi se le hunden los hombros. Parece demasiado cansado para seguir siendo cauteloso. Sus pupilas se expanden finalmente tragándose el color—. ¿Sabes qué? Sí. Me gustaría tener algo como el programa para mis hijos. Que lo vieran o incluso que formaran parte de uno. No sé cómo sacarlos de aquello en lo que los metí, cómo darles algo más agradable. Un modo de modelarlos sin romperlos en el proceso. Soy un hombre adulto y todavía me da miedo mi propia familia. Soy demasiado cobarde para salvar a mis hijos de ellos. Tal vez el padre de Val tuviera razón. Se llevó a su hija y salió corriendo sin mirar nunca atrás.

La voz de la entrevistadora se vuelve más afilada y baja.

—¿Val parece feliz? ¿Tú crees que la salvó de algo?

Javi niega con la cabeza.

—No. No la salvó. No se parece en nada a lo que era. A quien era. Esa Val nunca... nunca nos habría dejado, ¿sabes? Nunca. Ahora es como un fantasma. Todo lo que la hacía especial ha desaparecido. Ni siquiera... Ni siquiera recuerda a Kitty, ¿te lo puedes creer?

Se oye otra ráfaga de ruido estático y Javi grita cubriéndose las orejas.

—¿Puedes parar eso? Me siento como si algo me trepara por el cerebro.

La voz habla suave y sedosa.

—Todo tenía sentido cuando estabais en el círculo y nada tuvo sentido después. Te sentías querido, te sentías a salvo, te sentías completo.

Javi se destapa cautelosamente las orejas, como si no estuviera seguro de estar a salvo.

—Sí. Y eso es lo más jodido... Perdón por el lenguaje. Ya lo sé. *Límpiate la boca, límpiate la mente y la felicidad llegará fácilmente.* Me refiero a que esa es la peor parte. Incluso sabiendo lo que le pasó a Kitty, todavía echo la vista atrás y deseo que no hubiera terminado. Deseo poder ser ese niño, gastar bromas y hacer travesuras cuando no había mucho riesgo, cuando las correcciones eran agradables. Cuando nos teníamos los unos a los otros. Así que tal vez la idea sea llevarte a tus hijos y encontrar a tu propio Mister...

Javi se interrumpe en seco. Levanta una mano y se cubre los ojos. Se tapa la vista. Cuando la baja, sus ojos han vuelto a la normalidad y su sonrisa regresa.

—Bueno, encontrar tu propia magia, supongo. La manera mágica de proporcionar a tus hijos la infancia perfecta que los convertirá en adultos mejores de lo que tú podrías haber sido nunca. La manera mágica de deshacer el daño que te hayan hecho tus padres, de mantener a tus hijos felices, seguros y protegidos para siempre. Tal vez por eso sigas obsesionado con el programa, por eso hemos venido aquí como polillas a una llama.

—Echas de menos la magia.

Javi agita los dedos con sarcasmo en el aire.

—La magia de la infancia. —Pero cuando sus dedos caen, adquiere una expresión melancólica. Repite su frase, esta vez susurrada con anhelo—: *La magia de la infancia.* Se te da bien esto —comenta con el ceño fruncido—. No iba a hablar de nada real. ¿Cómo has conseguido lo que varios terapeutas llevan años intentando?

—Es exactamente lo que has dicho. *La magia de la infancia.* ¿Te gustaría verla otra vez, Javi?

—¿Ver el qué?

—La magia.

—¿El programa? ¿Tienes capítulos? —Se inclina hacia adelante con expresión hambrienta.

—Lo tengo todo. Pero primero tienes que hacer algo por mí. —La voz de la entrevistadora se vuelve juguetona, con un toque de picardía. La misma picardía que siempre mostraba Javi en el círculo, invitándolo a seguirle el juego—. Haremos un trato.

Javi entorna los ojos con cautela, pero no se ha echado atrás para poner más distancia entre él y la pantalla. Porque no importa lo que se diga a sí mismo, no importa lo inteligente o cínico que sea, Javi quiere recuperar la magia.

—¿Qué trato? —pregunta.

Y, esta vez, el ruido de la electricidad estática no le resulta doloroso. Es un ronroneo acogedor.

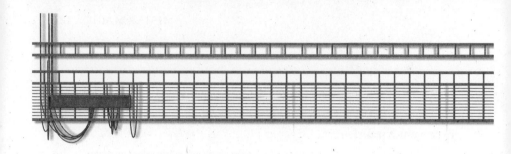

OCHO

—¿T e pasa algo en la mano? —pregunta Isaac mientras sale de la autopista.

—¿Qué? Ah, nada. Solo me pica un poco la palma.

—Val tiene la piel roja y agrietada, el tejido cicatricial hinchado como si tuviera urticaria—. ¿Esto es Bliss? ¿Podemos hacer una pausa para ir al baño? No quiere tener que usar el de su madre. Le parece demasiado íntimo, lo cual es absurdo teniendo en cuenta que esa mujer la parió.

—No podemos parar. Pero esto no es Bliss, creo que se llama Harmony.

Harmony consta solo de un puñado de casas esparcidas en grupitos alrededor de la autopista. Probablemente solo haya gente que buscaba un lugar barato en el que vivir la jubilación. Val desearía que fuera ya Bliss para no tener más tiempo para pensar y preocuparse.

Isaac se detiene en una gasolinera. Durante un momento, Val se permite fantasear con que están en un viaje por carretera. Comprarán algo de comer y seguirán hasta Zion o el Gran Cañón. Val siempre ha querido ver el Gran Cañón. Ahora quiere verlo con Isaac. Le resulta más fácil imaginar cómo sería estar en el precipicio del mundo con él que imaginarse conociendo a su madre.

La culpa la atraviesa. Acaba de descubrir que su madre no está muerta y que tiene una hermana muerta y ya está intentando olvidar de nuevo.

Cuando Val sale del coche, el aire es opresivamente cálido, como cuando estás delante de un horno abierto. Pero al menos el zumbido ha desaparecido por completo. Ahí no debe haber insectos. Corre hacia la gasolinera, donde hace tanto calor como en el exterior, pero además es sofocante. Es agobiante, las estanterías están demasiado cerca las unas de las otras y están llenas de esa extraña mezcla de artículos que cualquier persona de un pueblo pequeño quisiera encontrar. Condones entre cargadores, juguetes infantiles y una amplia variedad de sombreros que anuncian los derechos de la Segunda Enmienda. Isaac se detiene delante de una manta con una imagen de la Mona Lisa.

—¿Necesitabas esto?

La señala como si estuviera presentando el concurso favorito de Gloria, *El precio justo*. Val no cree que sea justo pagar nada por esa manta.

—Nunca he necesitado nada más en toda mi vida.

Val se ríe, pasa junto a él y usa el baño. Antes de salir, toma una Coca-Cola. No quiere gastar el poco dinero que tiene, pero necesita el confort del azúcar y la cafeína. En el mostrador hay una mujer mayor con el pelo negro y los labios pintados de un bonito tono magenta leyendo un libro desgastado.

Val deja la Coca-Cola en el mostrador. Isaac ya ha salido, así que están las dos solas.

—Hola —la saluda.

—Ajá. —La mujer levanta la mirada—. ¿Vais a Saint George?

—No. A Bliss.

La mujer frunce el ceño y la mira atentamente por primera vez.

—Tú no eres de aquí. ¿A qué vais a Bliss?

—Voy… —*Voy a preguntarle a la madre que creía muerta qué le pasó a mi hermana olvidada que sí está muerta para poder confirmar si soy responsable o no de todo lo malo que me ha sucedido en la vida*—. Voy a buscar una propiedad —contesta Val, en lugar de lo que piensa.

La mujer resopla entre risas.

—Mira en otra parte, cariño. Hazme caso, no quieres tener nada ahí.

Val siente que debe justificar su mentira.

—Pero me gusta el desierto.

—El desierto tiene un modo de meterse en tu alma. Es el único paisaje que te dice la verdad sobre ti misma: eres pequeña, estás sola y no importas. Y no pasa nada. —Hace una pausa, saca la servilleta y limpia la condensación de la Coca-Cola antes de devolvérsela a Val—. Pero Bliss no. No quieres nada que Bliss te cuente sobre ti misma. Ve a cualquier otra parte, ¿vale? —Mira a Val fijamente y espera hasta que asiente—. Vale. Buena chica. Son dos cincuenta.

—¿Dos cincuenta?

—Por la Coca-Cola.

—Ah, claro.

Val le tiende el dinero, recoge el cambio y se apresura a salir.

La mujer la ha asustado. No por su insistencia en que no debería ir a Bliss, sino por el instinto de Val para mentir. Si ni siquiera puede decir en voz alta para qué va, ¿cómo va a poder hablar con su madre?

—Puedo hacerlo —se dice a sí misma.

Su padre utilizó su testarudez contra ella usándola para mantenerle firmemente en el rancho. No dejará que nada ni nadie le impida descubrir por qué acabaron allí. Puede hacerlo y lo hará.

Sube al coche. Isaac ya lo ha arrancado y ha puesto el aire acondicionado, por lo que se está bien en el interior. Protegidos contra el calor, protegidos contra el mundo.

—Irá bien —le dice Isaac.

Al parecer, a Val no se le da bien ocultar sus emociones. Le sostiene la mirada como si fuera su salvavidas.

—Sí, esto no tiene por qué cambiar nada.

Isaac arruga la nariz.

—Bueno...

Val suelta una risita.

—Vale, sí que cambia cosas. Todo. Pero es lo que quiero. Cambio. Es lo que pedí.

—¿Lo pediste?

El día que murió su padre. La puerta abierta. Cuando metió la mano y pidió, no pidió que su padre estuviera bien. Pidió que pasara otra cosa, cualquier cosa. Y, al fin y al cabo, es lo que ha obtenido, ¿verdad?

—Y *cuando tengas problemas...* —empieza levantando una mano.

Isaac le agarra la mano rápidamente. Demasiado rápidamente. Val lo mira, sorprendida, pero él sonríe y le estrecha los dedos.

—No tenemos problemas. —La suelta y vuelve a conducir hacia la carretera secundaria—. Deberías saber que hay muchas ranas. En casa de tu madre.

—¿Ranas?

—Ya verás a qué me refiero.

—Vale... —Val se ríe ante su intento por crear misterio.

No vuelven a la autopista, sino que se dirigen al este, hacia las colinas. Es una carretera larga y desierta, pero al menos está asfaltada. Tras casi una hora, sin previo aviso, llegan a un pueblecito.

—Es... ¿encantador?

Tal vez por eso la mujer de la gasolinera odiara Bliss. Avergüenza a Harmony, vacío y destartalado. Los vecindarios están dispuestos en una cuadrícula perfecta. Resalta el negro de las carreteras, el blanco de las aceras y el verde de los prados. Los altos árboles proporcionan alivio del sol, colocados uniformemente por todas las calles, protegiendo todas las casas. Es como un juego de mesa bien dispuesto, todos quieren jugar. Val quiere formar parte de él. Hay una calle principal delante de ellos rodeada de edificios de ladrillos rojos con decoraciones azul oscuro. Isaac no reduce la velocidad, pero ella desearía que lo hiciera. Pasan por un mercado, una escuela, una iglesia, el ayuntamiento y un edificio que parece un hotel con balcones blancos y preciosas puertas arqueadas. ¿Por qué no podían haber dormido *ahí*?

—Sí, es muy mono —dice Isaac. No mira a los lados, sino que mantiene la mirada fija al frente y acelera ligeramente.

Val se pregunta cómo habría sido crecer ahí. Ir a la escuela, volver a una casa normal en una calle normal. Ir a la iglesia, incluso. Se pregunta de qué religión es, puesto que hay una aguja en lo alto, pero no hay cruz. ¿Su madre rezará ahí? ¿Lo habría hecho Val?

¿Habría encontrado la felicidad realmente viviendo ahí?

Sin embargo, Isaac no gira en ninguno de los vecindarios. Conduce atravesando el pueblo y rodea una colina. No hay césped verde ni árboles en lo alto. Han vuelto al desierto, el espejismo de Bliss se ha evaporado tras ellos. Val se desanima al ver su destino.

El parque de autocaravanas Blissful Springs brota del terreno como si se encontrara bajo un trozo de madera podrida. Hay remolques achaparrados esparcidos de manera caótica alrededor de un eje central. En parte espera que les crezcan patas y que se escabullan cuando se acerque el coche. Ahora que quiere que acelere, Isaac reduce la velocidad y se adentra en el parque como si anticipara que va a haber niños jugando. Por el aspecto que tiene el lugar, ahí nunca ha jugado ningún niño. Todo está descolorido por el sol, agrietado y tintado de naranja por la tierra de color óxido. Hay un tendedero olvidado inerte y lleno de polvo.

—Dios mío —murmura Val al ver su destino ante ellos—. Las ranas. —Isaac no bromeaba. Si el parque parece una zona llena de hongos, la casa de su madre es el núcleo de la infestación. Hay montones de piedras, cerámica y yeso y ranas de plástico formando montículos alrededor de un remoque aparcado de color hueso con grietas amarillas y raíces negras que brotan desde el suelo—. Es perturbador.

—¿Alegre, tal vez? —Es inútil e Isaac se rinde—. Sí que es un poco perturbador. Tendría que haberte avisado.

Val se siente asediada por ojos de rana. Pero las ranas que han perdido los ojos por el tiempo o el clima son peores todavía. Isaac aparca el coche, baja las ventanillas y apaga el motor.

—No me acompañes —espeta Val—. Tengo que ir sola. ¡Pero no te marches! —Había planeado librarlo de su carga, pero no puede quedarse ahí. Y no parece que su madre tenga coche. Al menos, no uno que funcione. Así que se quedaría atrapada.

Isaac le toma la mano. Al menos, Val tiene razón en algo, cuando él se la sostiene, la palma no le escuece tanto.

—Nunca te dejaría —dice él.

Otra persona podría haberlo dicho en broma, pero Isaac lo dice con una sinceridad absoluta, que es exactamente lo que necesita ella en ese momento. Siente que es su único amigo. Más que eso. Su única persona. Su ancla. Y el día anterior ni siquiera sabía su nombre.

Por Dios. *El nombre.* Val no tiene ni idea de cómo se llama su madre.

—No la conozco... —empieza, pero, como siempre, Isaac le cubre la espalda.

—Debra.

—Debra.

El nombre no enciende nada en Val. O ya siente tantos nervios que no se daría cuenta si así fuera.

Isaac titubea y luego habla rápidamente.

—Debra no está bien. No sé cómo explicarlo. No es que esté loca o sea peligrosa, ni nada, solo está... un poco vacía.

Val se arma de valor, pero se detiene al abrir la puerta.

—Si oyes sirenas o a la policía acercándose...

—¿Por qué iba a venir?

Val se encoge de hombros con aire inocente como si pretendiera hacer una broma, pero no es así. ¿Existe un plazo de prescripción para los incendios provocados? ¿Y para los asesinatos? ¿Para eso tan horrible que hizo y que la obligó a cerrarle la puerta a su infancia?

Isaac le devuelve la sonrisa siguiéndole el juego.

—Si viene la policía, podemos salir de aquí como Thelma y Louise.

—¿No saltaron por un acantilado?

Val no ha visto ninguna película, pero ha leído resúmenes de muchas en internet usando el ordenador de Gloria. Odia no entender las referencias.

Isaac pone una mueca.

—Cierto. Bonnie y Clyde también muertos. Los de *Dos hombres y un destino* también. Huir de la policía en lugares desiertos no suele acabar bien. Esperemos que no haya que llegar a eso. —Su sonrisa desaparece y sus enormes ojos parecen sostenerla con tanta fuerza como si la estuvieran abrazando—. Val, tú no hiciste nada malo. Eras solo una niña.

¿Cómo puede saber siempre cómo se siente? Desea aferrarse a su tranquilidad, pero Isaac se equivoca. Sí que hizo algo malo. Por eso nunca intentó cambiar su vida en el rancho. Porque sabía que se lo merecía.

Val sale del coche. Los zumbidos de los insectos han vuelto, pero no con tanta fuerza. Puede que la plaga de ranas falsas los asuste. Se abre paso con cautela hasta lo que debería ser el porche delantero. Una puerta mosquitera cuelga torcida a medio metro del suelo de tierra. Dos bloques de cemento apilados sirven como escalón. Aparta la mosquitera, levanta el puño y lo sostiene en el aire.

Esa puerta nunca podrá volver a cerrarla. Ahora solo está entreabierta. Si alarga el brazo, no sabe qué le agarrará la mano. Tendrá que aceptarlo porque es lo que ella misma está pidiendo. Ese es el trato. Está a punto de descubrir lo que hizo y tal vez tendrá que pagar por ello.

Val llama a la puerta.

Tras una espera agonizante, se abre con un crujido para revelar un interior oscuro y polvoriento y una mujer aún más oscura y polvorienta. Es más baja que Val y lleva el cabello gris y áspero cortado casi hasta el cuero cabelludo. Pero sus cejas siguen siendo un reflejo oscuro y atrevido de las de Val y sus ojos tienen esa forma de duendecillo y están rodeados por las mismas pestañas negras y espesas.

Val se ve golpeada por un muro de recuerdos. Sin embargo, el olor lo atraviesa todo. Floral, intenso y mohoso. El perfume de su madre.

Val está detrás de una puerta con el pecho agitado, la mandíbula tensa y los puños tan apretados que le duelen las manos. Los oye hablando de ella, percibe el olor del intenso perfume de su madre en la ropa del armario en el que está escondida.

—¿Qué vamos a hacer con ella? —Es la voz de su madre—. Estoy harta, Steve. Harta. No puedo seguir yendo a la escuela para intentar arreglar todos los líos que provoca. Es culpa tuya que sea así, es culpa tuya que sea tan cabezota y desafiante. Tenemos suerte de que estén dispuestos a aceptarla. Si no estás de acuerdo, entonces...

—Vale. —Su padre parece agotado, tan delgado como si estuviera a punto de romperse—. Vale, lo intentaremos.

—¡No pienso ir! —grita Val abriendo la puerta.

—¡Maldita sea! —grita su madre—. ¿Qué estás haciendo ahí?

—¡No podéis obligarme! ¡No iré sin Kitty!

—¡Harás lo que te digamos!

Pero no lo hará. Ambos lo saben. Nadie puede lograr que Val haga lo que no quiere hacer. Val va a ganar la discusión, cueste lo que cueste.

No dejará atrás a Kitty, no sin ella. No en esa casa, no sin Val para protegerla. No confía en nadie más para hacerlo. Ni siquiera en su padre. No es lo bastante fuerte. Solo Val lo es. A Val no le importaría irse. Podría incluso alegrarse. Pero nunca, jamás, abandonará a Kitty.

Val parpadea y vuelve en sí, al presente. Vuelve con la madre a la que lleva treinta años sin ver, de pie ante ella con los ojos entornados.

Levanta la mano torpemente y vuelve a bajarla.

—Hola. Soy yo. Val. Valentine. Tu hija.

Sigue buscando descripciones, esperando el momento en que su madre la reconozca, preguntándose si habrá lágrimas, alegría o ira. Preparándose para cualquier cosa.

En lugar de eso, su madre deja escapar un ligero resoplido. Su expresión muestra el mismo interés que alguien que cambia de canal sin cesar, resignado a no encontrar nada que quiera ver de verdad.

La madre perdida de Val se hace a un lado arrastrando los pies.

—Bueno, pasa, supongo.

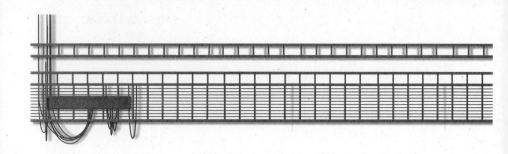

C uando las luces parpadean unos segundos después de que se encienda la cámara, Jenny ya está caminando hacia la silla sin vacilar. Sin embargo, no se sienta, sino que se queda de pie cerca de la pantalla, buscando. Las arrugas que tiene alrededor de los ojos se profundizan.

Suspira con decepción y retrocede.

—Se han ido. Isaac y Val. Tendremos que posponer el tiempo de Isaac aquí.

—No tenemos que preocuparnos por Isaac. Siempre está donde se supone que tiene que estar.

—Sí, pero acabo de decir literalmente que se ha ido con Val. —Jenny se frota la frente como si le doliera la cabeza—. Pero volverá. Lo hará. Y la traerá con él. Como siempre que Val se alejaba. Recuerdo la primera vez que desapareció. Todos estábamos frenéticos. Era hora de recoger, lo habíamos dejado todo hecho un caos como siempre y, como siempre, teníamos que recogerlo todo antes de que terminara.

—¿Por qué?

—Sabes por qué. Él estaba ahí, pero no estaba siempre ahí. Sobre todo, después de que Val tomara el mando. Pero los desórdenes, el mal comportamiento y los llantos lo llamaban para que viniera a enseñarlos.

—No, lo que pregunto es: ¿por qué necesitabais que acabara? ¿No podíais seguir jugando? ¿Seguir soñando?

La expresión de Jenny se oscurece.

—Eso siempre era idea de Val. Decía que teníamos que descansar y que no podíamos hacerlo mientras él estuviera allí.

—¿Por qué no?

—Solo te estoy contando lo que ella decía. Yo nunca supe por qué. De todos modos, estábamos preparados para descansar, pero Val se había perdido. No como solía hacerlo Marcus cuando se pasaba y Mister Magic tenía que traerlo de vuelta, sino perdida de verdad. Desaparecida. Los demás entraron en pánico, decían que tenía que estar con nosotros antes de que él volviera, antes de que él lo viera. De lo contrario, no podríamos deshacernos de él, su capa se volvería demasiado grande y fría y... —Se detiene. El pliegue entre sus cejas se profundiza—. Todos gritábamos su nombre. Kitty lloraba, por supuesto. Javi estaba enfadado, probablemente por no haber descubierto cómo hacerlo antes que Val. Pero Isaac se arrastró por las zonas más oscuras, buscando. Entonces, encontró por fin el punto débil por el que ella había escapado. Puso a Javi al mando, que era realmente el único modo de lograr que se comportara y desapareció él también. Estuvieron mucho tiempo allí.

»Nosotros recogimos, desordenamos, volvimos a recoger y volvimos a desordenar, cualquier cosa con la que matar el tiempo, tan cansados que casi ni podíamos fingir estar divirtiéndonos. Marcus estaba pintándonos un viejo patio de recreo aburrido cuando finalmente aparecieron, con la mano de Val sobre la de Isaac. Él parecía muy aliviado y ella... —Jenny torció los labios a un lado. Había burla, pero también confusión en su rostro—. Parecía que acabara de despertar en una pesadilla.

—Despertar de una pesadilla, querrás decir.

—No, no me refería a eso. Da lo mismo. Isaac la encontró entonces y la ha encontrado ahora. Él la llevará a donde ella tenga que estar.

—Jenny se muerde el labio, no parece del todo segura—. Es muy diferente. Me temo que no va a ser suficiente. Necesita recordar, pero es... es como si la hubiéramos dejado atrás a ella también y esta nueva Val fuera una copia mala. —Su mirada se queda en blanco, fijada en un punto invisible en la pantalla negra.—. ¿Alguno de nosotros lo ha logrado de verdad? —susurra.

La voz aguda y brillante de la entrevistadora hace retroceder a Jenny.

—Isaac encontrará a la Val que necesitamos. Y tú ayudarás. Eres muy buena ayudante. Podemos hacer tu entrevista ahora si quieres.

Jenny suelta una carcajada como si tuviera bolsas bajo los ojos, estrías en el estómago y como si llevara más de una década sin dormir una noche entera.

—No voy a hacer ninguna entrevista. No quiero hablar de él. Quiero hablar *con* él.

—¡Eso no es posible, tonta! Si pudieras llamarlo, ninguno de nosotros estaría aquí, ¿verdad? —Su voz baja, se agudiza, le salen más dientes—. ¿O sí?

—No. —Jenny baja la cabeza.

—¡Exacto! Pero nos ceñiremos al horario. Es importante seguir un horario. Tú lo sabes.

La entrevistadora adopta su melodiosa voz de pódcast.

Aunque os encantara el programa, aunque lo vierais devotamente hasta el último capítulo, os olvidasteis de Jenny.

No pasa nada. Jenny os perdonaría. Era la compañera, la mejor amiga, la que siempre estaba ahí dispuesta a apoyarte en todo lo que quisiera. ¿Alguna vez elegía los juegos? ¿Alguna vez gritaba lo que quería que sacaran de la oscuridad que los rodeaba? ¿Alguna vez lideraba, se rebelaba, dirigía, creaba o pedía? No. Era solo Jenny. Justo ahí, a tu lado. Preparada para jugar. Y eso era lo único que quería: que la incluyeran, que la aprobaran.

Ser parte del círculo.

—Para —dice Jenny.

Puede que no recuerdes a Jenny, pero ella era importante. Era esencial para la magia, la diversión. Y aquí está el secreto: Mister Magic pasaba más tiempo con ella que con todos los demás. Era la única amiga a la que Mister Magic abrazaba, la rodeaba con fuerza con los brazos, la envolvía en ese abrazo con capa.

—Para —susurra Jenny con lágrimas en los ojos.

Jenny era la tranquila y leal del círculo de amigos. Siempre escuchaba. Estaba al tanto de todas las reglas y las seguía al pie de la letra. Jenny era la piedra que mantiene un arco en su sitio, el eslabón en mitad de una cadena que nunca se rompe. Pasara lo que pasara, Jenny nunca se quebraba.

Jenny ya no es la niña que una vez fue, con sus rizos, su sonrisa de nariz encogida y sus adorables hoyuelos. La mujer que es ahora no se parece a nuestra amiga. En nada. Lleva el pelo cortado con rudeza, un corte que cree que la hace parecer elegante, pero en realidad solo la hace parecer vieja. Está compuesta por ángulos y líneas frías y todo lo que la rodea parece mentira. No ha sido capaz de arreglar nada desde entonces por mucho que intente seguir las reglas y se siente sola, triste y patética. No recordamos por qué éramos amigos de ella. Por qué la queríamos. Por qué la quería Mister Magic. Tal vez si alguien pudiera abrazarla así de nuevo, recordaríamos si valía la pena amarla.

—¿Por qué haces esto? —Jenny se rodea con los brazos con la cabeza gacha.

Jenny siempre fue la más cariñosa, la que más ansiaba ser amada. Tal vez por eso la hayáis olvidado. No os pedía nada más que aprobación. Tal vez siga pidiéndola. Tal vez toda su vida posterior al círculo haya consistido en mirar el mundo a su alrededor y pedir, esperar, suplicar ser amada con tanta intensidad como lo fue entonces. Tal vez se haya construido una vida entera, una familia entera, un propósito para intentar recuperar eso.

Y, por lo que parece, no ha funcionado.

¿Qué me dices de un abrazo, Jenny?

—Hablas como una puta psicópata.

Jenny la fulmina con la mirada con los ojos llenos de lágrimas.

—*Límpiate el corazón, límpiate la mente, todo limpio, aunque cueste. Sin suciedad, sin maldad, nada de tristeza, siempre felicidad.* —La voz de la entrevistadora baja de repente, se vuelve más profunda, más amplia—. La boquita, Jenny. Ya aprendiste la lección.

—No —sisea—. No te atrevas a hablar como él. No creía que fueras tan cruel.

Una carcajada que parece grave y aguda al mismo tiempo resuena por toda la estancia rodeando a Jenny.

—Es un programa infantil, ¿qué hay más cruel que los niños? —Pero, con la misma rapidez que antes, la voz vuelve a cambiar a ese tono agudo y dulce—. Lo siento. No llores. Escucha, te hablaré un poco más del pódcast. Puedes decirme si he hecho un buen trabajo, si crees que a la gente le gustará.

—No quiero...

Todo se desmorona, el centro no puede aguantar. ¿Lo sintieron? ¿Sintieron a la bestia hostil cerniéndose sobre ellos? ¿Y vosotros viendo el programa? ¿Pudisteis sentir la tensión creciente, la espiral de fatalidad, lista para atacar?

¿O fue lo mismo de siempre hasta que dejó de serlo?

Jenny se deja caer en el suelo agarrándose la cabeza.

—No veo el sentido a estos pódcasts. No nos hace falta crear una audiencia de antemano. Vendrán cuando esté listo. Siempre lo hacen.

—¡Pero las cosas han cambiado! ¡Ahora podemos llegar a mucha más gente! A más cabecitas y corazoncitos. Esos hombres lo prometieron aquí mismo. Lo prometieron y suplicaron. Si pudiéramos hacer esto por ellos, podrían arreglarlo. Hemos hecho un trato, así que estamos haciendo lo que nos han dicho. Tú lo entiendes. —No hay burla ni acusación en su voz, es un hecho.

Jenny asiente y se recuesta para apoyarse en las patas de la silla.

—Estamos haciendo lo que nos han dicho —repite—. Sigue así. Lo estás haciendo genial.

Si hubiera grabaciones del programa, si pudiera enviar un enlace a un móvil, ¿qué verías?

¿Verías un programa tonto y anticuado? ¿O verías a seis niños ideales viviendo en un mundo ideal rodeados de magia que han creado para sí mismos, sellados en un maravilloso espacio en el que nada puede hacerles daño, donde toman las decisiones adecuadas, en un lugar en el que cualquier padre querría que estuviera su hijo?

Hay un motivo por el que a los padres les encantaba Mister Magic, por el que se sentían a salvo dejando a sus hijos a su cuidado. Tanto delante de la televisión como en ese país de las maravillas donde los niños podían simplemente existir libres del pasado y sin las preocupaciones del futuro.

¿Qué padre no iba a querer eso para su hijo?

Jenny muestra una expresión plana.

—Claro —dice—. Suena bien. Lo estás bordando.

Le suena el móvil y lo mira antes de dejarlo caer al suelo.

—Nadie te dice cómo es ser madre. Quiero ser capaz de cantar una cancioncilla y enseñarles a mis hijas cómo deben ser exactamente. Pero a mí no me funcionó. Hice *todo* lo que se suponía que tenía que hacer, seguí todas las reglas. Nunca dejé de hacerlo, ni siquiera después. Y estoy muy triste, a todas horas, y no sé cómo evitarlo. No dejo de tener bebés pensando que así no me sentiré sola, que tendré mi propio círculo y que yo seré el centro. Pero no hay ningún círculo, hay una cadena. Y tienes razón: soy el eslabón que lo mantiene todo unido y aguanta todo el peso. Pesa mucho, nunca cede y nunca lo sostiene nadie más. Ni siquiera lo perciben. No entiendo cómo puedo estar ahí cada momento de cada día y, al mismo tiempo, no existir en cierto sentido. La mayoría de los días pienso que ni siquiera soy persona. Ni para ellas ni para mí. Miro a mis chicas y ese enorme pozo de desesperación se abre en mi interior porque son muy dulces, jóvenes y van a tener que pasar por todo lo que yo pasé, van a tener que hacer todo lo que les enseño y les digo que hagan para ser felices y yo no lo soy. No soy feliz y no sé cómo serlo. No he sido feliz desde entonces. —Levanta la mirada y las lágrimas le resbalan por el rostro mientras observa la pantalla—. Quiero que las reglas importen. Quiero que les reglas *ayuden*. Y quiero a mi padre —susurra.

La entrevistadora no tiene respuesta para eso.

Jenny no se limpia las lágrimas.

—Quiero que se acabe esta parte.

—Hemos estado mucho tiempo en ella, ¿verdad? ¿O no? —Hay confusión en el tono.

—Sí —contesta Jenny con un suspiro.

—Vamos, Jenny. No pretendíamos hacerte llorar. Eres la amiga de todos, la mejor amiga. La más auténtica. Cántalo. Te sentirás mejor. *Dame la mano…*

Jenny parece muy pequeña ahí sentada en el suelo con los ojos abiertos como platos mientras vuelve a buscar algo más allá de la pantalla. Y entonces ese anhelo desaparece, la vulnerabilidad, la debilidad e incluso la esperanza se hacen a un lado con gran eficiencia. Jenny se levanta con un crujido de sus articulaciones.

—Tengo que prepararme para esa estúpida gala. Ya tienes mi mano, siempre la has tenido. No te hace falta que cante nada contigo.

Jenny sale y las luces se apagan.

—Pero quiero que lo hagas —añade una vocecita triste e inaudible.

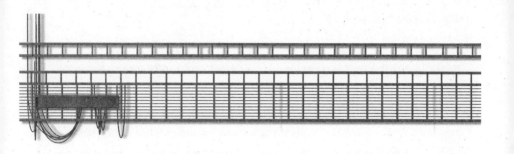

BLOQUEA LA PUERTA

L a madre de Val no espera a que se siente. Toma asiento en un sillón reclinable tan parecido a aquel en el que murió su padre que a Val se le corta la respiración.

De hecho, no hay muchas diferencias entre ese espacio abarrotado y la pequeña cabaña que Val compartía con su padre. Una cocina tan pequeña que es prácticamente inútil. Una lámpara amarillenta que le quita vida a todo y hace que la madre de Val parezca chupada y medio muerta. Hay una puerta que da a un dormitorio que consta solo de una cama con una colcha marrón arrugada y llena de pelusa. Al lado del sillón reclinable hay una silla tapizada. Ahí estaría el sofá de dos plazas de Val en la cabaña.

Puede visualizarlo: en lugar de sentarse junto a su padre, leyendo en silencio, sin que nadie hablara, estaría sentada en esa silla junto a su madre, leyendo en silencio, sin que nadie hablara. Nunca habría una infancia idílica en un pueblo de ensueño. No para Val.

Pero la comparación entre la cabaña y la caravana no es del todo correcta. Al menos la cabaña incluía el granero, los establos, la casa grande y a Gloria, además de muchos exteriores que Val podía explorar. Ahí estaría atrapada por el calor y el desierto. Y hay algo que su padre nunca habría permitido: Debra tiene tele. Es un aparato viejo y cuadrado, como el de la otra casa, con una antena. No se parece en nada a la elegante pantalla plana que le compraron a Gloria sus hijos unos años antes. En ese momento, la televisión de Debra muestra una pantalla estática en blanco y negro, pero eso no impide que se recueste en el sillón y fije la mirada en ella.

El olor también es diferente. La cabaña estaba húmeda, pero limpia gracias a Val. Ahí, bajo el abrumador aroma del perfume, se percibe cierta acidez. Ropa sucia, olor corporal, de pelo. Su padre cuidaba de ella y ella de su padre. Nadie había cuidado de Debra.

Era más fácil pensar en ella como Debra, como una mujer a la que Val conoce por primera vez, en lugar de como su madre. De pie sobre esa alfombra marrón moteada, Val no sabe por dónde empezar. Había asumido que la avasallaría a preguntas. Preguntas sobre dónde había estado todo ese tiempo. Sobre cómo estaba. Sobre quién era.

—Me gustan tus ranas —comenta Val porque ¿cómo si no iba a empezar esa conversación?

—Sapos —la corrige Debra regañándola por su ignorancia—. Los sapos son mucho mejores que las ranas. Algunos sapos pueden enterrarse en el barro y dormir, prácticamente muertos, durante años. Tal vez incluso décadas. Hasta que vuelve a llover y se dan de nuevo las condiciones adecuadas para ellos.

—No lo sabía. —Val se queda donde está, pero la habitación es tan pequeña que sus rodillas casi chocan con las de su madre, que son nudosas debajo de su bata de ir por casa con estampado floral. Unos calcetines gruesos y feos ocultan sus pies.

Debra le hace un gesto irritado a Val para que se mueva.

—Me estás tapando la tele. —Señala la silla vacía con la mano—. Vosotras dos solíais aparecer a estas horas. Siempre espero una reposición.

Vosotras dos. Las dos. Debra perdió a sus dos hijas, pero una ha vuelto y apenas parece ser consciente. Val se sienta con cautela al borde de la silla vacía.

—¿Tienes alguna pregunta para mí? —Probablemente sea mejor dejar que empiece Debra y luego ya preguntará Val lo que necesita saber.

Finalmente, Debra la mira con un vistazo rápido de arriba abajo con sus ojos marrones.

—Eres más alta.

—¿Que cuando tenía ocho años? Sí, crecí.

Val se ríe con un sonido ligero e incrédulo. Isaac había intentado advertirla sobre su madre, pero no había hecho un buen trabajo.

Como si pudiera leerle el pensamiento, Debra señala la puerta con la barbilla.

—He visto al muchacho con el que has venido.

Val no cree que «muchacho» sea la palabra más adecuada para describir a Isaac, que tiene casi cuarenta años. Pero, antes de que pueda decir nada más, Debra continúa:

—Ha estado aquí varias veces molestándome con preguntas sobre tu padre, sobre dónde vivíamos y sobre lo que hacía antes de que nos casáramos. Me pidió fotos. Me acosó. Me alegro de que no haya entrado. —Debra entorna los ojos. Las arrugas de su rostro, que trazan el mapa de su vida, parecen sospechosas y desagradables.

A Val se le acelera el corazón.

—Isaac estaba buscándome. ¿No querías que lo hiciera? ¿No te preguntaste a dónde me había llevado papá?

—Tu *padre* —dice Debra y por fin parece involucrarse emocionalmente en la conversación. Habla con un tono ácido, como los posos amargos que quedan en el fondo de una botella de vinagre caducado—. Lo arruinó todo. Tuvimos suerte al ser aceptados en el programa. Lo veíamos cada día y sabíamos que estaba funcionando. Eras muy *buena*. Él también podía ver los cambios. Ambos estábamos de acuerdo en que estabas mejorando. Estábamos haciendo lo mejor para ti. Yo era muy feliz de ver que Mister Magic te estaba arreglando.

Val no había sido consciente de que necesitara ser arreglada.

—¿Y Kitty?

Debra se estremece y las siguientes palabras casi las escupe:

—Ella no lo necesitaba. Tú sí. Pero siempre te salías con la tuya. Eras una niña muy difícil. Y te querían, quién sabe por qué, así que estuvieron dispuestos a aceptar también a Kitty. Sin embargo, ella era feliz. Os veíamos cada día. Siempre sabía cuándo era feliz mi niñita.

—Entonces, ¿por qué me llevó papá? —Val sabe que solo su padre podría haber contestado a eso. Lo que diga Debra será solo su parte de la historia. Pero es la única parte que queda.

—Porque es idiota, por eso. Un mal padre, egoísta y consentidor. A él no le importaba que entregarte al programa te estuviera arreglando. —Señala la tele con un dedo huesudo.

—¿Entregarme al programa?

Esa frase no tenía mucho sentido, pero la propia Debra tampoco lo tenía. Vivía ahí en una caravana sucia, sin amigos ni familia excepto una colección de sapos dementes, mirando una pantalla estática en un antiguo televisor.

Debra continúa como si no hubiera oído la pregunta de Val.

—Ibas a ser… —Debra niega con la cabeza y cierra la mandíbula. Cierra los ojos y su rostro se relaja con un aire soñador, en un eco de esperanza y juventud perdidas mucho tiempo atrás—. Ibas a ser muy buena. Ibas a ser dulce y feliz, exactamente la hija mayor que cualquiera desearía. Y yo iba a sentirme muy orgullosa de ser tu madre. —Vuelve a abrir los ojos, pero no mira a Val—. Y él lo estropeó. Te estropeó a ti y perdí a Kitty.

—¿Qué le pasó? —pregunta Val preparándose para la respuesta.

Un tic mueve los hombros de Debra.

—No lo vi —responde—. Me llamaron, me gritaron diciendo que lo que había hecho tu padre era culpa mía, así que no estaba mirando. Fue el *único* episodio que me perdí. El único. Los veía todos. Todos y cada uno. —Mira a Val con fiereza, como si la desafiara a cuestionar su integridad y su devoción como madre—. Y luego se atrevieron a culparme, a cuestionar si quería que estuvieras en el programa. Pues claro que sí. Era todo lo que quería para ti. Incluso ahora siguen culpándome. No me dejan vivir en el pueblo. Nunca me invitan a las reuniones. No me dejan volver a esa casa. ¡Después de todo lo que les di! ¡No es justo!

Val no entiende nada. Parece que Debra no sabe cómo murió Kitty… pero también parece como si no le importara. Como si esa pérdida fuera menos importante que la pérdida del programa. Ni siquiera ha preguntado por su padre ni por dónde ha estado Val.

A Debra no le importa.

Val se rasca la palma de la mano con las uñas y un agonizante escozor le trepa hasta el corazón. Todos esos años escondiéndose. Tal vez su padre estuviera escondiéndola de Debra. Para que no la castigara por no lograr ser la hija que Debra creía que merecía. Para que no la castigara por ser la única que seguía ahí.

Una horrible última pregunta le quema la garganta cuando la pronuncia.

—¿Me buscaste?

Debra se recuesta en su silla, mirando la pantalla, esperando.

—No podría haberte controlado sin él.

—¿Sin papá?

—No. Sin *él*. —Debra levanta una mano, pero en lugar de señalar el televisor, mantiene la palma plana con los dedos estirados acercándose a la pantalla como si esperara a que alguien se la tomara—. Perdí a mis dos hijas el día que acabó *Mister Magic*.

Val se levanta. La estática de la pantalla la infecta con ese ruido blanco, caos y falta de sentido. Su vida entera cae en un vacío cruel y absurdo.

La madre de Val nunca los buscó.

Nunca los buscó.

Su padre la secuestró y no le importó a nadie. A nadie excepto a Isaac. La parte de su cerebro que todavía funciona le dice que debería despedirse, decir que lo siente, decir cualquier cosa. Pero Debra no la mira. Está mirando al televisor con la mano extendida, preparada para recibir la belleza guionizada que pueda ofrecerle en lugar de la hija viviente que tiene justo al lado.

Val no puede irse sin nada. No puede ser. ¿Qué le había pedido Isaac cuando había estado ahí? Información y…

—Las fotos —dice Val—. ¿Dónde están?

Debra señala, molesta, el mueble de la tele. Val abre un cajón rígido. Hay una pila de fotografías unidas con una goma desgastada. Quiere revisarlas rápidamente y luego marcharse. Pero la foto superior hace que se detenga en seco.

Val se reconoce a sí misma. Ese mismo cabello espeso y oscuro, esas cejas gruesas y esos ojos marrones mirando con aire desafiante a la cámara. Su brazo rodea a una niña más pequeña con aire protector.

Coletas castañas, pecas y ojos azules muy claros. Es la niña pequeña con la que siempre ha soñado Val. La que sabía en el fondo de su corazón que estaba ahí. La que había asumido que acabaría pariendo algún día. Creía que no recordaba a Kitty, pero Val ha estado todo ese tiempo aferrándose a ella.

Val nunca había soñado con el futuro. Solo tenía una pesadilla recurrente sobre lo que ya había perdido.

Hola, Academic Reddit, ¿queréis ver mi propuesta de tesis que fue total y completamente rechazada? Gracias por enviarme a las profundidades de *Mister Magic* y animarme todo este tiempo. Al parecer, nadie con sentido común se acerca a ese programa y todos los rumores y leyendas que lo rodean. Es básicamente tóxico. Ahora tengo que encontrar un modo completamente diferente de terminar mi doctorado en Medios Audiovisuales, imbéciles.

Hola, profesor Perkins,

Me gustaría explorar arquetipos de programas infantiles de los ochenta y los noventa que hayan influenciado en la cultura y comportamientos de los *millennials* de más edad para mi tesis. Me gustaría centrarme específicamente en tres programas:

Las Tortugas Ninja clasificando las personalidades en el líder, el gracioso, el listo y el enfadado o rebelde resaltando que, evidentemente, las mujeres quedaban totalmente excluidas a ser el sistema de apoyo hipercompetente para todos los hombres, también conocido como el problema de April O'Neal. Mi análisis principal se centrará en la serie animada original porque era lo que se veía regularmente en los hogares, pero también incluirá comentarios sobre la primera película de acción real.

Los Pitufos, profundizando en los problemas de influencia sobre los roles de género en las infancias *millennials*. Cada pitufo se definía por lo que hacía con la excepción de Pitufina, quien solo se definía por su género (por no hablar del antisemitismo y la historia tremendamente ofensiva de la creación de Pitufina, por lo que tendré que limitar el enfoque de mi análisis respecto a eso).

Finalmente, *Mister Magic*. Es el desafío más emocionante porque no existen fuentes primarias, pero también difiere respecto a los otros dos en que incluía a niños reales y sus juegos y, por lo que experimenté personalmente y por lo que he leído en internet, tuvo una gran influencia sobre los espectadores. El último elenco del programa incluía un interesante conjunto de arquetipos: el travieso, el creativo, la amiga, el hermano mayor cuidadoso y la líder. La niña más pequeña del programa no parece encajar en ningún arquetipo específico, aunque se podrían presentar ciertos argumentos para la inocente. A los niños los guiaba e instruía una figura masculina adulta, sombría e insulsa, con todo tipo de posibilidades simbólicas. Lo que me fascina de este programa es que el líder no era un niño blanco, sino una niña (también blanca). La evolución de la narrativa en la que la líder empezó a ejercer más control y Mister Magic comenzó a desaparecer de los capítulos es particularmente interesante. Hasta ese momento, la estructura de *Mister Magic* no había cambiado en las décadas que llevaba retransmitiéndose y muchos de los espectadores señalan el hecho de que una niña asumiera la dirección como la «ruina» del programa.

Me encantaría concertar una reunión para hablar sobre este enfoque y terminar de definir la idea.

Un saludo,
Carrie Jakubowski

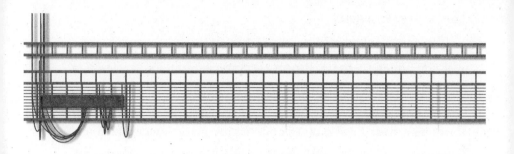

NUEVE

E l sol ataca los ojos de Val cuando ella tropieza por el escalón faltante y derriba uno de los bloques de hormigón. Está a punto de caer entre los sapos. ¿Se quedaría enterrada ahí durmiendo como si estuviera muerta hasta que cambiaran las condiciones? ¿Así es como su madre vive la vida?

Si es así, queda claro que Val no es el cambio de condiciones que espera. Debra se queda en su caravana y se contenta con ver una pantalla estática en la televisión.

Isaac no está en el coche. Val mira frenéticamente a su alrededor y lo ve corriendo hacia ella desde el otro extremo del parque. Hay una mujer tras él gritándole algo, pero Val no logra oírla. Ahí todos están locos. Todos están perdidos.

Ella incluida.

—Hola —dice Isaac—. ¿Cómo ha...? —Se acerca lo suficiente para ver su expresión—. Vámonos. —Abre el coche y ella ni siquiera ha llegado a abrocharse el cinturón cuando arranca atravesando la parcela de Debra con un montón de sapos bajo las llantas mientras se aleja de la mujer que sigue gritando tras ellos. Salen por la parte trasera del aparcamiento de caravanas.

—Necesito tu móvil.

Val le tiende la mano e Isaac obedece. Nota los dedos lentos y torpes sobre el teclado mientras busca el nombre de Kitty en Google junto con cualquier cosa sobre un incendio o algo relacionado con su nombre o el nombre de su padre. Espera encontrar informes policiales. Noticias. Alertas de niños desaparecidos.

No hay nada. Solo unas pocas publicaciones sobre *Mister Magic* en foros, pero nada legal u oficial. No hay pruebas siquiera de que Val haya existido. No hay pruebas de nadie buscándola o acusándolos a ella o a su padre de nada.

Y tampoco hay pruebas de que a nadie le preocupara lo que le sucedió a Kitty.

Isaac conduce hasta que pierden de vista el aparcamiento de caravanas y luego se detiene. Val no es consciente de que está llorando hasta que él se inclina entre los asientos y la rodea con los brazos. Val llora sobre su hombro hasta que le duele la cabeza y su respiración se convierte en espasmos desesperados.

Finalmente, se queda sin lágrimas. Tiene una mano en el pecho y la mirada todavía fija en la camisa de Isaac. Él le deja una mano en el hombro y la otra en la nuca.

Isaac no pregunta qué ha pasado, lo que en cierto modo hace que sea más fácil abrirse tras treinta años de puertas cerradas a las esperanzas, los miedos y los sentimientos. Treinta años de seguir tercamente el ejemplo de su padre, lo que había sido absolutamente innecesario para ambos. Y ahora él está muerto, ella está cerca de los cuarenta y no hay nada, absolutamente nada, que mostrar de sus vidas.

No habían estado huyendo de ninguna amenaza. Solo se habían encerrado.

Val habla con voz cruda, sacando todas sus emociones.

—Debra no nos buscó. Nunca intentó encontrarme.

Isaac suspira.

—Me lo pregunté cuando fui a verla. Intenté darle el beneficio de la duda y asumí que se había rendido después de tanto tiempo, pero...

—No hace falta que termine la frase.

Val deja escapar una carcajada ahogada y medio histérica. Después de todo, puede que todavía le queden emociones.

—Estábamos jugando al escondite, pero no había nadie buscando. Mi madre no era la única a la que no le importaba dónde estábamos.

A nadie le importaba. El infarto de mi padre, su muerte. Mi muñeca rota. Dios, la escuela. Una carrera. Una familia. Nada. Todo. Todo este tiempo podríamos haber estado viviendo, podríamos haber salido de ese pequeño mundo que creamos para nosotros mismos porque pensábamos que, si salíamos de él, lo perderíamos todo. Nunca nos hizo falta el rancho. Ahora lo odio y no es justo porque una parte sí que me gustaba mucho, pero fue una cárcel que elegimos, una cárcel que...

Val no puede continuar. Todos los aspectos de su vida están siendo reescritos por esa terrible ironía dramática.

Su padre renunció a todo para mantenerse a salvo de una amenaza que no existía. Y como Val estaba tan comprometida y era terca como una puta mula, también mantuvo el rumbo. Solo habrían hecho falta unas pocas preguntas, una investigación cautelosa, una estúpida búsqueda en Google y Val se habría enterado de todo.

Suelta otra risa entrecortada. Es demasiado.

—¿Qué quieres hacer? —pregunta Isaac dejando la elección en sus manos una vez más.

Siempre ha tomado malas decisiones. Hizo falta que Isaac la encontrara para darse cuenta, pero... ¿qué quiere hacer? Es una pregunta muy amplia. No tiene educación oficial. Tiene experiencia laboral, sí, pero es bastante específica. ¿Va a empezar de cero a estas alturas? ¿Va a volver al rancho para recomponerse y descubrir su próximo paso? ¿Cómo puede encontrar el camino a seguir cuando todavía sabe tan poco de su pasado? Porque esas nuevas revelaciones no cambian eso. Incluso los vistazos que ha obtenido de su madre están fragmentados y son confusos. Quiere excavar en su propia mente. Con suerte, encontrará algo más sobre Kitty ahí.

Al fin y al cabo, Val perdió mucho, pero Kitty lo perdió todo. No es justo. No es justo que Val haya perdido a su hermana y también sus recuerdos sobre ella. Val quiere recuperar esos años. Quiere una vida en la que creciera con Kitty. En la que fuera capaz de protegerla. En la que Kitty fuera la primera persona a la que llamaría un día como ese para poder llorar y reír juntas.

Quiere a la niña con la que siempre ha soñado y a la que no puede tener.

No. Val se niega a aceptar eso. Algo se enciende en su interior, una antigua llama reducida a brasas que vuelve a la vida con una furiosa respiración. Es algo conocido. Y poderoso.

Val quiere recuperar a Kitty más de lo que ha querido algo nunca en su vida. El único modo que tiene de conectar con Kitty es adentrándose en el pasado, lo que se asegurará de que suceda. No importa lo que haga falta. No importa lo que cueste.

Val se endereza. Ya no está triste. Está decidida.

—Perdón por haberte mojado la camisa —dice.

—Me gusta más así. Le añade personalidad.

Isaac es el único que la buscó. Él la ayudará a averiguar la verdad sobre Kitty, pero eso también significará buscarse a sí misma. Abrir las puertas de lo que fuera que dejó atrás. Antes tenía miedo, pero ¿ahora? Ni el mismo infierno podría detenerla.

Val se arremanga y revela más cicatrices que le llegan desde las palmas de las manos a los antebrazos.

—¿Cómo pasó? —pregunta.

—Cicatrices de quemaduras. Pero mi padre no me contó cómo me las hice. ¿Es posible que fuera yo quien provocó el incendio del estudio? ¿Y que así muriera Kitty?

Isaac niega rápidamente con la cabeza.

—Kitty no murió en un incendio.

—Creía que no recordabas lo que había pasado.

Arruga la nariz, lo que hace que se le muevan las gafas y que solo la parte superior de sus ojos se vea ampliada por los cristales.

—No dije que no me acordara, dije que no tiene sentido. Pero sé que no fue un incendio.

—Entonces, ¿cómo me hice estas cicatrices? Fue antes de llegar al rancho.

—No las tenías durante el programa, me habría dado cuenta.

—Así que fue en el breve lapso de tiempo que pasó desde que os dejé hasta que empiezan mis recuerdos.

Val suspira. Evidentemente, se alegra de que Isaac no piense que ella provocó el incendio que mató a su hermana, pero al menos así habría sabido lo que había sucedido. Se baja las mangas y se frota la palma izquierda que le escuece con los vaqueros. El misterio de sus cicatrices no importa si no tiene nada que ver con Kitty. Kitty es la prioridad.

La falta de informes policiales y de noticias la mosquea. Un suceso así debería haber tenido algún tipo de investigación. A menos que fuera encubierto. Pero sigue habiendo gente que trabajó en el programa que sabrá lo que sucedió.

Gracias al reencuentro, Val está exactamente donde debe estar para acceder a ellos.

—Quiero ir a la gala —afirma.

Isaac no parece entusiasmado por la idea.

—Has pasado por muchas cosas, deberíamos...

—No importa. Lo único que importa es descubrir la verdad. Incendio o no, lo que le pasó a Kitty es culpa mía.

—No —declara Isaac con toda la empatía del mundo. Le toma la barbilla y le levanta la cara para fijar su mirada en la suya y asegurarse de que ella lo entienda—. Escúchame: no fue culpa tuya.

—Kitty solo era parte del programa porque yo no quería hacerlo sin ella. Se suponía que no tenía que estar ahí. Mira la casa, incluso... seis plantas, seis familias. Pero yo tomé una plaza para mi hermana. La arrastré ahí. Mi padre sabía que algo iba mal; de lo contrario, no me habría llevado. Pero la dejó a ella. Os dejó a todos ahí también. No era seguro y él lo sabía...

Val niega con la cabeza luchando contra la culpa que amenaza con abrumarla. Su culpa y su vergüenza han cumplido su propósito recordándole todos esos años que tiene un trabajo que hacer. Ahora lo está haciendo y necesita centrarse. Agarra esos sentimientos y los encierra tras una puerta.

—Siempre he sabido que hice algo imperdonable. Por eso bloqueé el pasado, por eso seguí adelante con lo que él me dijo todos estos años. Dejé atrás a mi hermana y ella murió.

—Eras una niña.

—Tú también y aun así te culpas. —Esta vez le toca a Val sostenerle la mirada.

Isaac no tiene respuesta a esa acusación. No es capaz de sostenerle la mirada. Gira la cabeza para contemplar el desierto a través de la ventanilla. Están orientados al norte, el coche señala en línea recta a la casa. Val no sabe cómo lo sabe, pero lo sabe. Está ahí fuera, esperándolos.

—Yo era el mayor —susurra Isaac—. Erais mi responsabilidad. Seguís siéndolo.

Val no puede contradecirlo porque lo entiende. Puede que Kitty no esté ahí, pero Val se lo debe.

—Es como si no hubiera terminado, ¿verdad? Todos estamos atrapados en el programa de un modo u otro. Ni siquiera yo pude dejarlo del todo.

Las canciones, los sabores, lo que siente con Isaac. Y Kitty en su cabeza, siempre.

—Como una puerta entreabierta —confirma Isaac—. Entonces, ¿eso es lo que eliges? ¿Quieres quedarte? —Gira la mano lentamente y la extiende hacia afuera con la palma hacia arriba—. Cerraremos la puerta por fin.

Val coloca la mano sobre la suya sellando el trato entre los dos y con nadie más.

—O la abriremos de par en par.

Val está cansada de cerrar puertas.

Es hora de desbloquearlo todo e invitar a lo que está acechando. Por el bien de Kitty.

De: Greg S. Johnson

Asunto: Gala

En primer lugar, quiero recordar a todos que los correos grupales deben usar CCO y no CC, lo que creo que entendemos después del desastre respondiendo a todos esta semana.

En segundo lugar, quiero recordar con más firmeza que cualquier comunicación relacionada con El Programa y cualquier avance debe provenir de canales oficiales y no de rumores y usar el servidor de correo para ello es una violación de los estatutos de la comunidad.

En tercer lugar, sí. Puedo confirmar que, por fin, el círculo puede volver a cerrarse. Sé que todos compartimos alivio y alegría. Por favor, esperad para cualquier solicitud y sed pacientes, se llevará a cabo un sorteo para las plazas restantes actuales y futuras cuando la agenda esté confirmada. Recordad que todos se benefician independientemente del elenco. No hacemos esto por nosotros, sino por la enseñanza de nuestro país y de todos los niños inocentes que lo habitan. (Contrariamente a lo que dicen los rumores, no he fichado ya a mis propios nietos. De nuevo, recuerdo que toda la información llegará por los canales oficiales y que cualquiera que use el servidor de correo o cualquier otro medio para esparcir rumores será llevado ante la junta).

Y, finalmente, Jan quiere que recordéis que hay que ir de etiqueta a la gala y que si no habéis confirmado la asistencia no puede garantizar que obtengáis la comida que deseáis. Pero, sobre todo, tened cuidado al interactuar con los miembros del elenco que han regresado. Sé que, aunque estamos todos emocionados, también estamos enfadados y con razón por los treinta años en los que se ha privado al mundo de la bendición de este programa infantil. Pero esto es una celebración, no un tribunal.

Un cordial saludo,

Greg S. Johnson, presidente de la junta directiva de Bliss,

CEO de MM Entertainment.

P.D.: Jan también quiere que os recuerde que hay que cerrar bien las bolsas de basura antes de sacarlas a la calle, hemos tenido problemas de bolsas que se salen y nadie quiere una comunidad llena de basura.

¡Límpiate el corazón, límpiate la mente, todo limpio, aunque cueste!

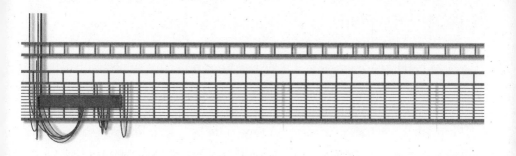

DIEZ

I saac toma el camino largo para volver a Bliss, evitando el aparcamiento de caravanas.

—¿Dónde es la gala? —pregunta Val. Es un alivio que queden unas pocas horas todavía. Necesita tener la cabeza despejada para poder buscar respuestas sobre Kitty. Encontrará a todos los que trabajaron realmente en el programa y hará lo que sea necesario para sonsacarles la verdad.

—En el hotel. —Isaac se detiene a un lado de la carretera a las afueras de Bliss, todavía en el desierto, pero con un lujoso oasis a la vista. Envía un mensaje y su móvil suena inmediatamente con la respuesta—. Ah, bien, Jenny ha reservado habitaciones en el hotel para cambiarnos. Dice que nos veremos ahí en un par de horas. Se alegra de que vengas.

—Mierda —espeta Val. Tienen habitaciones donde cambiarse, pero no tiene nada que ponerse—. ¿Puedes pedirle que me traiga mi vestido del funeral? Es lo único elegante que tengo. —No quiere volver a ponérselo, pero le parece terriblemente apropiado ponerse algo para honrar a los muertos.

—Claro. —Conduce hasta el precioso hotel con ese balcón que da la vuelta y las puertas arqueadas. La zona de aparcamiento está detrás del edificio. Es raro ver qué se esconde en la calle principal. El desierto se acerca a los bordes de esa naturaleza cuidada formando una línea marcada donde termina Bliss y empieza la realidad.

El hotel está impecable. La reciben unos brillantes suelos de baldosas que llevan a un mostrador con detalles dorados detrás del cual hay una mujer rubia sonriente. Unas puertas dobles a ambos lados del vestíbulo muestran un concurrido salón de baile que los empleados están preparando para la gala. Hay pilares altísimos por todas partes. ¿Son decorativos o estructurales? ¿Depende de ellos que el edificio entero no se venga abajo? Val decide que prefiere no saberlo, pero no puede dejar de mirar. Hay nombres grabados en las bases de todos los pilares.

—¿Sabes qué significan esos nombres? —pregunta al pasar junto a uno.

—Son los pilares de la comunidad —responde Isaac. Parece dolido.

—No ha sido un chiste tan malo. —Val le da un codazo y se acercan al mostrador.

Isaac habla con el empleado.

—Jenny ha hecho una reserva.

Basta con el nombre de pila, no deben tener muchos visitantes. La empleada intenta observarlos de manera disimulada, pero no se le da muy bien. No es capaz de ocultar su curiosidad cuando anota algo en el ordenador y saca dos juegos de llaves.

—Dos cero cinco y dos cero seis. Habitaciones contiguas —dice deslizando las llaves sobre el mostrador—. ¿Puedo preguntar qué...?

—Perfecto. Gracias. —Isaac las toma y guía a Val hacia la gran escalera.

Bajo sus pies hay una lujosa alfombra roja aspirada en líneas rectas. Val se centra en ella mientras suben hasta la segunda planta del hotel. No se arrepiente de haberse marchado del rancho. Se niega a arrepentirse de ir a ver a su madre y de enterarse de lo de Kitty. Pero todo lo que sabe ahora y todo lo que *necesita* saber es un gran peso.

Isaac le da uno de los juegos de llaves.

—¿Quieres...? —se interrumpe y ella le dirige una sonrisa cansada.

—Voy a dormir un poco.

—Yo también —responde él con una risita de alivio.

Val siente una punzada de arrepentimiento cuando él se mete en su habitación. Necesita algo de tiempo para resetear, pero ¿quiere estar sola?

La habitación es elegante en un sentido meticuloso y vistoso. Una alfombra lujosa de color crema, la cama medio cubierta de cojines con estampados florales y cortinas gruesas del mismo rojo sangre que la alfombra de las escaleras. Hay una puerta con cerrojo en la pared que conecta su habitación con la de Isaac. Otra puerta lleva a un cuarto de baño con baldosas blancas y negras y un televisor en la pared que se niega a mirar.

Val apenas lo asimila antes de arrojar esos inútiles cojines decorativos al suelo y dejarse caer sobre la cama. Si puede descansar unos minutos, tal vez tenga la cabeza más despejada por la noche.

Se rasca la mano que le escuece. Sus pensamientos se arremolinan y los persigue en círculos. Hablará con Marcus, con Javi y con Jenny. Los presionará para que le cuenten todo lo que recuerdan del programa y de la noche que se la llevó su padre. Le preguntará a Javi qué opina del enfoque del pódcast y qué debería saber. Tomará prestado el móvil de Isaac e indagará en teorías sobre el programa y sobre su final que encuentre por internet.

Isaac la ayudará. Tiene recursos y confía en que Isaac sabe lo importante que es todo eso para ella. Confía en sus ojos, en su sonrisa divertida, en sus dedos largos, en…

Se oye un suave ruido. Como un suspiro.

Val abre los ojos de golpe con el corazón acelerado. La habitación está a oscuras. La única luz proviene de la pantalla estática de la tele que nunca ha encendido. También hace mucho frío en la habitación, aunque no oye el motor del aire acondicionado. No oye nada sobre ese zumbido apremiante que la rodea.

Val gira la cabeza a un lado. O su cabeza se gira sola. No siente que tenga el control. La puerta del pasillo está abierta. Al otro lado del umbral solo hay una negrura absoluta. Parece profunda, suave y cálida.

Una silueta se recorta contra la oscuridad. Val tiene la mandíbula apretada, el cuerpo paralizado por el miedo o la anticipación. ¿Es un hombre misterioso con capa y sombrero de copa? ¿Quiere que sea él? ¿Tendrá respuestas para ella?

Pero a medida que la silueta se acerca, se vuelve más pequeña, señalando sus límites. Se detiene al borde de la cama y la mira fijamente.

Kitty. Esos enormes ojos azules son lo único que tiene color en la habitación oscura, como si todo lo demás estuviera en blanco y negro. Kitty se acerca hasta que quedan cara a cara. Sus ojos son tan vívidos que le duele mirarlos, pero Val no puede apartar la mirada. Quiere preguntarle dónde ha estado. Disculparse. Jurar que Kitty siempre estuvo en sus sueños, a pesar de que la hubiera olvidado.

Pero Val no puede hacer nada. Solo es capaz de mirar.

—¿Qué haces durmiendo, vaga? Hay mucho que hacer.

La voz de Kitty es como la oscuridad de la puerta: suave, aterciopelada y acogedora. Es de color negro. Hubo un tiempo en el que Val sabía a qué sabía el negro. Lo echa de menos, aunque ni lo recuerde. Hay muchas lagunas en su alma, muchos espacios cavernosos que llenan el zumbido y el frío. Le duele la garganta y le arden los ojos.

—No llores —dice Kitty con voz cantarina—. ¿Qué decimos siempre acerca de llorar?

Val sigue sin poder moverse, pero la canción resuena en su cabeza, donde ha estado siempre esperando. *¡Sonríe! No hay pena. ¡Sonríe! No hay tristeza. ¡Sonríe! Estás bien. ¡Sonríe! Lo haces de diez.*

La boca de Kitty se curva en una sonrisa cada vez más ancha, tan ancha que Val no entiende cómo es que no se le parten las comisuras. Entonces camina hacia atrás como si alguien hubiera apretado el botón de rebobinar, de vuelta a esa oscuridad cálida e insulsa.

Val quiere ir con ella.

Cuando abre los ojos, la habitación no está a oscuras y la puerta no está abierta. Pero la tele sí que está encendida con un patrón de prueba multicolor que le ilumina la mano de un frío tono azulado. Tiene la mano, la que le ha tocado Kitty, la que le ha acariciado, muy fría al tacto.

¿Cuál es el mito más extraño que habéis oído sobre un programa infantil? Tipo que Mister Rogers era un asesino militar en secreto y siempre llevaba chaquetas para ocultar sus tatuajes.

- Que Tinky Winky fue escrito para convencer a los niños de que el «estilo de vida gay» era aceptable.
  - Yo soy gay y el sol es 100 % un bebé risueño, todos deberíais probarlo
  - Tinky Winky solo llevaba buenos accesorios.
  - Me cuesta creer que la gente viera los Tellytubbies y pensara «gay!» y no «DROGAS»

- Que Steve dejó Las pistas de Blue porque murió de sobredosis. Resulta que no quería quedarse calvo presentando un programa infantil.
  - ¿Sacó las drogas de la cola de Barney?
    - Un momento, ¿de verdad la gente pensaba que ese simpático dinosaurio morado escondía drogas en la cola? ¿Por qué? En serio, ¿con qué propósito? ¿Creen que se las tomaba el tío del disfraz o que eran para los niños?
      - No creo que a la gente que empezó esos rumores le preocupara mucho la lógica
    - el tipo que hacía de Barney no recibió amenazas de muerte y esas cosas?
    - ¡No os droguéis, niños! ¡Así se extinguieron los dinosaurios!

- Que Lindsay Lohan de verdad tenía una gemela, lo de Tú a Londres y yo a California no eran efectos especiales. Pero a su hermana la asesinaron y por eso perdió la cabeza.

– sí no se me ocurre otro motivo por el que una niña explotada por Hollywood durante años pudiera tener problemas emocionales, debe ser porque tiene una gemela secreta muerta

– Que Kitty murió en el último capítulo de Mister Magic y los niños vieron cómo sucedió.

– lo retransmitieron en directo o algo? O es que los productores se empeñaron en usar las imágenes? Madre mía

– en serio, mi prima jura que lo vio. No pudo dormir sola hasta cuatro años después del final del programa.

– Conocí a un chico en el instituto que también aseguraba que lo había visto. Creo que murió de sobredosis pocos años después de la graduación. Qué triste. Le daré un puñetazo al primero que haga un chiste sobre Barney.

– Eso es una estupidez. Solo hace falta investigar un poco. No hay informes policiales, nada sobre una niña desaparecida o muerta en un rodaje. Este tipo de cosas son noticia. Al fin y al cabo, era una niña blanca adorable, ¿verdad? Les encantan esas mierdas. Ahora bien, si hubiera muerto Marcus...

– amigo te has pasado

– quien era Marcus?

– el único niño negro

– Todos sabemos que es cierto.

– Vale, ¿pero tu estúpida investigación reveló algo sobre el estudio que había detrás de MM? ¿O sobre los directores, productores, guionistas o el actor que interpretaba a MM? Porque eso es lo raro del programa. Supuestamente fue el programa de mayor duración de la historia, todos los niños que conocía lo veían cuando éramos pequeños, pero nadie sabe ningún detalle al respecto ni tienen imágenes ni nada. Eso me hace pensar que sucedió algo malo y que todos los involucrados lo enterraron. O la enterraron a ELLA, en este caso.

– Me da la sensación de que MM es como ese post
de las escaleras en el bosque, una broma que empezó alguien y todos los demás han seguido. Es
imposible que fuera un programa real.

– No menosprecies la cultura milenial, vosotros tenéis spookyspaghetti o como se llame, nosotros
tenemos nuestra propia mierda, solo era analógi-
co en lugar de digital

– No era un programa infantil, pero juro que la mitad de los actores de
Warner y de CW empezaron a participar en sectas

– claro eso no es un rumor, es verdad

– Si Sarah Michelle Gellar crea una secta, me apuntaré sin hacer
preguntas

– seguro que la secta de Sarah Michelle Gellar es el «estilo de
vida gay» que la gente temía de los Teletubbies

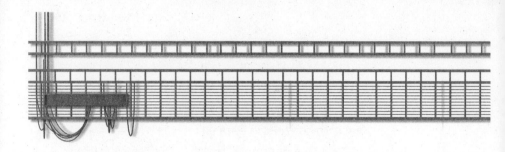

ESTÁ AQUÍ OTRA VEZ

V al sale de la cama y se dirige a la puerta que conecta con la habitación de Isaac, no a la del pasillo. No puede abrir la puerta, no lo hará, teme salir de esa realidad y sumergirse en el aterciopelado reino sin luz de Kitty. No es el miedo a la oscuridad lo que la retiene, es el miedo a querer seguir a Kitty hasta ahí.

La puerta está abierta del lado de Isaac. Por supuesto que él la habría dejado abierta para ella. Las bisagras chirrían cuando entra. Isaac se remueve en la cama, con los ojos todavía cerrados, y abre las mantas.

Una invitación automática, sin preguntas ni matizaciones. Está ahí para ella pase lo que pase, incluso durmiendo. Val se acurruca contra él y sabe que así es como mejor duerme. Es un recuerdo almacenado en su cuerpo, al igual que las cancioncitas. Al igual que Kitty. Val cierra los ojos y no vuelve a abrirlos hasta que suena el móvil de Isaac.

—Tu pelo todavía hace cosquillas. —Isaac lo aparta de su rostro y mira la pantalla del móvil. No lleva las gafas, así que arruga los ojos para ver mejor.

—Cinco cuarenta y cinco —anuncia Val.

Isaac deja caer el móvil sobre su pecho con un suspiro adormilado. Está boca arriba con Val acurrucada contra él y es exactamente tan larguirucho como parece. A Val le gusta. Le gusta todo de él.

—*Todavía* hace cosquillas —repite—. ¿Compartíamos habitación durante el programa?

Isaac alarga el brazo sobre ella para alcanzar las gafas que tiene en la mesita de noche.

—Dormíamos todos en la misma zona, sí. Apilados como cachorros. Tú tenías muchas pesadillas.

Sería mejor en presente, piensa. *Aún las tengo.*

Val es consciente de que debería levantarse, darle las gracias, disculparse, hacer *algo*. Pero todavía no está preparada para moverse. Moverse significa volver a la realidad y la realidad ahora tiene muchas exigencias.

—Al menos no ronco.

—Eh...

—¿Qué? —Val se incorpora—. ¡No ronco! ¿O sí?

En realidad, nunca ha pasado una noche entera con alguien. Ha tenido relaciones sexuales, sí, pero siempre ha mantenido la intimidad fuera de sus límites.

—Ronroneas. Como un gatito.

—Madre mía, ronco.

Isaac se ríe y se sienta él también.

—Y tienes los pies casi tan fríos como las manos.

Val todavía tiene la mano helada. Isaac también se ha dado cuenta, lo que debería asustarla porque es una prueba de que su pesadilla estaba anclada en el mundo real, pero en lugar de eso la consuela. Se lleva las rodillas al pecho y apoya la barbilla en ellas, mirándolo.

—Estabas esperándome. Cuando he entrado.

Él le sostiene la mirada, avergonzado.

—Es como si siempre hubiera estado reservándote ese sitio.

¿Debería decir que ella también siente que ese es su sitio? ¿Que todo en él debería sorprenderle, pero no lo hace? ¿Cómo conectas con otra persona tras pasar toda una vida evitándola? Todos esos años, cuando dormía, había un agujero del tamaño de Isaac a su lado. Un agujero del tamaño de Isaac en su vida. Tal vez haya soñado con la cara de Kitty y no con la de Isaac, pero él sigue ahí. Sigue siendo... suyo.

Suena el móvil de Isaac.

—Los demás están aparcando —dice—. Subirán en un momento.

Val desliza la pierna por el lado de la cama. Preferiría no tener que explicar qué están haciendo ahí juntos. No porque sea un secreto, sino porque le parece algo casi sagrado.

De todos modos, no tiene tiempo para pararse a pensar qué significa Isaac para ella o qué podría llegar a significar. Tiene que centrarse en su objetivo: la información. Las galas son algo nuevo y desconocido, pero sabe hablar con la gente rica, sabe convencerlos para que acepten sus ideas, al igual que hizo con la madre de Poppy en el rancho.

Se da cuenta de que se está rascando de nuevo la mano. Ahora que el frío ha desaparecido, ha vuelto el picor.

—¿Crees que Jenny tendrá alguna pomada para las alergias? La mano me está volviendo loca. Debo ser alérgica a algo.

Isaac alisa la colcha como si él tampoco quisiera responder a ninguna pregunta incómoda.

—Creo que Jenny tiene de todo en ese bolso. Pomada para las alergias. Paquetes de hielo. Un libro para colorear y rotuladores. Un rompecabezas.

—Una bengala de emergencia.

—Una mantel para ir de pícnic.

—Un pícnic entero.

—Un conjunto de ropa.

—Conjuntos de ropa de siete tallas diferentes.

—Un neumático de repuesto.

—Y una palanca de hierro —agrega Val—. Para cambiar el neumático o para cualquier otro propósito menos legal.

Isaac ríe.

—Sí, yo no me metería con ella.

Val se retira a la otra habitación y utiliza el baño antes de que aparezcan todos los demás. Cuando sale, los hombres ya están con Isaac repartiéndose bolsas de ropa.

Jenny arrastra una maleta por la puerta que separa las dos habitaciones. Tiene los brazos llenos de vestidos.

—Has decidido unirte a nosotros. —No parece contenta ni enfadada. Solo cansada. Lanza la ropa sobre la cama—. He pasado por casa y
he traído todo lo que tenía. He supuesto que no querrías llevar lo mismo que en el funeral de tu padre.

Es una declaración contundente para acompañar un gesto cariñoso. Val le pone una mano en el hombro.

—Muy amable por tu parte. Gracias.

Jenny arquea las cejas.

—Ah, sí. De nada. —Se sienta al borde de la cama mirando distraídamente la pila de vestidos—. Creo que me has dado las gracias más
veces en el último día que cualquier otra persona en años. Es como...
cuando hay platos sucios, si mi marido los lava, le doy las gracias.
Pero cuando lo hago yo, nadie me lo agradece porque no es algo bonito que he hecho por otra persona. Es solo lo que se supone que tengo
que hacer.

Incluso Gloria tiene la delicadeza de reconocer el arduo trabajo de
Val. Aunque no le paga un salario justo por él, algo es algo.

—Es horrible —comenta Val.

Jenny suelta una aguda carcajada de sorpresa.

—Sí, lo es. Venga, elige un vestido.

Val empieza a revisarlos. Jenny y ella no usan la misma talla, Val es
más alta, tiene los hombros más anchos y los pechos más pequeños,
pero hay uno verde sin mangas con un corte bastante adaptable. Viene
con una chaqueta de manga corta que Val decide no usar. Nunca ha
llevado algo tan elegante. Le gusta cómo la envuelve, le encanta el
suave movimiento de la falda contra sus musculosas pantorrillas. La
mayoría de los zapatos de la maleta son demasiados pequeños, pero
hay unas sandalias de tacón con tiras que no le resultan agonizantes.
Es como jugar a los disfraces con una amiga o como se imagina que
sería prepararse para el baile de graduación.

Jenny suspira y elige un vestido de señora granate con mangas
cortas y cuadradas, de corte imperio y una falda hasta mitad de la
pantorrilla, todo en la misma tela mate y sin vida.

Val se lo quita.

—En absoluto. —Elige un atrevido vestido rojo sin mangas con la espalda al aire y una enorme raja en la pierna—. Este.

—¡No puedo ponerme eso!

No obstante, se lo coloca por encima y se gira para mirarse en el espejo de cuerpo entero pasando las manos por arriba de la tela.

—Entonces, ¿para qué lo tienes?

—Lo compré hace años en un viaje en el que me sentía una persona diferente. Fue una de esas estúpidas compras vacacionales que parecen razonables hasta que vuelves a casa y te das cuenta de que no eres una persona diferente. Simplemente la vida real estaba en pausa. —Lo baja con un suspiro—. Es demasiado descarado. Llama mucho la atención. No puedo llamarla.

—¿Por qué no?

—¿No te acuerdas de...? No, supongo que no. —Jenny hace una mueca, pero no es con Val con quien está enfadada. Deja el vestido rojo sobre la cama y pasa los dedos por el material sedoso—. Nosotras tres... Kitty, tú y yo... recibíamos lecciones extra. Reglas extra. Separadas de los chicos. *Tápate, abróchate los botones, a nadie le gustan los payasos chillones.*

—Dios mío —murmura Val y otra pieza encaja en su sitio—. Por eso cada vez que me pongo un bikini hay una vocecita en mi cabeza que canta alegremente: *Una pieza mejor que dos, ¿quién es responsable? Solo tú, no yo.* Creía que sería una cancioncita de la radio o algo así.

—Esa era nuestra canción. Bueno, una de tantas. Esa era la canción de la modestia. También estaba la canción de la crianza. La canción de la dulzura. Ah, y la que decía que debemos ser felices donde estemos, atendiendo nuestro jardín, sin apuntar demasiado alto porque el césped que más crece es el primero que cortan.

—Es un poco... turbio —comenta Val.

Jenny frunce el ceño.

—No. Era para enseñarnos a ser felices con lo que teníamos, para no volvernos miserables con la ambición.

—Pero a los chicos no les cantaban esas canciones. No tenían rimas sobre esconder su piel o rebajar la ambición, ¿verdad?

—No va de eso —replica Jenny. Está empezando a sonrojarse—. Es sobre esferas de influencia, ¿sabes? Y encontrar modos de ser feliz. Como la canción de la dulzura. *Si estás molesta, mejor lo escondes. A nadie le gustan las secas, a nadie le gustan las bordes. Sé dulce y mona, la gente que encuentres te recompensará con una corona.* ¡Esa nos gustaba! ¿Recuerdas las coronas que nos ponían cuando inclinábamos la cabeza?

Val no quiere hacer enfadar a Jenny, pero le parece una canción muy retorcida. Nunca enseñaría esa lección a sus campistas. Pero, sin embargo, sí que usaba la de la limpieza. Esas «lecciones» que habían aprendido la habían influenciado, a pesar de que no recordaba de dónde salían.

No obstante, cada vez que pensaba en la canción del bañador, se ponía un bikini alegremente. Contradecir esa idea la hacía sentir poderosa. Así que tal vez las canciones tuvieran el efecto contrario en ella: un desafío obstinado. A pesar de que sí que se había quedado donde estaba sin pedir ni exigir más. ¿Era por esas lecciones que había aprendido de pequeña? Las más dañinas serían las más difíciles de identificar para rebelarse contra ellas.

Jenny está sentada al borde de la cama junto al vestido granate. Pellizca el material.

—Siempre acepté las lecciones y las reglas. Eran para hacernos felices, para que pudiéramos crecer y convertirnos en buenas personas. En buenas mujeres. En buenas madres. Seguí todas las reglas. Nunca enseñé los hombros ni los muslos. Solo me hice un *piercing* en la oreja porque era femenino sin ser agresivo o sugerente. Fui a la universidad para aprender, pero estudié desarrollo infantil porque no era una disciplina egoísta, sino que estaba enfocada a los demás. Y luego lo dejé porque me casé y mi papel cambió, así que mis prioridades tenían que cambiar.

»Esposa y madre. Es el objetivo, ¿verdad? Seis niñas y hago dieta y ejercicio a todas horas para que mi marido pueda presumir ante los demás. «Nadie lo diría al verla». Y ahora la mayor es preadolescente y discutimos sobre si debería poder llevar tops y... ¿por qué no? ¿Por qué le estoy diciendo que su cuerpo es algo que le debe al resto del mundo? ¿Que ella es responsable de lo que siente otra gente, sobre todo chicos, *hombres*, cuando la miran? —Se frota la cara—. He visto tu expresión cuando he cantado esa canción. Sé cómo suena, lo sé. Pero así es como se vive, ¿sabes? Dentro del mundo, no encima de él.

Val se sienta y se toca la rodilla.

—Por favor, no te ofendas, pero ¿qué diablos significa eso?

Jenny se echa a reír y una carcajada silenciosa sacude la cama.

—¡No lo sé! ¿Qué significa?

—No tiene sentido. ¿Y sabes qué más no tiene sentido? Ese espantoso vestido granate. Esta noche vas a ponerte el vestido rojo y no eres responsable de cómo haga sentir a nadie. Solo de cómo te haga sentir a ti.

Val la ayuda a levantarse, le pone el vestido rojo en los brazos y la empuja hacia el baño con aire travieso.

Cuando Jenny vuelve a salir parece tan emocionada como aterrorizada.

—¿Y bien?

Val, silba.

—Madre mía. No estás ni dentro ni encima, directamente estás fuera de este mundo.

La carcajada de Jenny termina con un adorable resoplido.

—Había olvidado lo idiota que puedes llegar a ser. Pero ¿no es demasiado? —Se mira en el espejo poniéndose una mano en el estómago y dejando que una pierna asome por la raja.

—En absoluto. Estás impresionante.

—Solo tú podrías lograr que me pusiera esto. Tan insistente como siempre. Vale, voy a maquillarte.

Jenny le indica que se siente y saca un kit de la maleta de los zapatos. Aunque habitualmente se maquilla de manera sutil, es capaz de crear cambios de imagen radicales. Cuando termina, Val y ella tienen los ojos perfectamente delineados y ahumados y unos labios muy atrevidos.

—Madre mía, estamos buenísimas —comenta Val cuando se miran al espejo una al lado de la otra.

¿Cómo habría sido ser amiga de Jenny todos esos años? ¿Haber crecido juntas sin que las hubieran separado a la fuerza?

—La verdad es que sí. —Jenny esboza una sonrisa nostálgica. Lleva los dedos al espejo como si estuviera mirando algo en el escaparate de una tienda que desea, pero no pudiera tener.

Antes de que Jenny pueda cambiar de opinión o de vestido, Val se la lleva a la habitación de los chicos. Los cinco se alaban unos a otros a la vez y se echan a reír.

—Estamos todos fantásticos —dice Javi y es cierto.

Él lleva el cuello con aire desenfadado con varios botones sueltos debajo de su traje chaqueta azul medianoche; la chaqueta morado oscuro de Marcus le resalta los hombros anchos, mientras que Isaac lleva un traje negro con una pajarita verde que resalta sus ojos de color avellana.

—Vaya, Jenny. —Marcus la toma de la mano y le da la vuelta. Jenny ríe tímidamente, pero parece complacida—. Me parece un delito que hasta ahora solo hayas usado pantalones cortos hasta la rodilla.

Jenny le da un ligero golpe en el hombro, pero su brillante sonrisa no se atenúa.

Ya sea por un efecto de la luz o por sus gafas, parece que Isaac está a punto de echarse a llorar al verlos a todos.

—¿Así son los bailes de graduación? —pregunta Val lamentando todo lo que se ha perdido y la gente con la que tendría que haberlo vivido.

—Por Dios, para nada —dice Marcus—. No hay suficiente desodorante Axe mataneuronas para que esto sea un baile de graduación.

—Y no vamos a tener que meter el alcohol a escondidas —bromea Javi tomando a Jenny por el codo.

—Y yo no voy a tener que fingir que me gusta besar a una chica —añade Marcus.

—Y no serán nuestros compañeros los que estén ahí, sino un puñado de gente mayor criticona.

Finalmente, la sonrisa de Jenny se desvanece ligeramente. Javi la empuja hacia la puerta.

—Rápido, antes de que se ponga un vestido que mi abuela no se pondría ni muerta. Lo que ya es decir, porque mi abuela está muerta de verdad.

Val quiere deleitarse con la rareza de haber crecido y vivido como lo ha hecho y con estar ahí, ahora, de repente, con un vestido elegante y cuatro personas que le importan.

Sin embargo, no puede. Está a punto de hablarles de su plan cuando su mirada se posa en Jenny, en su vestido y en lo que ha dicho de pasar por *casa*. Jenny vive ahí, en Bliss. Sigue formando parte de todo, lo que significa que puede tener información. Pero, si la tiene, no la ha compartido. Así que su lealtad no está con el recuerdo de Kitty ni con Val.

Val observa a los demás. No hay modo de saber lo relacionados que siguen con el programa. Si guardan secretos. Javi intentó advertirla sobre algo, pero incluso eso podría haber sido una prueba para ver qué recordaba. De momento, mantendrá sus sospechas y su plan en secreto.

Isaac entrelaza el meñique con el suyo. Es un vínculo entre ellos, pero también una promesa. Está de su lado, pase lo que pase. Al menos, eso lo tiene.

Odia sospechar de ellos, pero tiene que ser inteligente. Cuidadosa. Se lo debe a Kitty.

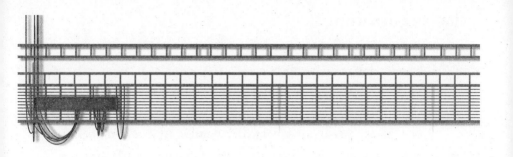

—**N**o es justo que tengamos que trabajar durante la gala —se queja uno de los dos treintañeros blancos que hay sentados delante de una pared de monitores.

El otro se encoge de hombros.

—Ni siquiera hay nadie en la casa —insiste el primero.

El otro se encoge de hombros.

—Es nuestro deber, Mike.

Mike ojea distraídamente las imágenes de las cámaras y se centra en el sótano.

—Odio perderme la comida gratis. No lo entiendes. Tú tienes mujer, así que tu comida siempre es gratis.

Esta vez, en lugar de encogerse de hombros, le dirige una mirada inquisitiva.

—Bueno, no gratis, pero me refiero a que no tienes que prepararla tú. Ni limpiar después. Si yo quiero comer algo tengo que hacer el trabajo yo mismo. Necesito una esposa. Tienes suerte de haber conseguido una pronto. Bliss es demasiado pequeño. Ahora mismo, mis únicas opciones son un par de primas segundas. ¿O primas hermanas? Ni me acuerdo. De todos modos, tampoco están interesadas. Y las otras chicas solteras del pueblo son veinteañeras. Algo malo deben tener si siguen solteras con esa edad, ¿no crees?

Mike se pasa una mano por el pelo cada vez más escaso. Tiene arrugas alrededor de los ojos y líneas cada vez más profundas en la frente.

El otro se encoge de hombros.

—Ojalá hubiera más chicas en la casa ahora mismo. ¿Qué piensas de Val? Está bastante buena en...

Se oye un chasquido proveniente del monitor. Ambos dan un salto en sus asientos, alerta. Les llega una vocecita distorsionada, como si estuvieran captando una débil señal de radio.

— ... *haz un círculo, en la oscuridad, cierra los ojos, piensa un deseo, mantenlos cerrados, mantenlos cerrados, mantenlos cerrados, mantenlos cerrados...*

La voz salta y repite ese verso una y otra vez. Pero la cámara no muestra nada, solo una imagen de la silla en la habitación vacía.

Mike arruga la nariz, asqueado.

—Amigo, odio cuando capta este tipo de ecos. —La canción se desvanece, pero sigue estancada en ese verso. Al cabo de unos minutos, sacude la cabeza—. No sé si todavía se oye o es que estoy escuchando con tanta atención que me imagino cosas. ¿Tú la oyes?

El otro se encoge de hombros.

Mike se acerca a los altavoces intentando captar algo más. Tienen que registrarlo todo.

—¡Ah, hola!

—¡Joder!

Salta hacia atrás y su silla cae al suelo. Se da la vuelta con el corazón acelerado, intentando encontrar el origen de la voz. Estaba muy cerca, se ha oído muy clara. Como si hubiera un niño o una niña a su lado.

Se oye una risa que se va alejando. Sigue sin verse nada en el vídeo.

Mike mira a su compañero, quien, como era de esperar, se encoge de hombros. Sin embargo, hay una leve sonrisa engreída en su rostro. Los ojos de Mike se mueven hasta la esquina y se encuentran con la cámara. Siempre hay alguien vigilando. Incluso los vigilantes son vigilados.

Se limpia la frente, levanta la silla y se vuelve a sentar sin dejar de temblar.

—Oye, lo siento, lo juro —dice más para la cámara que para su compañero—. Me ha asustado. No uso ese tipo de palabras. No creo que sea necesario anotarlo.

El otro hombre lo manda callar levantando una mano. Está haciendo su trabajo, escuchando. La risa ha desaparecido y alguien llora en alguna parte, interrumpiendo los sollozos con hipidos y respiraciones entrecortadas.

—Es la estática, ¿verdad? —pregunta Mike, pero no parece albergar muchas esperanzas.

—Calla —sisea una vocecita—. Harás que vuelva a tener hambre. Solo tenemos que esperar un poco más. Ya lo verás.

El otro hombre empieza a anotar algo en su portátil. La fecha, la hora y la transcripción del audio. Registros de registros, grabaciones de grabaciones. Todo archivado. Todo guardado.

Mike niega con la cabeza y deja pasar unos minutos antes de alejarse, aliviado, de la cámara del sótano.

—Necesito un trabajo nuevo —susurra.

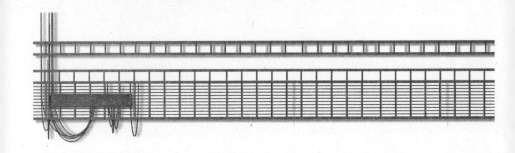

ONCE

—Maldita sea —dice Javi.

Los cinco amigos restantes están juntos en la entrada del salón de baile. La mayoría de los asistentes tienen cincuenta años o más, las mujeres van con manga larga y zapatos de salón y los hombres con traje y pajarita. Pero la homogeneidad no acaba ahí. Es un mar de gente blanca. Incluso Val, que se ha pasado toda la vida en Idaho, lo nota.

—Sí que éramos minorías simbólicas —comenta Marcus.

Javi se vuelve hacia los demás.

—Mirad lo guapos que vamos. Podríamos ir a estar guapos en otro sitio.

Val quiere mostrarse de acuerdo con él, pero necesita encontrar gente que trabajara en el programa.

—*Estate donde tienes que estar* —empieza rescatando otra cancioncilla de su cabeza.

Por supuesto, Javi pone los ojos en blanco y continúa.

—*Sé siempre puntual.*

—*Sé afectuoso y servicial* —canturrea Marcus.

—*O a la mierda te irás* —termina Javi.

—¡No es así! —espeta Jenny—. No nos habría enseñado nunca algo así.

Javi le sonríe y da el primer paso para entrar.

—Hablando de mierdas, ¿cuántas creéis que voy a tener que pisar para llegar hasta la bebida gratis?

—Ay, Dios, mi madre está aquí. —Marcus agarra a Javi del brazo. Mira a su alrededor buscando un lugar donde esconderse, pero no podría camuflarse en ningún sitio—. ¿Qué está haciendo aquí? No puedo lidiar con ella ahora mismo. Ni nunca.

—¿Es esa mujer rubia que está hablando con mi madre? —pregunta Javi con las cejas arqueadas.

A Val se le acelera el corazón. ¿Su madre también estará ahí? No cree que Debra tenga nada tan elegante para ir a un sitio así. Tal vez por eso debe haber sido desterrada al aparcamiento de caravanas fuera del pueblo.

Sin embargo, la presencia de las madres de Javi y de Marcus le deja claro a Val que tenía razón al mantener su plan en secreto. Siguen conectados a Bliss. No quiere levantar sospechas, hacer que la gente se ponga a la defensiva y que tengan una oportunidad de coordinar sus historias.

—¿Vuestros padres también están aquí? —pregunta a Isaac y a Jenny.

Isaac niega con la cabeza y Jenny frunce el ceño cuando otra cosa capta su atención.

—Le dije que se planchara el traje —murmura.

Un hombre como si fuera mayonesa en forma humana camina hacia ellos con la mirada fija en Jenny. Pero no la mira como Isaac mira a Val, la observa como los padres que se acercan a Val cuando no se cumplen sus expectativas sobre sus pequeños prodigios de la equitación.

—No entiendo por qué tenías que quedarte con ellos en esa casa —dice el hombre. Debe ser el marido de Jenny y le habla como si ya estuvieran manteniendo una conversación de antes. Parece tener la edad adecuada. Val no puede evitar la observación mezquina de que Jenny podría haber encontrado algo definitivamente mejor—. Ha sido una pesadilla hacer de canguro tanto tiempo.

—¿De canguro? —pregunta Val.

Puede que no sea el marido de Jenny después de todo. Jenny lo señala débilmente.

—Este es Stuart, mi marido. Stuart, estos son…

—Un momento, ¿de *canguro*? —pregunta de nuevo Val, confundida—. ¿No son tus hijas? ¿Hacer de canguro no significa cuidar a los
hijos de los demás?

El pálido rostro de Stuart se llena de manchas rojas. Mira a Jenny
como si esperara que ella se explicara, pero luego se detiene y *observa* de verdad a su esposa. Val espera que se le iluminen los ojos al
ver lo guapa que está. En lugar de eso, se sonroja todavía más, avergonzado.

—¿Qué llevas puesto? —Baja el tono como si los demás no pudieran oírlo. De repente, la reticencia de Jenny a ponerse un vestido tan
provocador cobra sentido—. Te veo las tetas —susurra bruscamente—.
Y eso significa que todos los demás también pueden verlas.

—¡Pues qué suerte la nuestra! —Val entrelaza el brazo con el de
Jenny tanto para apoyarla como para evitar que huya—. Encantada de
conocerte. Jenny iba a presentarme a unas personas ahora.

—Pero… —empieza Stuart.

—Siempre he sentido curiosidad por los adultos que siguen usando la palabra «tetas» —comenta Javi distraídamente inclinando la cabeza hacia el otro hombre—. ¿Por qué no me enseñas dónde están las
bebidas y mientras tanto me cuentas cuándo usar «tetas» y cuándo
«tetitas»? No tengo muy claras las normas.

—Jenny. —El rostro de Stuart ya es casi morado—. ¿Estos son tus
amigos? No me gusta su compañía para ti. No me gusta nada de eso.
Has estado fuera demasiado tiempo, me da igual lo que diga la junta,
no está bien que una madre esté lejos de sus hijas. Nos vamos a casa.
Sarah no ha dejado de llorar desde que te marchaste y…

Jenny lo interrumpe.

—No. Sabes lo importante que es esta noche para mí. Llevo mucho
tiempo trabajando en esto. Puedes apañártelas hasta que haya terminado.

Val se prepara para un estallido de ira, pero, tras una expresión de
sorpresa, Stuart se desinfla y se marcha sin más explicaciones ni dis-
culpas. Tal vez ese sea el mayor apoyo que puede ofrecerle a su esposa:

no interponerse en su camino. Se camufla perfectamente entre otros hombres insulsos con trajes y camisas blancas.

—Vamos, Jenny. Lo de presentarme a gente lo decía en serio —dice Val con mayor confianza. Realmente es una sala llena de padres exigentes e infelices y ella sabe cómo manejar a ese tipo de gente. En unos minutos los tendrá a todos ofreciéndole la información que necesita y haciéndoles creer que ha sido idea suya dársela.

Marcus agarra a Javi por el codo.

—Llévame contigo. No puedo hacer esto solo.

Se abren camino juntos hacia la pista de baile. Una anciana aparta rápidamente a Isaac porque quiere hablarle de su operación de ojos con láser y de lo mucho que le gustaría a él. Val se siente mal por abandonarlo, pero momentos desesperados...

—Prepárate. —Jenny sigue su propio consejo y endereza la espalda mientras conduce a Val al meollo.

Todos las saludan y murmuran una excusa para irse a otra parte. Al baño, a por bebida o comida o a buscar a alguien con quien necesitan hablar imperiosamente en ese momento. Val apenas se queda con los nombres, mucho menos con lo que tenía que ver cada uno con el programa. Lo había calculado mal. Los padres furiosos del rancho querían hablar con ella realmente. ¿Cómo va a conseguir que alguien le cuente sus secretos si ni siquiera la miran durante más de unos segundos?

Jenny no es de ayuda. La lleva de un lado a otro de la habitación soltándole nombres sin darle más detalles. Carols, Dawns, Joes y Daves. No tienen ningún significado. Cada ojo que capta Val la está mirando siempre. En cuanto ven que ella los mira, desvían la mirada o dibujan una sonrisa fingida. ¡Sonríe! No hay pena, piensa Val.

—Ay, estos no. —Jenny intenta apartar a Val de un grupo de gente que se acerca a ellas, pero están atrapadas.

—¡Compañeras exalumnas! —Una mujer con el pelo perfectamente peinado y pintalabios de color coral agarra a Val por los hombros en un medio abrazo extraño. Huele a las muestras de perfumes de las revistas que suelen probar las hijas de Gloria.

—Exalumnas de la última clase —añade un hombre. Es guapo, lleva la cabeza rapada y tiene los ojos marrones y grandes—. ¡Por ahora!

Una mujer con un horrible vestido granate parecido al de Jenny muestra la misma sonrisa reflexiva y brillante que los demás. Val juraría que tiene más dientes de lo que debería.

—¿No fue lo mejor? Siempre me he sentido afortunada por haber formado parte de esto antes de... bueno, ya sabéis. —Frunce el ceño exageradamente como si estuviera imitando los gestos de una niña pequeña. Le pone una mano en el hombro a Val—. No te culpamos por el final del programa, cariño.

Los demás apartan la mirada, dejando claro que no comparten esa opinión.

—¿Por qué ibais a culparme? —pregunta Val buscando información.

—Bueno, por cómo rompiste el círculo. —La expresión de la mujer se vuelve menos caricaturesca y sus cejas, finas como si se las hubiera dibujado con un lápiz, adquieren un aire pedante—. Te marchaste antes de que se hubiera acabado tu tiempo y luego...

—Luego el programa fue cancelado —termina el hombre guapo.

Hay cierto tono borde en su comentario, intensificado por la mirada que le dirige a la mujer. A Val se le acelera el corazón. Comparten un secreto.

La mujer asiente rápidamente con una sonrisa de oreja a oreja.

—Pero ya sabéis cómo están las cosas actualmente. ¡Están haciendo *reboots* de todo! No os preocupéis por eso.

Le da otra palmadita en el hombro a Val y luego se pone la mano al lado como si no quisiera tocar nada más hasta que tuviera oportunidad de lavarse.

—¿No fue el accidente el que acabó con todo? ¿Quién canceló el programa? ¿La cadena? ¿La productora?

Val observa sus rostros con atención.

En lugar de responder, se vuelven todos hacia Jenny como un banco de peces a la caza.

—No pareces especial —espeta la mujer de la sonrisa. Por el modo en el que lo dice, deja claro que no es un cumplido—. Oye, aprovechando que estás aquí, te cuento que el club de lectura ha decidido cambiar tu elección para este mes. Nos pareció que tu decisión era demasiado... emocionante. —Se ríe—. Te enviaré un correo.

El grupo se dispersa tan rápidamente como se ha reunido y se van a cazar a otra parte.

Val los sigue con la mirada por la habitación. Se centra en la mujer de la sonrisa, decidida a separarla de los demás.

—Así que conoces a toda esta gente —le comenta Val a Jenny fijándose en la mesa en la que acaba la mujer. Esperará a que vaya al baño. A que se quede sola. Con suerte, será más tarde, después de haber estado un rato bebiendo.

—He vivido aquí toda la vida. Me sé sus nombres, los nombres de sus hijos, cómo se ganan la vida, qué coches conducen, cuánto ganan sus maridos y cuánto les ha costado la reforma de la cocina. —Jenny observa a un hombre que se acerca a ellas y que cambia de dirección de inmediato—. Pero no, no conozco a nadie y nadie me conoce realmente a mí. —Jenny se lleva una mano a la frente—. Lo siento, estoy de mal humor. Ay, no, viene el alcalde. No puedo permitir que vuelva a acorralarme. Y menos con este vestido. —Se da la vuelta para huir.

El alcalde es exactamente la persona con la que Val necesita hablar. La muchedumbre se separa a su alrededor mientras él estrecha manos y da palmaditas en la espalda. Es un hombre mayor, extremadamente alto y casi demacrado. Lleva el pelo gris retirado hacia atrás mostrando un pico de viuda y una frente alta.

Val se suelta del brazo de Jenny y se acerca a él.

—Hola —saluda tendiéndole la mano—. Soy...

—Sé quién eres, pequeña Valentine.

Le estrecha la mano y se la acerca, haciendo casi que pierda el equilibrio. Val tiene que inclinar el cuello en un ángulo incómodo para mirarlo tan de cerca. Aunque sí que es muy delgado, ahora ve que se debe más a su altura que a cualquier tipo de fragilidad. Tiene los ojos hundidos, azules y penetrantes y se le forman arrugas alrededor de ellos al sonreír, aunque tiene un profundo surco permanente entre las cejas oscuras.

El hombre le agarra la mano con fuerza manteniéndola a su lado. Val no puede echarse hacia atrás para colocarse a una distancia más cómoda. Jenny ha tomado la decisión adecuada al evitarlo.

La sonrisa del hombre es más paternal que cualquiera que le dirigiera nunca su padre y eso la hace enfadar enseguida. «Paternal» y «paternalista» están muy cerca. Habla de manera uniforme y mesurada, como si hubiera practicado sus palabras.

—Por fin has encontrado el camino de vuelta al redil.

Val sonríe tan alegremente como puede. Es más probable que baje la guardia si alimenta su ego.

—No puedo creer la pequeña joya oculta que es este pueblo. Me sorprende no haber oído hablar nunca de él.

Es la táctica adecuada. El alcalde asiente aprovechando el tema.

—¡Sí, nuestra felicidad! Conoces la historia de la primera colonización de Utah y de gran parte del sudoeste hasta llegar a México, ¿verdad?

El hombre parece ignorar el hecho de que esos lugares ya estaban habitados, pero Val necesita que siga hablando.

—La verdad es que no, pero me encantaría saber más sobre Bliss y sobre su relación con la historia de la televisión.

—Ya llegaremos a eso, ya llegaremos. Primero hay que volver atrás. Sabes quién era Brigham Young, ¿verdad?

—Claro.

Hay un par de universidades que llevan su nombre, algo relacionado con los mormones, pero a Val no le importa de verdad.

—Tras llegar a Utah, envió a sus colonizadores desde Salt Lake City. Se suponía que cada grupo debía establecerse un día de viaje después del anterior formando líneas continuas de seguridad para los viajeros. Como una telaraña esparciéndose desde el centro en el que estaría él sentado como una araña grande y gorda.

Val debe parecer sorprendida por su criticismo inesperado, puesto que el alcalde le sonríe con complicidad antes de continuar.

—Lo que mucha gente no sabe es que el viejo Brigham envió a los hombres que menos le gustaban a los peores lugares. Él estaba al mando y gobernaba con puño de hierro. Cualquier amenaza a su poder, cualquier hombre que lo desafiara o que fuera demasiado popular, era enviado lejos de Salt Lake City. ¡Lo creas o no, a las primeras familias que vinieron a Bliss se les asignó este lugar como castigo!

Val hace un sonido de incredulidad.

—¡Pero si es precioso!

—¡Ahora sí! Entonces no lo era. Imagínate: el tatarabuelo del tatarabuelo de mi tatarabuelo desterrado al desierto implacable con la orden de construir un pueblo. Sin embargo, él entendió que no era un castigo. Tuvo la visión de que la verdad, el poder e incluso el paraíso estaban ahí esperando a aquellos que eran lo bastante valientes para pedir. Había ángeles por todas partes si sabías cómo reconocerlos, si sabías cómo hacer un trato. Y mi familia encontró un lugar incluso mejor de lo que Brigham podía haber soñado, con todo el poder que esperaba ocultar a todos los demás. Intentó silenciarnos, pero acabamos siendo mucho más influyentes de lo que él jamás llegaría a ser.

—¿Cómo? —pregunta.

—¡Con nuestras retransmisiones, por supuesto! Dejad que los niños vengan a mí, ya sabes. Al principio fue algo pequeño, solo nuestra comunidad y cualquiera al que pudiéramos traer a escuchar y aprender. Pero la tecnología, que es realmente milagrosa, nos dio un nuevo alcance para bendecir vidas. En primer lugar, a través de ondas de radio y después en los hogares de todos aquellos que tuvieran televisión. Y volveremos a hacerlo.

—¿Vais a volver con el programa?

Es la primera vez que Val escucha la confirmación. Y eso significa que la gente tiene un interés financiero por mantener enterrados ciertos secretos horribles.

—Cuando llegue el momento, cuando llegue el momento. —Le da palmaditas en la mano.

Val quiere retirarla, pero todavía no puede.

—Pero ¿qué hay del accidente que hizo que acabara? ¿No crees que la muerte de un miembro del elenco en el set hará que haya controversia con la continuación del programa?

Val no sabe qué le responderá, pero no se espera que esas cejas autoritarias se arqueen en sorpresa.

Él se acerca todavía más a ella buscando su mirada con sus ojos hundidos.

—¿Con quién has hablado? No murió nadie en el set de *Mister Magic*.

GRANDES NOTICIAS, MAGIC CIRCLERS: acaba de aparecerme el pódcast de reencuentro en la app. Suscribíos todos. ¡Tenemos que ponerlo en la cima de las listas para que los estudios hagan un reboot!

– ¿Por qué? No todo necesita un reboot. ¿No podemos dejar tranquilos nuestros recuerdos de la infancia?
  – No.
  – vete a casa y ponte a llorar ante los Transformers que aún tienes en la caja
  – solo porque tú no lo quieras no significa que nadie lo quiera, tengo hijos, necesitan esas mierdas
    – incluyendo la canción de mierda que hablaba de no usar palabrotas
      – joder sí, sobre todo esa, alguien tiene que compensar mi horrible influencia en sus vidas
        – jajajaja «límpiate el corazón, límpiate la mente, todo limpio, aunque cueste, sin suciedad, sin maldad, nada de tristeza, siempre felicidad» joder, me encanta esa canción

– Madre mía, no puedo creer que esté pasando de verdad. Creía de verdad que estaba maldito, que era imposible.
  – solo es un pódcast, no un programa nuevo
    – TODAVÍA no es un programa nuevo, pero esta es la era de la nostalgia!

– Entonces ¿van a hablar de lo que le pasó a Kitty?
  – Quién era Kitty?
    – La niña del elenco que murió

- SUPUESTAMENTE, la niña del elenco que murió SU-
  PUESTAMENTE
- es una leyenda urbana, yo no recuerdo a ninguna Kitty y no
  hay pruebas
- una niña del elenco que todos dicen que murió pero que en
  realidad es agente inmobiliaria en Delaware
  - lol Delaware no es un sitio real, negocios imaginarios de
    gente imaginaria
    - el puto presidente es de Delaware
      - presidente imaginario
- si te colocas delante del espejo y dices Bloody Mary tres
  veces seguidas aparecerá y te contará la historia de lo que
  le pasó a Kitty
- en serio, aquí hay un enlace a la página de la agente inmobiliaria Katherine Johnson, ella era Kitty, la producción terminó por un accidente, pero no hubo ninguna muerte, mi novia
  y yo hicimos que nuestro club de lectura de crimen real lo
  investigara el año pasado y lo descubrimos todo, está en
  nuestro blog, el enlace está en mi bio
  - mentira, además, qué hay de todos los otros niños que
    murieron, por qué nadie habla de ellos
    - quién ha dejado entrar otra vez a este loco? Modera-
      dor?

- ¿Dónde podemos suscribirnos? Necesito un pódcast nuevo para
  escuchar de camino al trabajo

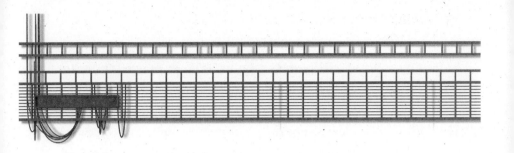

DOCE

E l alcalde sigue sosteniendo la mano de Val y manteniéndola en el sitio.

—Te aseguro que nadie murió bajo su cuidado.

—¿El cuidado de quién? ¿Del director? ¿Está aquí?

Val mira a su alrededor esperanzada, pero el alcalde se ríe.

—Ya sabes a quién me refiero. El programa era perfecto. Los niños buenos nunca sufrieron daño. Y no te preocupes, querida. Ahora que has vuelto, está todo perdonado.

Le da una palmadita en la mano y la acaricia. Val quiere soltarse, tiene la mano caliente, le pica y se le eriza la piel por su contacto prolongado. El alcalde no le ha respondido directamente. Tal vez Kitty resultara herida en el set y la trasladaran a otra parte para poder negarlo. De ese modo, podrían seguir afirmando que no murió nadie en el set. Se había pasado décadas pensando que su madre había muerto porque su padre le había dicho que se había ido. ¿Estaría cometiendo el mismo error? ¿Debra le había confirmado realmente que Kitty estaba muerta? Val no se acordaba. Pero todos sus amigos le habían dicho que lo estaba.

—Si Kitty no murió, ¿qué pasó? ¿Dónde está?

El alcalde frunce el ceño.

—Bueno, evidentemente, fue cosa de tu padre. Fue todo culpa suya.

—¿Mi padre mató a Kitty?

Eso no podía ser cierto, sobre todo teniendo en cuenta la cronología de los hechos que le habían contado los demás. Pero eran pequeños. Tal vez se equivocaran. Tal vez el incendio sí que tuviera lugar antes de que ella se marchara. Tal vez su padre asumiera la culpa y...

—No, no. ¿A qué viene toda esta charla de muertes y asesinatos? Te estás poniendo un poco histérica. Cálmate. Ahora estás aquí y vas a arreglarlo. Lo vas a compensar. —Refuerza el agarre y se la acerca—. Nos lo debes, ¿verdad?

Una mujer con el pelo teñido de un rubio amarillento y sin vida aferra al alcalde por el codo.

—Cariño, tenemos un problema.

—¡El deber me llama! Bienvenida a casa, Valentine.

El alcalde le da un beso en la frente antes de que tenga tiempo para apartarlo y se marcha.

Javi se acerca sigilosamente a ella, seguido de Marcus.

—Ni siquiera hay alcohol. —Marcus mira la copa que tiene en la mano—. Esto es zumo espumoso. ¿Se piensan que porque actuábamos en un programa infantil seguimos siendo niños?

—¿Qué te ha dicho el alcalde Tocón? —pregunta Javi.

Val se seca la frente con el antebrazo deseando haberse puesto esa estúpida chaquetita para evitar tocar su propia piel ahí donde el alcalde le ha dado un beso.

—Me ha asegurado que solo culpan a mi padre de lo que le pasó a Kitty, pero también me ha dicho que Kitty no murió en el set. ¿Murió de verdad? ¿Mi padre hizo algo? ¿Lo hice yo?

Javi niega con la cabeza.

—No tengo claras muchas cosas del final, pero estoy segurísimo de que tú no estabas cuando sucedió todo. Ya te habías ido.

—Así es —confirma Marcus asintiendo.

—Pero ¿Kitty está muerta? —Una parte de Val se atreve a albergar esperanzas por unos instantes. Al fin y al cabo, sus amigos eran niños por aquel entonces. Es posible que tengan los recuerdos confusos.

Marcus la toma de la mano y, cuando lo hace él, no hay nada posesivo ni perturbador en el gesto, solo el consuelo de un amigo a otro.

—No me gusta pensar en lo que pasó, las piezas no encajan. Pero sé que está muerta. Y sé que tú no estabas presente, tampoco tu padre. Estábamos solos.

—¿Quiénes estabais?

—El círculo. Y él —responde Javi.

—¿Te refieres a Mister...?

—No lo digas. Es tu norma —le recuerda Javi.

Val renuncia a su discreción. Con las advertencias de Javi y el consuelo de Marcus confía en que no están intentando tenderle una trampa de algún modo.

—Pero ¿quién era? ¿Puedo hablar con él? ¿Qué hay de los miembros del equipo que estaban en el set aquel día? ¿El director? ¿Hay alguno aquí?

Marcus se encoge de hombros con impotencia.

—Fue hace mucho tiempo. No recuerdo a nadie del programa aparte de nosotros cinco y Kitty.

Javi también se encoge de hombros y se saca una petaca de la chaqueta.

—Supongo que me equivocaba cuando dije que no nos haría falta meter el alcohol a escondidas. Por suerte, siempre voy preparado.

Toma un trago antes de pasárselo a Val, quien bebe y siente que le arde la garganta.

Val desea que Marcus esté equivocado. Desea poder albergar esperanzas sobre la posibilidad de volver a ver a su hermana. Desea haber abierto realmente la puerta de la habitación del hotel después de su pesadilla solo para asegurarse de que Kitty no estuviera ahí todavía, esperándola.

Javi toma otra bebida, se la tiende a Marcus y mira alrededor de la sala.

—De lo único de lo quieren hablarme todos es del honor que tuve por trabajar en la empresa en la que estaba ese capullo depredador de Harrel antes de ser nombrado miembro de la Corte Suprema. ¿Sabéis lo que sí fue un honor? Encerrarlo en el baño en la fiesta de Navidad.

Javi sonríe de oreja a oreja mientras Marcus levanta la petaca en un brindis y se la pasa luego a Val.

Nadie le hablará del programa ahí, pero que el alcalde haya negado la muerte de Kitty es una prueba en sí misma. Está involucrado, ya sea en la muerte o en el encubrimiento. ¿Por qué si no iba a evitar reconocerlo?

—Ay, no, viene mi madre. —Marcus se tensa cuando una de las muchas rubias de bote se abre paso entre la multitud hacia ellos—. Va a preguntarme por mi exmujer, a comentar lo feliz que parecía yo por aquel entonces, lo que significa que *ella* era mucho más feliz cuando estaba en el armario.

Javi levanta una mano.

—Ven. No puede acorralarte si estamos bailando.

Marcus se queda petrificado. Habla con voz suave, aunque firme:

—Por favor, no me tientes.

La sonrisa traviesa de Javi se desvanece. Es como si hubiera mudado una capa de piel y hubiera revelado la verdad subyacente. Todos sus nervios y venas, todas las partes tiernas y delicadas que lo mantienen con vida.

—No lo haría nunca. —Sin embargo, no habla con voz suave, sino feroz.

—Todos nos mirarán —replica Marcus, pero toma la mano de Javi.

—Van a mirarnos de todos modos.

Javi lo conduce hacia la pista de baile. Hay unas cuantas parejas mayores balanceándose de un lado a otro al ritmo de una lista de reproducción de canciones tranquilas típicas de créditos finales de los noventa. Javi susurra algo que hace reír a Marcus y capta su atención. Son preciosos bailando juntos.

Las parejas de mayores se apartan como si temieran ser contaminados. *¿Con qué?*, se pregunta Val. *¿Ritmo? ¿Alegría?*

Ella está muy sola. Su padre está muerto e, incluso antes de eso, estaba sola en todos los sentidos importantes. Su madre está viva, pero no puede importarle menos que Val también lo esté. Y una vez que haya acabado ahí, cuando haya descubierto todo lo que pasó y... bueno, en realidad no sabe cuál es su objetivo más allá de averiguar la verdad. ¿Vengar a Kitty, si es que eso es posible?

Cuando haya terminado, ¿qué tendrá? ¿A *quién* tendrá?

Val se da la vuelta y ve a Isaac tras ella. La contempla con esos preciosos ojos agrandados y se la lleva a la pista de baile. Durante unos minutos, deja de escocerle la mano y tiene el cerebro tranquilo. Se ríe mientras giran alrededor de Javi y Marcus. La canción cambia a otra más rápida y forman un círculo de baile. El único realmente bueno es Marcus, lo que en cierto modo hace que sea aún mejor.

La música se interrumpe de golpe. El alcalde está en los escalones que hay cerca de la entrada con un micrófono en la mano.

—¡Bienvenidos! Es un placer teneros a todos aquí celebrando nuestro primer paso para volver a una programación infantil de calidad. O, como nos gusta llamarlo, ¡a la programación de infantes de calidad!

Javi pone los ojos en blanco y Marcus abuchea en voz tan baja que solo ellos pueden oírlo.

Val busca a Jenny entre la multitud, pero ella ya está corriendo en su dirección, persiguiendo inexplicablemente a una mujer. La mujer lleva algo más parecido a un camisón que a un vestido de gala.

El alcalde sigue hablando:

—Sobre esto, el reencuentro tan esperado…

—¡Tú! —grita la mujer del camisón señalando a Val con el dedo. No necesita abrirse paso entre la gente, se separan para que pase dejándole el camino despejado. La mujer es pequeña y de huesos finos como un pajarillo, pero cuando agarra a Val por los hombros, parece como si tuviera garras—. ¡Tú lo rompiste todo! —Escupe saliva al gritar—. ¡Tú lo rompiste todo! Tú…

Jenny tira de la mujer, quien suelta su agarre, pero se abalanza hacia adelante y le araña la cara a Val. Val se tambalea hacia detrás intentando protegerse del ataque.

Javi, Isaac y Marcus intervienen. Hacen falta ellos tres y Jenny para impedir que la mujer siga atacándola.

Val contempla la escena con una mirada enloquecida.

Aparte de sus amigos, todo el salón está quieto. Nadie se ha movido hacia ellas. Nadie ha sacado el móvil para llamar a la policía o para grabar siquiera. Están todos mirando. El alcalde, micrófono en mano, no dice nada. No llama al orden ni pide que controlen a la mujer. Muestra una expresión deliberadamente impasible, pero Val juraría que ha visto una sonrisa de aprobación en ella. Todos lo aprueban. Al fin y al cabo, no la han perdonado. Pero ¿quién es su atacante?

Jenny le rodea el cuello a la mujer y se la acerca.

—Por favor —le dice—. ¡Por favor, para, mamá!

Para: MM204@mm.org
De: MM587@mm.org

Informe diario:

Archivo (1): Aquí están las transcripciones de la entrevistas de hoy con Javier y Marcus. Es posible que haga falta llevar a Jenny ante un comité disciplinario por uso y contacto inapropiados. Se han resaltado las partes relevantes. A pesar de que se ha acordado que las respuestas de Jenny son lo bastante adecuadas para permitirle continuar con el proyecto, no se puede tolerar ese comportamiento independiente. Todo debe pasar por la cadena de mando adecuada.

Archivo (2): Aquí hay un resumen de todo el contenido nuevo de internet que involucra, menciona o está relacionado con Mister Magic. Ha habido un repunte notable desde que se publicó el pódcast de presentación en todas las plataformas, tal vez sea conveniente asignar otro puesto permanente de monitorización de redes sociales, puede que incluso dos. Solo con el avance ya hay miles de suscripciones al pódcast. En la reunión del martes habrá que tratar la transición de la narración del pódcast para una posible divulgación permanente asumiendo una reanudación del programa exitosa, lo que podría llevar a una interrupción o a un cambio en nuestro acceso. Como se trató anteriormente, continuar con el pódcast independientemente una vez que se empiece a transmitir el programa nos permitirá ejercer mayor control sobre la narrativa. Las redes sociales son un nuevo factor del que podemos sacar el máximo provecho para apoyar el mensaje de Mister Magic, así como monetizar de manera efectiva para poder mantener nuestra misión.

Archivo (3): Aquí se encuentra la transcripción de la actividad espontánea no programada en la pantalla, solo audio. También incluye un gráfico del aumento exponencial de este tipo de eventos desde la muerte del padre de Valentine y su redescubrimiento.

A tener en cuenta: Mike está en observación por blasfemar en el lugar de trabajo. Se enviará una copia de esa transcripción a Recursos Humanos con una recomendación de censura formal. Su puesto es un privilegio sagrado y debe ser tratado como tal.

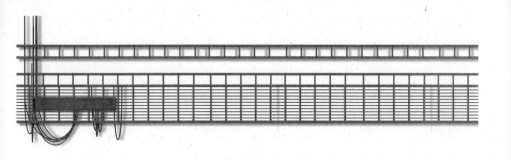

SOLOS

L a madre de Jenny sigue gritando. El sonido persigue a Val mientras corre por el vestíbulo del hotel hacia la puerta principal. Pero sigue sintiéndose demasiado expuesta. No quiere que la encuentren. No ahora que está a punto de perder el control.

El aparcamiento de la parte trasera está lleno de coches, pero vacío de gente. Está bañado en una insulsa luz anaranjada, un tono que roba todo color y vida. Incluso su vestido parece marrón barro. No obstante, así parece más auténtico. Como si el bonito vestido verde, el hotel y el salón de baile hubieran sido todo mentira.

Val camina hasta el rincón más oscuro del aparcamiento y se queda ahí, con los dedos de los pies apuntando hacia el desierto, dándole la espalda a Bliss. Todos los presentes en la gala han visto cómo la ha atacado la madre de Jenny. Aunque no se hayan unido a ella, lo aprueban. Odian a Val. Lo había sospechado por cómo parecía ser el extremo equivocado de un imán que repelía a todo el mundo al pasearse por la sala. Lo había notado incluso por el modo en el que el alcalde le había sostenido la mano, no en un abrazo, sino con restricción.

La odien por haberse marchado de niña o por otra cosa, algo le ha quedado claro: nadie en Bliss la ayudará a averiguar lo que le pasó a Kitty. El alcalde lo sabe. Puede que también los anteriores miembros del elenco. Puede que todos lo sepan. No le hace ningún bien. Puede lidiar con la ira y los privilegios, pero ¿con el odio absoluto? ¿Cómo puede manipularlo para obtener beneficio?

No obstante, la noche no ha sido un desperdicio total. El alcalde ha dicho que los niños buenos nunca sufrieron daño. Ese calificativo implicaba que sí se había hecho daño a aquellos que no eran buenos.

Pero, si eso era cierto, ¿por qué seguía Val ahí y Kitty no? Porque, según la madre de Val, Kitty era la buena.

—¡Val!

Javi atraviesa el aparcamiento corriendo hacia ella.

—¿Qué ha sido eso? —le pregunta Val cuando llega hasta ella.

Él niega con la cabeza, mira a su alrededor y hacia arriba, hacia las luces, como si buscara algo.

—Tengo que volver para ayudar a Jenny, pero me he inventado una excusa para escapar y poder estar solos. Ten mucho cuidado. No hables con nadie. Asume que te están grabando todo el tiempo. Aquí está pasando algo más.

—Pero ¿qué?

—Cuando me contactaron para lo del reencuentro, me planteé: ¿por qué ahora? Me puse a investigar un poco. Nadie intentó descubrir nunca lo que le había pasado a Kitty. No se arrestó ni se procesó a nadie. Ni siquiera hay artículos en periódicos al respecto.

Su breve investigación en internet le había revelado lo mismo, pero Javi tiene acceso a documentos legales que ella no puede ver.

—No les importó —susurra.

—Creo que están usando toda esta tontería del reencuentro y el pódcast para crear una nueva narrativa, para culpar oficialmente a alguien de la muerte de Kitty y limpiar su imagen antes de volver a lanzar el programa.

Val le dirige una sonrisa sin vida.

—Soy la villana perfecta. La hermana mayor perturbada. Pueden convertirlo en un asunto familiar externo al programa. Incluso parezco culpable porque llevo huyendo y escondida desde entonces. No me extraña que se alegren tanto de que esté aquí.

Javi parece sombrío, pero está de acuerdo con su análisis.

—Todos sabemos que tú no estabas cuando… cuando pasó.

—Pero no hay pruebas. —Val comprende algo y se alegra por primera vez esa noche—. Apostaría cualquier cosa a que fueron ellos quienes quemaron el estudio para destruir todas las imágenes y las pruebas. No fui yo.

—No hay pruebas, pero hay testigos. Su error ha sido traernos de vuelta a nosotros también. No les dejaremos hacerte esto.

Val ríe.

—Jenny me arrojaría ante un autobús. Y parece ser que su madre sería la conductora.

—Sea lo que fuere, Jenny es una amiga leal. Nunca haría algo así.

Javi le da un apretón en el hombro y vuelve corriendo al hotel.

Se equivoca, ninguno de ellos conoce realmente a los demás. No importa lo buena amiga que fuera de pequeña, Jenny ha formado parte de Bliss todo este tiempo.

Val desearía que el desierto barriera el pueblo, que cubriera todo ese estúpido lugar con arena y maleza, que arrebatara el color y la vida de los ladrillos rojos y los prados verdes. Que borrara la mentira de Bliss y la reemplazara con la dura arena de la verdad. El desierto, inmutable e inalterable, por mucho que la gente fingiera lo contrario.

Val está agotada. Hace frío y le escuecen las mejillas donde la madre de Jenny la ha arañado. Tal vez el coche de Isaac esté abierto.

Una vez más, Isaac está ahí para ella. Val abre la puerta del copiloto y se fija en algo que hay en la parte de atrás en una bolsa de plástico. Le ruge el estómago recordándole que no ha podido comer en la gala. Tal vez sea la comida de la gasolinera.

Es todavía mejor. Se ríe y saca esa absurda manta de Mona Lisa. Isaac le ha conseguido una broma interna en la que puede envolverse literalmente. Se la pasa sobre los hombros y cierra los ojos, todavía hambrienta, pero, gracias a él, sin frío.

Un golpe seco en la ventana la sobresalta. Hay una mujer ahí. Gracias a Dios, no es la madre de Jenny, pero Val no confía en nadie de Bliss. No puede bajar la ventanilla con el coche apagado. Su primer impulso es negar con la cabeza y decirle a la mujer que se marche.

Pero... la mujer no parece enfadada. Parece asustada. Y no lleva ropa de gala, sino un cárdigan, vaqueros y zapatillas cómodas. Val abre la puerta y sale con cautela. Es una mujer blanca de unos sesenta o setenta años, alta y larguirucha, pero encogida sobre sí misma. Tiene los brazos cruzados sobre el pecho y se aferra a algo.

—Valentine —susurra la mujer.

—¿Nos conocemos?

En ese momento, Val se da cuenta de que es la mujer que le había gritado a Isaac en el parque de autocaravanas. Da un paso atrás y choca con el coche. ¿Es que en ese pueblo está todo el mundo trastornado? ¿Van a turnarse para atacarla?

—Necesitas esto —le dice la mujer.

Val se relaja ligeramente al oír su voz. Parece triste y algo nerviosa, pero sin maldad. La mujer extiende los brazos y revela un objeto negro, estrecho y rectangular.

Es un VHS antiguo. No está marcado y no tiene caja. Val no lo acepta, aunque desea hacerlo.

—¿Qué hay aquí?

La mujer lanza una mirada preocupada por encima del hombro.

—Que no se enteren de que lo tienes. No hasta que lo hayas visto.

—¿Que no se entere quién? ¿La gente de la gala?

—Tus amigos. Los demás miembros del círculo. Ellos no lo entienden, no pueden. Todavía no. Pero tú mereces... mereces saberlo todo.

Con el corazón acelerado, Val acepta la cinta. Libera de su carga a la mujer, que se yergue algo más alta y la mira a los ojos. Le suena de un modo que no sabe ubicar, no solo del parque de autocaravanas.

—¿Nos hemos visto antes? —pregunta—. ¿Trabajabas en el programa cuando...?

Una puerta se abre de golpe cerca de ellas. La mujer se sobresalta y echa a correr entre los coches, pero, en lugar de dirigirse al pueblo, va directa hacia el desierto y pronto se la traga la noche.

La voz de Javi llega flotando hasta Val. Los demás se acercan.

Val envuelve la cinta en la manta de Mona Lisa y se la sostiene contra el pecho como hacía la mujer. ¿La aferraba así porque era una carga secreta o porque es muy valiosa?

Isaac está con Javi. Se acerca trotando hacia ella.

—¿Estás bien?

—Sí.

La mentira le resulta tan fácil como siempre. Sin embargo, a diferencia de su padre, Isaac no se lo traga. La observa de cerca y su preocupación aumenta al verle los arañazos en la cara.

Javi los alcanza.

—Marcus está ayudando a Jenny a sacar sus cosas de las habitaciones. Se siente fatal por lo que ha pasado.

Val se encoge de hombros.

—Si me dieran un dólar por cada encuentro perturbador que he tenido hoy con una madre, ya tendría dos.

Javi le responde con una oscura carcajada.

—Sí, y has conseguido evitar a la mía y a la de Marcus. De lo contrario, tendrías ya cuatro.

—¿Podemos largarnos de aquí? —pregunta.

—¿A dónde quieres ir?

Pero la cabeza de Isaac traiciona sus deseos cuando se gira para mirar una vez más en la dirección exacta en la que está la casa. Val sabe que está ahí. Puede sentirla zumbando en su pecho. Esa casa antinatural como un centinela en el desierto. Esperando.

Esa casa antinatural con televisión y reproductor de vídeo en todas las plantas.

No le parece bien ocultarles la cinta a los demás, pero ¿no le ha advertido Javi de que estaban siempre monitoreados? Por mucho que confíe en Javi y en Isaac, la insistencia de la mujer por ocultarlo también se le ha metido dentro a ella. Cuando sepa qué hay en la cinta, podrá decidir qué hacer. A quién enseñárselo.

—De vuelta a la casa, si os parece bien a todos. No hay sitio en el que prefiera estar más que con mi círculo de amigos.

Pregunta: ¿A alguien se le ocurre algún programa infantil en el que los personajes tuvieran permitido evolucionar? ¿O en el que el formato cambiaba a medida que el programa avanzaba? Todos los que se me ocurren son estáticos.

- Avatar: La leyenda de Aang y, en menor medida porque era más para adolescentes, La leyenda de Korra. Del primer al último capítulo, los niños crecían y cambiaban para mejor o para peor.
  - Me refiero a programas para niños pequeños. Las pistas de Blue nunca cambió el formato. No había una narrativa continuada. Lo mismo con Barney.
    - ¿Bluey? Tiene movidas bastante profundas.
      - Le echaré un ojo.
    - ¿Mister Magic?
      - Mister Magic era siempre lo mismo. Niños, círculo, magia, tiempo de recreo.
        - El último grupo no. Lo vi durante toda mi infancia. Tenía ya doce años cuando acabó, pero me inventaba excusas para seguir viéndolo con mi hermano pequeño. Definitivamente, cambió. Fueron apartando poco a poco a Mister Magic y se centraron más en los niños. Tal vez por eso acabó. ¿Estropearon el formato? ¿Intentaron algo nuevo y no funcionó? Aunque a mí me gustaba.
      - Interesante. ¿Sabes dónde se puede ver la primera temporada?
        - Jajajaja no puede verla nadie. No está en ninguna parte.

— Los programas infantiles han mejorado mucho. Ahora las cosas evolucionan en ellos. Tienen una narrativa mucho más coherente y no se trata solo de intentar vender juguetes nuevos o lo que sea.

    — Define mejor. También estoy bastante seguro de que todo lo que cambia sigue siendo para vender juguetes. En My Little Pony no tienen de repente ropa y peinados nuevos tres veces por temporada solo por la integridad de la narración, amigo.

— Si algo funciona ¿por qué cambiarlo?

    — Probablemente, Mister Magic esté de acuerdo contigo. Mira más arriba.

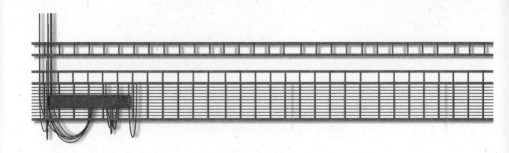

TRECE

E l problema de una casa sin puertas es que, si Val sube inmediatamente y pone a reproducir el vídeo, seguramente alguien se
dará cuenta.

No quiere entrar en absoluto. Se queda en el umbral sosteniendo la
cinta dentro de la manta, mirando por las ventanas. Es solo un edificio,
pero también parece una presencia. Como cuando Stormy acechaba en
el granero. Val siempre sabía que Stormy la estaba esperando, impaciente por aterrorizarla con dientes y pezuñas.

Impaciencia. Eso es lo que es. La casa lleva ahí décadas, pero, en
cierto modo, parece estar impaciente. Val no puede explicarlo, pero lo
acepta tal como es. Tal vez sea ese zumbido incesante lo que le pone
los pelos de punta y hace que le resulte imposible relajarse o incluso
concentrarse.

Javi da una palmada para atraer su atención.

—Venga. Hagamos una hoguera.

—¿Con qué? —pregunta Isaac.

—Ahora lo verás.

La sonrisa de Javi promete travesuras. Isaac niega con la cabeza,
pero lo sigue al interior. Unos minutos después, Javi grita desde arriba.

—¡Allá va!

Se oye un estruendo a un lado de la casa. Uno de los soportes para
televisor está destrozado en el suelo. Al menos no es una tele. Aunque
Val solo necesita una, no le importaría ver el resto destrozadas.

—¡Allá va otra vez!

Otro soporte sale volando por el balcón y se parte al chocar con el primero. Sacrifica uno más y enseguida vuelven con Val un Javi eufórico y un Isaac tímido.

Javi contempla su obra y asiente con aprobación.

—De todos modos, quería guardar la tele en un armario —comenta como justificación por haber roto los muebles de la casa—. Ese maldito trasto no se apaga. Me he despertado en mitad de la noche y estaba encendida. Me ha dado escalofríos.

Val se siente aliviada por que alguien más se haya dado cuenta. Eso significa que lo de la tele encendida había sido real y no solo una pesadilla. Mira la casa y se le ocurre una idea.

No necesita *su* tele. Usará la de la sexta planta. Así habrá una de amortiguación entre ella y el resto de la casa. Si espera a que todos se duerman y pone el volumen al mínimo, nadie la escuchará.

Val se excusa diciendo que quiere cambiarse. Su instinto le dice que esconda el vídeo en la sexta planta, pero recuerda la advertencia de Javi acerca de que los están vigilando. Solo porque no haya visto ninguna cámara no significa que no sea verdad. No puede dar motivos a nadie para detenerla, así que se mete en su habitación y finge dejar la manta al lado de la cama aprovechando el movimiento para esconder la cinta debajo del colchón.

No se demora después de cambiarse. Estar sola en la casa es casi tan horrible como estar en las escaleras. Corre al exterior envuelta en la manta de Mona Lisa. Javi está en proceso de encender el fuego cuando llegan Jenny y Marcus.

Jenny irrumpe en la casa y pasa junto a Val sin mirarla. Amiga leal y una mierda. Marcus no se molesta en cambiarse, sino que lanza la chaqueta al interior y se une a los demás junto al fuego. También encendían hogueras en el rancho, pero las evitaba por temor a que le recordaran algo que prefería no saber. Ahora quiere saberlo todo, pero contemplar las llamas no activa ningún recuerdo.

Su primer impulso es ayudar, siempre fingía estar ocupada en el rancho, pero Javi sabe lo que se hace. Protege la yesca y la deja arder mientras espera a que prendan las piezas más grandes.

—¿Cómo es que sabes encender una hoguera? —pregunta Marcus—. ¿Fuiste Boy Scout?

Javi deja escapar una carcajada sombría.

—Programa opuesto, mismo resultado. Puedo encender una hoguera, administrar primeros auxilios y otras tonterías que hacen que la gente mayor crea que soy digno de confianza.

Jenny sale con un pijama azul y unas botas Ugg a juego. Se coloca junto a Val y le ofrece un bocadillo. Val necesita unos segundos para darse cuenta de que es para ella y lo acepta, desconcertada.

Jenny contempla el fuego y habla como si retomara una conversación a mitad:

—Y Stuart solo tenía un trabajo: asegurarse de que mi madre estuviera vigilada toda la noche. Por supuesto, no es capaz ni de eso. ¡Ha dejado a Emily a cargo! ¡Una niña de once años! ¡A cargo de mi madre! Así que no solo ha logrado arruinar la gala, sino que ahora Emily está traumatizada por lo que ha pasado.

Mira a Val. Hay algo latente debajo de la ira. Jenny no está molesta con Val, está molesta y ya. Y ese es su modo de disculparse. Aunque lo del bocadillo ha sido un gesto muy amable. Val está hambrienta tras haberse perdido la cena.

Se ablanda. No es culpa de Jenny que su madre sea... lo que sea. Y puede que Jenny sea de Bliss, pero no se ha quedado mirando con los demás. Ha sido la primera en ir a apartar a su madre, la primera que se ha interpuesto entre Val y el daño.

Le da un golpecito a Jenny con el hombro.

—No pasa nada.

Jenny todavía parece enfadada.

—Sí que pasa. Él sabía que lo de esta noche era importante, sabía que ella lo estropearía y no ha hecho nada por protegerme. Es como... como si no pensara en mí como una persona, ¿sabes? Nadie lo hace. Soy la madre. Soy incluso la madre de mi propia madre. Nunca he sido otra cosa que no sea una madre. —Suspira y se acerca un poco más a Val—. Sé que me he puesto intensa con todo el tema del reencuentro, pero es muy importante para mí. Cuando estábamos juntos como amigos, cuando teníamos el programa, cuando estábamos con él... eran las únicas ocasiones en las que podía ser una niña.

—Lo siento. —Val le da un abrazo y se la acerca y la otra mujer le apoya la cabeza en el hombro. Val toma un bocado—. Madre mía, este bocadillo está delicioso.

—Hago el encurtido de cebolla yo misma. Un momento, eso es... ¿estamos quemando muebles de la casa? —Jenny parece ligeramente alarmada.

—En mi defensa, he de decir que los soportes para la tele son horribles. Es como si quisieran que los quemáramos.

Jenny los sorprende a todos con una carcajada.

—Claro. Da lo mismo. Saquemos también unas sillas.

—¿Para quemarlas? —pregunta Marcus, confundido.

—No, para sentarnos. No podemos quedarnos aquí de pie toda la noche. Y traed algo para picar.

—Yo tengo alcohol —indica Javi—. Si a ti te parece bien, Isaac.

Isaac asiente.

—Estoy bien. Voy a ayudar con las sillas.

Sigue a los otros hombres al interior, pero sacan algo mejor que sillas. Gruñen mientras bajan el sofá de la primera planta. Lo dejan en el suelo delante de la hoguera.

Jenny se sienta con los pies encogidos debajo de su cuerpo.

—Tal vez podamos quemar esto si nos emborrachamos lo suficiente.

En media hora, el fuego está rugiendo, la música suena desde los altavoces del coche de Isaac y Val está felizmente embutida en el sofá entre Jenny e Isaac. Frente a ella están Javi y Marcus en otro sofá que solo se ha roto ligeramente después de que lo lanzaran por el balcón de la segunda planta.

—Y por su fobia a cagar donde pudieran oírlo, fue en el baño más alejado de la fiesta —explica Javi gesticulando con la copa en la mano sin derramar ni una gota—. Tardaron dos horas enteras en encontrar al presidente de la Corte Suprema Harrell.

—Impresionante —comenta Marcus con cariño. A continuación, sacude la cabeza—. No puedo superar el hecho de que un tipo que ha hecho todo lo posible por quitar el derecho a la privacidad se niegue a usar un baño en el que alguien pueda escucharlo.

—¿Verdad? —Javi se ríe—. Cuando se enteró mi abuelo, supo enseguida que había sido yo. Pero lo más importante era que no podía demostrarlo, así que su cinturón tuvo que quedarse en el pantalón.

Val y Marcus comparten una mirada de preocupación de un lado a otro de la hoguera.

—¿Te pegaría? ¿Incluso ahora? —pregunta Val.

—Probablemente, lo intentaría. La verdad es que estoy con Jenny. El programa fue lo único bueno de mi infancia. Tal vez si nos hubiéramos quedado más, habría aprendido la lección que intentaba enseñarme el hombre de la capa. Me habría facilitado mucho la vida.

—¿Qué lección? —pregunta Val.

—Ya sabes... —Javi levanta la cabeza como si alguien le hubiera puesto los dedos debajo de la barbilla—. Sé obediente. Haz lo que se supone que tienes que hacer. No seas un mierdas.

—También había una lección sobre no decir palabrotas —regaña Jenny.

Sin embargo, no hay fuerza en su comentario. Finalmente está relajada, tal vez por el fuego o por la absurdidad de destrozar los sofás por una noche de diversión. Aunque, probablemente, sea por el alcohol. Una vez, Val oyó a Gloria decir que el alcohol le daba a la gente permiso para ser uno mismo. Esperaba que Jenny fuera más borde y fría que nunca, pero la Jenny borracha es mucho más *blanda*.

—Sí, a la mierda esa lección también. —Javi levanta la copa hacia Jenny y ella pone los ojos en blanco—. De todos modos, el programa era mucho más agradable que el campamento.

—¿Campamento? —pregunta Marcus.

Javi señala el fuego.

—¿Alguna vez has oído hablar de esos campamentos en la naturaleza a los que envían a los adolescentes rebeldes?

—¿Campamentos de terapia de conversión? —inquiere Marcus con expresión sombría.

—Ese era definitivamente uno de los elementos. Mi abuelo odiaba a mis novias casi tanto como a mis novios. Pero estos campamentos eran más generales. Es toda una industria. Te secuestran en mitad de la noche, te sacan de casa pataleando, gritando y suplicando mientras tu madre observa con una copa de vino en la mano, solo para que sepas que lo aprueba. Y luego te llevan atravesando fronteras estatales a la naturaleza salvaje, donde nadie puede contactarte, defenderte o darte un abrazo, y dejan bien claro que dejarán que te hagan daño o que te lo harán ellos incluso si es necesario para mantenerte *a salvo*, hasta que finalmente haces lo que te dicen. Y tú sigues enfrentándote a ellos, así que te quitan los zapatos. Y luego la camiseta. Y los pantalones. Tienes quince años, estás delgado, temblando de frío a la intemperie sin saco de dormir, tienda, ropa, comida ni suministros para encender un fuego y te rompes. Te rindes. Acabas admitiendo que la gente que se supone que te quiere hará cualquier cosa para mantenerte a raya. Dejarán que alguien te haga lo que sea si eso significa que vas a dejar de joderles la vida.

»Y *esa* lección no se te olvida, no olvidas lo que es estar con tus calzoncillos sucios suplicando que te den algo de ropa mientras tu familia duerme cómodamente a cientos de kilómetros. No se te olvida cuando vuelves a casa, cuando vas a la universidad, a la facultad de derecho. Ni cuando te casas con la mujer que han elegido para ti, ejerces el trabajo que han elegido para ti, posas y sonríes para las fotos que han preparado para ti. No olvidas la lección de que antes preferirían destruirte que dejar que les causaras problemas.

Marcus niega con la cabeza.

—Por Dios...

—Lo siento muchísimo —dice Isaac—. Ojalá...

No termina la frase.

Javi se limita a asentir.

—Era mucho más agradable aprender lecciones en el programa. Ojalá las hubiera asimilado lo suficiente.

Marcus mira el fuego.

—Mi madre sabía qué era yo. Creo que incluso antes de que yo me diera cuenta. No sabía qué hacer con un niño negro *y* gay. Una sola de esas cosas ya era demasiado para ella, así que me aplastó. Me convertí en la versión más aburrida y triste de mí mismo. En el programa podía ser muchas personas distintas y odio haber acabado así. —Se señala a sí mismo con desprecio—. Fue injusto para todos. Para mi exmujer, para mi hijo. ¿Cómo podía estar ahí para ellos si ni siquiera me soportaba a mí mismo? Finalmente, dejé de fingir, pero no sé cómo crear la versión de Marcus que quiero ser. Echo de menos la facilidad de asumir papeles en el programa, la alegría de ser artista. Ese poder creativo que parecía un poder real y auténtico. Sin embargo, me temo que es demasiado tarde para recuperarlo. Y me aterroriza que mi hijo piense que soy egoísta.

—¿No os parece gracioso? —Isaac tiene la vista clavada en las llamas crepitantes—. Tenemos hijos y nuestra mayor esperanza es que no sean como nosotros, pero... ya son nuestros. A veces me pregunto qué veneno le pasé a Charlotte en su ADN. Qué daño le he hecho simplemente siendo su padre.

—Eso no es justo. —Val le toma la mano—. Te estás distanciando de las actitudes de tus padres. Es difícil y, aun así, lo estás haciendo. Por ella.

Isaac asiente, pero Val no puede verle los ojos, solo ve el reflejo del fuego en sus gafas.

—Voy a darle lo que necesita. Cueste lo que cueste.

—Cueste lo que cueste —repite Jenny al otro lado de Val.

—Protegeremos a nuestros hijos como nuestros padres no nos protegieron a nosotros —declara Javi.

Val se rasca la palma de la mano lenta, rítmicamente. Eso hace que el picor se convierta en una quemazón agonizante, pero no puede evitarlo. Hay algo en el fuego que vuelve la noche insulsa a su alrededor. Es un negro infinito y vacío. El mejor que hay. Se siente sellada ahí, con esos desconocidos. Sus mejores y únicos amigos.

—Mi padre creía que me estaba protegiendo —empieza—, pero hoy me he dado cuenta de que nadie nos estaba buscando. No nos estábamos escondiendo de nada. Tal vez estuviera... tal vez estuviera enfermo, ¿sabéis? Quizá, después de lo que le pasó a Kitty, le daba miedo perderme a mí también.

Eso podría explicar por qué no soportaba mirarla. Le recordaba a la hija a la que no había podido salvar.

Aunque no era excusa. Podría haber hablado con ella sobre Kitty. Podría haberle explicado lo que habían perdido.

—Hizo que mi vida fuera muy reducida. Nunca podía marcharme ni ser otra cosa. Intentar otra cosa. No podía hacer preguntas. Ni siquiera podía *soñar*. Iba a marcharme hace unos años, pero entonces se puso enfermo y ¿cómo iba a dejarlo? Tenía que mantenerlo todo cerrado, cada puerta. Solo podía mirar lo que tenía delante de mí, de lo contrario tropezaría y caería en...

Calló, pero ya está cayendo. Ha encontrado el borde de la desesperación y está cayendo, no sabe qué pasará cuando toque fondo.

Isaac le toma la mano izquierda. Cierra los ojos y deja escapar un suspiro de alivio. No puede rascarse ahora. Jenny se acerca y se acurruca junto a ella al otro lado.

Javi levanta la copa:

—Por que nos recuperemos de lo mucho que nos han jodido nuestros padres y por no descubrir nunca cuánto estamos jodiendo a nuestros propios hijos. —Toma un largo trago.

Jenny se ríe, pero no es el alegre resoplido de antes. Esta vez es una carcajada baja, jadeante y sombría.

—Yo sé exactamente cómo estoy jodiendo a mis hijas porque las estoy convirtiendo en mí. Las miro y las quiero tanto que quiero comérmelas, pero al mismo tiempo son unas criaturitas horribles a las que me entran ganas de estrangular. Y no les importa ningún sentimiento porque no les importan mis sentimientos. Porque para ellas no soy una persona.

Marcus tiene un brazo sobre el pecho y una mano apoyada en el hombro, descansando.

—Nadie te dice lo difícil que es ser padre, pero tampoco te dicen nunca lo aterrador que es. Mi ex tiene a nuestro hijo la mitad del tiempo y yo me paso cada momento que no está conmigo asustado por si está triste, herido o por si tiene miedo y no puedo ayudarlo porque no lo sé. Y cuando está conmigo... —Hace una pausa para tomar un trago antes de continuar—. Cuando está conmigo cuento las horas para que vuelva a irse porque así al menos sé *qué* me da miedo. Cuando está conmigo sigo teniendo miedo y no sé por qué. No sé cómo ser lo que necesita. Lo que se merece.

Isaac asiente.

—¿Alguna vez os da miedo no estar protegiéndolos? ¿Que haya algo fácil y evidente que deberíais estar haciendo, pero que no habéis hecho y que van a sufrir por ello?

Jenny señala la noche que los rodea.

—El hecho de que estemos aquí en mitad del desierto intentando desenterrar nuestra propia infancia en lugar de cuidar de las suyas probablemente sea la única respuesta que necesitas. Mala madre. Soy una mala madre.

Javi se levanta, enfático.

—No eres una mala madre, simplemente no tienes ayuda. Y no me refiero al inútil de mierda de Stuart. Me refiero a ayuda de verdad como la que teníamos nosotros. Esa magia, esa seguridad, esa amistad. Si no puedo volver a ella, al menos puedo dársela a mis hijos, ¿no? Darles lo que teníamos cuando éramos todos felices.

Val no se siente apartada por no ser madre, se siente apartada porque no puede compartir ese sentimiento. No solo porque no recuerde lo que era estar en el programa, sino también porque no cree que Isaac tenga razón acerca de lo que ha olvidado. Los niños no bloquean los recuerdos de toda su infancia por haber sido demasiado felices.

Como si le leyera el pensamiento, o la expresión de su rostro, Marcus la señala con el dedo.

—No, Val. Eras feliz entonces. Puede que tú no lo recuerdes, pero nosotros sí. Éramos felices juntos.

Val se encoge de hombros y sonríe, aunque al instante la sonrisa se desvanece.

—Tal vez lo fuera. Puede que esté proyectando mi dolor actual en mi yo del pasado. Ahora no soy feliz, así que no pude haberlo sido entonces.

Jenny la apunta con el dedo.

—¡Sí! Estás cubriendo lo que tuvimos entonces con algo nuevo. Puede que te pusieras triste a veces, pero ¿qué niño no lo hace? Lo importante es recordarles que no están realmente tristes y luego distraerles para que dejen de sentir esa tristeza.

No le parece adecuado, pero Jenny no capta la mirada dubitativa de Val. Está demasiado ocupada asintiendo para sí misma. A continuación, se pone de pie de un salto, imitando la postura de Javi.

—Hagamos un juramento.

Javi extiende los brazos con aire dramático y grita a la noche:

—Juro por mis santos cojones...

Jenny le da un pisotón.

—¡Tómatelo en serio por una vez! Entrelacemos las manos alrededor del fuego y juremos que vamos a hacerlo mejor. A ser mejores. A crear una vida mejor para nuestros propios hijos. Si no sacamos nada más de todo este asunto, al menos tendremos esto.

El fuego parece más vivo en las gafas de Isaac que en la realidad, parpadeando hipnóticamente. Se levanta.

—Crearemos magia para nuestros hijos, cueste lo que cueste.

Se acerca a Marcus, quien ya tiene la mano tendida.

Javi y Marcus se toman de la mano al otro lado del fuego. Javi agarra la mano de Jenny y tira de todos para acercarlos a las llamas. A Val le parece peligroso, sobre todo teniendo en cuenta que, a excepción de Isaac, todos han bebido.

—Los protegeremos —declara Javi.

—No dejaremos que se sientan tristes, solos o asustados —continúa Marcus.

Isaac tiende la mano en una petición silenciosa. Val es el único eslabón de la cadena que todavía no se ha conectado. Se levanta lentamente observando el fuego en sus gafas hasta que crece y bloquea todo lo demás. Ella sabe que a veces los niños tienen que sentir tristeza. Pero lleva mucho tiempo triste, sola y asustada. Ya no quiere que siga siendo así. Ni para ella, ni para ninguno de sus amigos.

—También por Kitty —le dice Isaac suavemente—. Porque nadie hizo esto por ella. Arreglaremos el mundo por todos los niños.

Val le toma la mano. Jenny le estrecha la otra. Val no tiene hijos, probablemente nunca los tenga, pero *esto* es lo que quiere. Este círculo, estos amigos, esta sensación de pertenencia. Val a Isaac, a Marcus, a Javi, a Jenny, a Val. Un círculo casi completo. Miran el fuego, están demasiado cerca, el calor les resulta casi insoportable en la cara. Pero lo aguantan. Lo mantienen como testigo de que van a hacerlo mejor. Por los niños que siguen ahí y por la que ya no está.

Jenny empieza a tararear una canción que Val tiene grabada en su interior. Se le encoge el estómago y, de repente, el fuego no está lo bastante caliente, nunca tendrá el calor suficiente para calentarla. La oscuridad que los envuelve ya no le parece segura. Es infinita, está hambrienta y zumba y Val es pequeña. Muy pequeña.

—¡Ay, no! —Jenny se da una palmada en la frente y rompe el círculo—. ¡Isaac, tu entrevista! ¡Te la has perdido esta tarde! ¡Tienes que bajar ahora mismo!

—Pero no estará despierta, ¿no? —pregunta Val.

Jenny agita la mano con desdén.

—Está esperando a Isaac. Tenemos que seguir los turnos. *Espera tu turno, aguarda tu momento, ponte en la fila, estate quieto. Pórtate bien, sé paciente y haz siempre lo que debes.*

Isaac se levanta. Val le tiende la manta.

—Llévatela. Hace frío dentro.

Sus dedos se rozan cuando le pasa la Mona Lisa. Quiere que se quede ahí, con ella. Quiere acurrucarse contra él hasta olvidar quién es y quién será. Pero la cabeza de Isaac se vuelve inexorablemente hacia la casa y entra.

¿Qué es ese control que ejerce la casa sobre todos? ¿Y quién es la entrevistadora que está disponible a cualquier hora del día para hablar de un programa infantil? ¿Han hablado todos de Kitty sin ella?

Observa sus rostros con desesperación.

—¿Recordáis qué le pasó exactamente a Kitty? Porque mi madre… dijo que ella no estaba mirando, mi padre nunca me dijo ni una palabra sobre ella, el alcalde me ha dicho que Kitty no está muerta y yo… necesito saber. Necesito saber qué le pasó.

Los demás se quedan callados. Nadie la mira a la cara.

—¿Podría estar viva aún? —presiona Val—. ¿Es eso posible?

Javi niega con la cabeza, pero entonces para y levanta la barbilla.

Marcus vuelve a tener una mano en el hombro, pero tiene los ojos cerrados.

—No me acuerdo —susurra una y otra vez como un cántico para tranquilizarse a sí mismo.

Jenny se vuelve hacia Val. Tiene los ojos llenos de lágrimas, pero también una mirada ardiente y feroz.

—Kitty nunca dejó el programa —dice—. Al fin y al cabo, puede que ella fuera la afortunada.

Val no es capaz de lidiar con eso. Se levanta, pero el único sitio que tiene para esconderse es la casa. Aun así, es mejor que estar ahí fuera romantizando un pasado que se lo robó todo. En el interior, una corriente de aire helada sube desde el sótano. Val evita mirar las escaleras deliberadamente, con una actitud infantil de que, si las ignora, lo que haya abajo tampoco la verá a ella.

Una luz parpadea en la encimera de la cocina y luego desaparece. Isaac se ha dejado el móvil. Val lo toma. Necesita hablar con la única persona con la que no podrá volver a hablar nunca.

—Papá... —susurra tanto con anhelo como con acusación.

Como si lo hubiera convocado, la pantalla del móvil se enciende en silencio y muestra una llamada entrante. Val frunce el ceño. Conoce ese número. Es el único número que se sabe. Responde.

—¿Gloria?

—¿Val? ¿Val, eres tú?

—Hola, Gloria. ¿Va todo bien? Es tarde y...

—¿Dónde estás? —Gloria parece frenética.

—En Utah. Con unos amigos. —Val no puede ofrecer una explicación mejor, ni siquiera para sí misma.

—¿Puedes volver? ¿O podemos vernos? Donde sea.

Val se siente fatal. Tendría que haber ido informándola.

—Ahora mismo no. Es complicado y no tengo...

—De acuerdo, no pasa nada —la interrumpe Gloria—. Aparté el dinero. Todo, tengo treinta años de salarios de los dos. Y tengo identificaciones y documentos. Podemos instalarte de nuevo.

Val se queda sin habla. Siempre había tenido la impresión de que trabajaban a cambio de alojamiento y comida. ¿Tiene dinero y documentos legales? Eso significa que tiene opciones para una vida real. Está furiosa (¿por qué no se lo ha dicho antes Gloria?) y asombrada. Durante unos segundos, su imaginación se inunda de posibilidades.

Una corriente de aire frío la devuelve a la realidad. No puede marcharse aún. No hasta que lo sepa. No hasta que vuelva a encontrar a Kitty y pueda descansar en su memoria.

—Gracias, pero estoy bien. Lamento no haber llamado, no ha sido muy considerado por mi parte.

—Val, por favor, dime dónde estás. Esto no es seguro.

Val niega con la cabeza y se apoya en el mostrador.

—Mi padre estaba equivocado. Nadie nos estuvo buscando. A mi madre no le importó que él me llevara. Nunca nos hizo falta escondernos. No hay informes policiales, órdenes de arresto ni nada.

—No te estaba ocultando de la policía —dice Gloria y Val oye ruidos amortiguados como si se estuviera vistiendo y luego un tintineo de llaves.

—¿Te lo contó él? ¿Entonces de quién se escondía?

—De cualquiera que te buscara, de cualquiera que se tomara las molestias de buscarte. No son tus amigos. Tienes que salir de ahí. *Ya.*

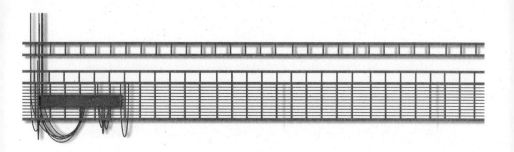

—**I** saac.

El nombre es un suspiro cariñoso. A continuación, las luces parpadean, iluminándolo.

—Hola. —Isaac deja caer la manta al pie de las escaleras y luego se inclina hacia la pantalla y se sienta—. ¿Eres…? ¿Con quién hablo?

Se oye una risita y la entrevistadora dice en tono burlón:

—Vas a hablar con el mundo entero, Isaac.

Él se pasa una mano por el pelo, más por costumbre que para apartárselo de la frente.

—Bueno… ¿por qué hacemos esto?

—¡Para el pódcast, por supuesto! Dijeron que era importante. ¿Quieres oír tu presentación?

Su sonrisa alienta sin ser condescendiente ni cuestionar.

—Claro.

Aunque no tuvierais un hermano mayor, cada vez que os sentabais ante la tele y os uníais a ese círculo de amigos, lo teníais.

Convoquémoslo entre todos.

Isaac.

Decir su nombre os hace sentir a salvo. Protegidos. Como si alguien fuera a enseñaros cómo son las cosas y a ayudaros si no podéis solos. No era el más gracioso, el más travieso, el mejor fingiendo o creando ni el líder; pero siempre levantaba a Kitty si se caía, consolaba a Marcus si fingía demasiado y se perdía o ayudaba a animar a Javi cuando se sentía mal por lo que había hecho.

Isaac nunca era desdeñoso, nunca se burlaba de los demás ni los mangoneaba. Era el mayor y se lo tomaba en serio. Esos ojos avellana agrandados vigilaban siempre a todos, asegurándose de que todos los amigos estuvieran bien. Manteniéndolos a salvo.

Y si alguna vez desviaba la mirada... ¿Por qué se había caído Kitty en primer lugar? ¿Por qué Marcus había llegado tan lejos como para perderse? ¿Por qué se portaba mal Javi? ¿Por qué se había roto el círculo? Porque Isaac no estaba vigilando, por supuesto. Si alguna vez lo hacía, Mister Magic le ponía una mano en la cabeza y se la giraba en la dirección correcta para que viera lo que tenía que ver con esas gafas tan graciosas.

Isaac sigue llevando gafas, aunque ahora tiene más arrugas alrededor de los ojos y una barba sobre el rostro. Y se ha dejado el pelo largo porque está demasiado triste y se siente demasiado culpable para hacer algo tan sencillo y agradable para sí mismo como cortarse el pelo. Sin embargo, todavía puede cuidar de todos. Sigue compensando su fracaso. Solo necesita una oportunidad para demostrarlo.

Isaac no reacciona a su presentación. No hay sorpresa, ofensa ni desaprobación.

—¿Y bien? —tantea la entrevistadora.

—Lamento haber desviado la mirada —dice Isaac—. Ahora no la estoy desviando.

—Bien.

—Pero creo que Val va a marcharse.

Se oye una explosión de estática, picos de ruido doloroso y penetrante. Isaac ni siquiera se estremece.

—¿Qué?

Se quita las gafas y utiliza su camiseta para limpiar los cristales.

—De todos modos, no es la misma. Cuando su padre la apartó de nosotros perdió una gran parte de sí misma. Creo que este ya no es su sitio. Podemos hacerlo sin...

Esa misma estática de ruido blanco se oye con más fuerza. Hay un muro de zumbidos tan fuerte que todos sus demás sentidos quedan silenciados. Isaac deja las gafas y se lleva las manos a las orejas.

Dura solo unos segundos, pero el aire retumba con su ausencia cuando se interrumpe.

—No hemos terminado —dice la entrevistadora con tono ligero y agradable.

Isaac recoge las gafas, pero no se las pone. Mantiene la mirada gacha para distanciarse.

—Val no quería ser encontrada. Tendríamos que haberlo respetado.

—¡Se alegró de ser encontrada!

Isaac niega con la cabeza.

—Ponte las gafas.

Isaac hace lo que se le ha indicado, pero sigue mirándose las manos, que descansan sobre sus rodillas con las palmas hacia arriba.

—No recuerda nada, así que, de todos modos, no importa. Tal vez podríamos...

—Hiciste un trato. Este es el trato. —La voz se deforma y se torna más grave, pero luego vuelve a eso tono alegre e infantil—. ¡Tenemos que llegar juntos hasta el final! No puedes llegar a mitad de camino y luego simplemente detenerte. Tienes que hundirte hasta las oscuras profundidades, sentarte en el barro, sentir que te succiona. Dejar que la presión que tienes encima y a tu alrededor te empuje y te empuje hasta que tus pulmones, tu cabeza y tu corazón no puedan soportarlo y entonces, solo entonces, podrás dejarte llevar.

Isaac mantiene un tono cuidadosamente neutro.

—¿Dejarme llevar a dónde?

—No puedes mejorar hasta que hayas tocado fondo. Lo sabes. Val también lo comprenderá. La hundiremos hasta el fondo y entonces recordará y volverá a ser nuestra *amiga*.

La entrevistadora pronuncia la palabra «amiga» de un modo cortante, tan afilada que podría empuñarse como un arma. Isaac mira hacia las escaleras. Hacia la manta que está ahí, esperándolo, con la calidez de ella todavía en su interior.

Oye su nombre susurrado con el más suave silbido, como el primer indicio de una tetera que empieza a hervir.

Isaac dirige la cabeza hacia adelante, de vuelta a la pantalla. Sin embargo, tiene una mirada decidida. No es absorbido por lo que ve ahí, no se pierde en un sueño o una promesa. Al fin y al cabo, ya había accedido al trato.

—Necesita recordar —dice la entrevistadora—. No puede estar completa hasta que lo haga. Ninguno de vosotros puede.

—¿Y si olvidar es una bendición? La gente se comporta como si fuera una tragedia lo mucho que hemos olvidado. Olvidé cuando estaba ahí. Olvidé cómo era el mundo, el daño que hacía. Y, en cuanto terminó, en cuanto me vi obligado a salir de nuevo a la luz, lo recordé todo y fue demasiado. Perdí a Val y perdí... —Señala débilmente la pantalla—. Fue culpa mía. Yo desearía poder olvidar. Lo he intentado durante muchos años.

La entrevistadora contesta con voz animada:

—¡Pero ahora estás mejor! Y estarás bien. Estarás muy bien. Serás lo que ellos necesitan que seas. Lo que *nosotros* necesitamos que seas. Lo que Charlotte necesita que seas.

—Charlotte —susurra Isaac en una especie de plegaria, encantamiento o sorpresa. Cierra los dedos sobre las palmas abiertas. No gira la cabeza, su mirada no se desvía. Mira exactamente a donde tiene que mirar.

Se oye otro suspiro feliz y satisfecho.

—Te hemos echado de menos, Isaac. Nos alegramos mucho de que vuelvas a ser nuestro.

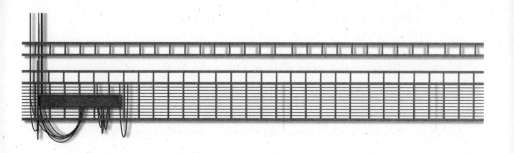

CATORCE

—¿**V**al? —Marcus la llama desde fuera. Val se sobresalta y está a punto de dejar caer el móvil de Isaac.

—¿Val? —repite Gloria.

—Estaré bien, lo prometo. Volveré a llamarte pronto. Pero no vuelvas a llamar a este número, ¿vale?

Cuelga todo lo rápido que puede y se queda mirando el móvil como si fuera a decirle qué hacer a continuación. Pero Isaac, quien, como siempre, lo deja todo abierto entre ellos, no tiene contraseña.

Comprueba los registros de llamadas. Gloria ha llamado muchas veces desde el día anterior. Su estómago no deja de hundirse, no encuentra el fondo. En la aplicación de mensajería por la que Val le escribió a Gloria el día anterior hay docenas de respuestas frenéticas, alternando entre las súplicas a Val para que responda y las amenazas al dueño del móvil.

Todas habían sido vistas, pero no respondidas.

Val borra el historial de llamadas de esa noche para que Isaac no se dé cuenta de que ha contestado y vuelve a dejar el móvil en la encimera.

¿Qué debería hacer?

Un profundo escalofrío la atraviesa. Se da la vuelta, conteniendo el aliento. La casa está oscura, así que solo puede ver una silueta parada en la entrada de las escaleras del sótano. Lleva capa.

Es Isaac, envuelto en su manta. Sabe que es él, sabe que es su manta, se dice a sí misma que es su manta. Se promete que solo es Isaac, su Isaac.

«Cualquiera que se tomara las molestias de buscarte no es tu amigo», había dicho Gloria. Pero esa gente de ahí son sus amigos más antiguos. Sus únicos amigos. Y la única gente que la buscó alguna vez.

Gloria podía estar tan paranoica como su padre. Tenía ideas extrañas sobre el gobierno, la vigilancia y sociedades secretas de gente poderosa aliada con fuerzas malévolas. Ya era un poco paranoica y tal vez los delirios de su padre se habían extendido a ella.

Pero...

Ninguno de sus amigos le habla de lo que le pasó a Kitty. Todos aseguran que estaban ahí y, sin embargo, ninguno le proporciona ningún detalle.

Y además Isaac sigue ahí, de pie en la oscuridad, en silencio, casi invisible. Se mueve y abre el borde de la manta invitándola a entrar, dispuesto a darle un espacio en el que acurrucarse contra él. El único lugar en el que se ha sentido a salvo, querida de verdad.

No puede renunciar a eso. Otra vez no. Le dejará que se lo explique todo. Val da un paso hacia la oscuridad, hacia el zumbido de las escaleras y hacia Isaac, que la aguarda.

—¡Val! —vuelve a gritar Marcus, riendo—. Te necesitamos.

Se gira hacia la puerta abierta, molesta.

—¿Para qué me necesitáis? —responde y luego vuelve a mirar a Isaac por encima del hombro.

No hay nadie.

El final de las escaleras está vacío. Estaba ahí. Estaba justo ahí. ¿Verdad? Tal vez fuera una sombra o un efecto de luz en la pared provocado por el fuego del exterior. O tal vez sí que había estado ahí, pero ha subido y quiere que ella lo siga.

O tal vez ha bajado y quiere que lo siga.

—¿Val? —Marcus le pone una mano en el hombro. Val se da la vuelta.

—¿Me necesitáis?

Val intenta mantener un tono ligero luchando contra el pánico. ¿Qué habría pasado si hubiera atravesado ese espacio oscuro respondiendo a la invitación? ¿Qué habría descubierto esperándola en las escaleras?

¿Sigue ahí y solo se ha ocultado de su vista?

—Claro que te necesitamos —dice Marcus con los ojos brillantes y la voz cálida. Eleva la voz—. Estamos discutiendo sobre a qué juego de beber jugar y tienes que ponerte de mi lado. Javi y Jenny me están haciendo *bullying*.

—¡No es cierto! —grita Jenny desde fuera—. ¡Y no intentes usar a Val! ¡Ella ya no está al mando!

—¿Cuándo he estado yo al mando? —pregunta Val.

Marcus ríe como si fuera la pregunta más estúpida que ha oído nunca. Eso es exactamente lo que ha estado intentando ignorar: todos se comportan como si la conocieran cuando ella no los conoce a ninguno. Puede que quiera hacerlo, puede que sienta incluso que los conoce, pero esquivan sus intentos por conseguir información real.

Si le pregunta a Isaac por las llamadas y los mensajes de Gloria, él tendrá una media respuesta reconfortante, pero que en realidad no le dirá la verdad. Tal vez sí que le estén tendiendo una trampa, tal y como le advirtió Javi. Pero puede que los culpables estén mucho más cerca. Al fin y al cabo, incluso Javi había dicho que ellos fueron los únicos testigos. ¿Y si todos habían decidido contar la misma historia? ¿Una diferente de la que le han estado contando a ella?

Le indica a Marcus que salga sin ella.

—Estoy bastante cansada, creo que me acostaré.

—¡Buuuh! —abuchea Javi desde el otro lado de la puerta con Jenny justo tras él.

—¡Podemos buscar más cosas que quemar! —ofrece Marcus.

Se agolpan en la entrada impidiéndole salir. Un auténtico muro de amistad la separa de la salida.

Retrocede, sonriendo.

—Tenemos que conservar algunos de los muebles, ¿no? Os veo por la mañana.

La tentación de mirar hacia abajo a las escaleras es fuerte, pero no hay nada más fuerte que su miedo.

En lugar de eso, sube los escalones de dos en dos como si la velocidad pudiera protegerla. A salvo (o lo suficientemente a salvo por ahora) en su planta, desea tener una puerta que la separe del resto de la casa. Le gustaría sellarse para aislarse del frío, del zumbido, del sótano. Acaba en el baño sentada en la bañera, pensando e intentando no pensar al mismo tiempo.

Daría casi cualquier cosa por borrar esa llamada. Por purgar la duda y el miedo con los que Gloria la ha envenenado. ¿No había hecho lo mismo su padre? ¿Atraparla en su propia paranoia? Tal vez por eso Isaac no le había hablado de los mensajes y las llamadas. Quizás el supiera que se trataba de la prisión de Val intentando recuperarla.

Pero le daba la sensación de que Isaac siempre le estaba dando opciones, así que ¿por qué no darle la opción de contestarle a Gloria?

Durante largo rato, se oyen sonidos, risas y algún que otro grito. Luego, varias pisadas debajo de ella. Finalmente, silencio. No tiene modo de asegurarse de que estén todos en la cama, pero, al menos no están paseándose. Y ninguno tiene motivos para subir hasta la sexta planta.

Val sale del baño. La única luz proviene de la pantalla negra de la televisión. ¿Cómo es posible que algo de ese color proporcione iluminación? Val toma la cinta y luego, en el último momento, agarra la colcha y la lanza sobre la televisión. Eso hace que se sienta mejor. Sube las escaleras y se detiene unos segundos para tomar aliento antes de salir al rellano.

Hay que decir algo a favor de la casa: el exasperante zumbido amortigua el ruido que puedan hacer los escalones. Avanza sintiéndose débil y vulnerable, como si el sótano estuviera más cerca de lo que debería. La sexta planta está a oscuras excepto por el brillo de negro de la pantalla de la tele. Val ajusta el volumen al mínimo sin silenciarla. A continuación, introduce la cinta en el reproductor.

Todo cobra vida de inmediato a mitad de la escena y Val se encuentra mirando...

A sí misma.

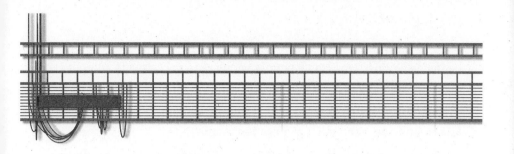

V al, una preciosa niña con la melena oscura y espesa y el ceño fruncido con dramatismo, mira directamente a la cámara.

El pequeño Isaac, desgarbado, con unas gafas que agrandan sus ojos avellana, está a su lado, riéndose por algo que acaba de decir Jenny. Puntos de luz se arremolinan en la distancia, fusionándose en una niña pequeña. Gira hasta enfocarse y lleva un mallot rosa pálido con medias blancas y un tutú flotando alrededor de su cintura como si fuera una nube.

—Kitty —murmura Val. Sus ojos se apartan de la cámara y una sonrisa suaviza su intensidad—. ¿Has estado practicando?

Kitty vuelve a girar y se mueve haciendo complicadas poses de ballet mientras Marcus canta:

—¡La práctica hace al maestro y el maestro debe ser el mejor! ¡De lo contrario, sentiremos decepción!

Pero cuando llega el gran final, Kitty se tambalea. Se le llenan los ojos de lágrimas y se estremece mirando furtivamente a su alrededor como si esperara que saliera algo de la oscuridad. El escenario sigue siendo totalmente negro, solo se ven los niños.

—Lo he intentado, pero… —tartamudea Kitty.

—Lo has hecho muy bien. Marcus, espectáculo de magia —ordena Val con voz fuerte y eficiente.

Marcus hace una reverencia con una floritura. Levanta las manos y las mueve como si fuera un director de orquesta. Surge un escenario con unas cortinas tan rojas y cremosas que parecen glaseado sobre las paredes. Los tablones del suelo están pulidos y relucen con un foco apuntando al centro. Aparece Jenny con un esmoquin y una pajarita roja caminando con confianza por el escenario.

La niña se señala el espacio que queda entre la nariz y los labios. Marcus ríe y se acerca corriendo. Utiliza el dedo para dibujarle un bigote marrón en la cara. Los pelos se mueven cuando Jenny sonríe.

—Ah, sí. —Jenny se acaricia el bigote con aire teatral—. Mucho mejor. —Los demás se ríen y ella se aclara la garganta y los mira seriamente hasta que se calman—. Hoy, para sorprenderos y deleitaros, haré que mi encantadora ayudante... ¡desaparezca! —Señala a Kitty, quien lleva todavía la ropa de ballet.

—Pero yo no quiero desaparecer. —Kitty cruza los brazos sobre el pecho.

—Kitty —sisea Jenny—, no estropees el espectáculo.

Kitty mira a Val, quien asiente animándola. La pequeña cede. Jenny agita el brazo y le golpea ligeramente la cabeza.

—¡Abracadabra! —Jenny frunce el ceño, frustrada, y lo vuelve a intentar—. ¡Alacazam!

No sucede nada.

Jenny da un pisotón y mira a Val.

—Necesito la capa. ¿Cómo se supone que he de hacer magia sin la capa?

Marcus da un paso hacia adelante con las manos levantadas, pero Jenny niega con la cabeza.

—No me vale una de vuestras capas. Necesito una capa de verdad.

—No —responde Val.

Jenny eleva la voz con el rostro sonrojado.

—No es justo que tú estés al mando. ¡A veces debería mandar yo! De todos modos, yo le caigo mejor.

Isaac le pone una mano en el brazo. A diferencia de los demás niños, Isaac no hace ninguna floritura. No hay elemento artístico en sus movimientos. Habla en voz baja, apenas audible, con la intención de que solo lo escuche Jenny.

—Cálmate. No querrás hacerlo venir.

—¡Pues a lo mejor sí! —grita Jenny—. ¡A lo mejor quiero que venga siempre! ¡No lo votamos!

Isaac mira a Val.

—¿Porfa? Todos necesitan un poco más de tiempo de recreo. Y Jenny no se contentará hasta que no termine su espectáculo de magia.

Val suspira.

—Solo un ratito.

Busca en la oscuridad a su lado (no fuera de plano, pero aun así imposible de ver) y de repente sostiene un pedazo de tela negra brillante. Se acerca a Jenny con solemnidad y le envuelve los hombros con ella.

La transformación es impresionante. Jenny parece más alta. Coloca la cabeza en un ángulo diferente, mueve las cejas, proyecta la mandíbula. Esta vez, cuando extiende la mano, aparece en ella una varita mágica tradicional con los extremos blancos. Baja la voz, que sigue siendo la de una niña, aunque más fuerte, más profunda. Una voz capaz de dar órdenes.

—*Labra la tierra y planta la semilla, yo te daré lo que necesitas, cierra los ojos y cuenta hasta tres, lo que quieres es lo que te daré.*

Jenny cierra los ojos, al igual que todos los demás. Cuando ninguno mira, cuando están todos ocupados contando hasta tres para convocar la magia, Val se da la vuelta y mira directamente a la cámara.

Agranda los ojos una vez, un destello, una plegaria silenciosa.

Jenny toca la cabeza de Kitty con la varita mágica y, sin chasquido, sin humo y sin ducha de chispas, Kitty desaparece.

Jenny está encantada con el éxito, sonríe de oreja a oreja debajo del bigote.

—Y ahora, para el segundo acto, ¡la traeré de vuelta!·

Agita la varita con una floritura, da un golpecito en el aire y… no sucede nada. Lo vuelve a hacer, con el ceño fruncido.

Nada.

—Jenny —dice Val con la voz llena de preocupación—. ¿Dónde está? ¿A dónde la has enviado?

—No lo sé, yo...

—¡Abracalacazam! —grita una voz.

Detrás de las cortinas, dos niños ríen. Sale Javi tambaleándose, también con un esmoquin y un bigote. Hace una reverencia con un gesto dramático mientras separa las cortinas para revelar a Kitty, brillando con un vestido de mangas abullonadas.

Jenny pone mala cara.

—Me has estropeado el truco.

—¿Sí?

Hace aparecer un ramo de flores frescas de los colores del arcoíris y se lo entrega a Jenny. Pero las flores no son flores, sino mariposas que echan a volar sobre su cabeza como una corona. No puede evitar sonreír y luego se ríe cuando el bigote le hace cosquillas en la nariz.

—Suficiente tiempo de capa. —Val da un paso hacia adelante con la mano extendida para recuperarla.

—¡Pero aún no he acabado el espectáculo! —Jenny levanta los brazos y sus ojos brillan con una picardía que normalmente está reservada para Javi—. ¡No podrás recuperarla hasta que me encuentres!

Tras eso, baja los brazos y desaparece. Las cortinas caen al suelo, revelando un nuevo escenario tras ellas. Es un templo antiguo, lleno de tesoros, estatuas y un montón de escondites.

Val suspira con una expresión de sufrimiento en el rostro mientras todos empiezan a buscar a Jenny.

Javi prueba varios trucos para hacerla salir; en un momento, incluso maúlla como si fuera un gatito perdido. Isaac busca con una expresión de preocupación en el rostro. No le gusta cuando no están todos juntos. Marcus cambia su ropa a disfraces de explorador con binoculares y *walkie-talkies*. Kitty usa el suyo para contar chistes de «toc-toc» mientras buscan.

Val está en el medio llamando a Jenny y sonriéndole a Kitty, pero, cuando todos los demás se asoman a una caverna que acaban de descubrir oculta detrás de un cuadro de la Maga Jenny y su Magnífico Bigote, la expresión de Val cambia. Un instante está ahí, jugando, y al siguiente está muy triste y muy muy cansada... y se va.

Los niños se dan cuenta, pero fingen que no. Siguen buscando a Jenny, riendo, sonriendo y jugando mientras lo hacen, pero con cierta energía frenética detrás de todo. Finalmente, encuentran a Jenny. Sale de un cofre del tesoro con coronas y joyas para todos, pero nadie logra fingir la más mínima emoción.

Porque Val no ha vuelto.

—¿Val? —la llama Isaac—. Val, por favor. Tenemos que parar.

Javi camina por el templo con Marcus con las manos colocadas a modo de altavoz alrededor de la boca, gritando:

—Valentina, Valentina, sal de donde estés. Se ha acabado el juego.

Jenny está en el centro de la habitación con las manos llenas con el botín del tesoro, todavía envuelta en la capa. Sus planes se han ido al traste porque Val ha desaparecido. Siguen en el templo antiguo, pero los contornos se han emborronado. Las esquinas son más oscuras que antes. Marcus lo arregla donde puede, pero es como intentar contener el océano. Están perdiendo el templo y otra cosa se está apoderando del lugar.

—Necesitamos a Val —susurra Javi como si fuera un secreto.

Marcus está ocupado manteniendo intacta la habitación, Kitty está al borde de las lágrimas e Isaac también ha desaparecido del plano. Jenny está junto a un pedestal sosteniendo un jarrón gigante con los seis amigos pintados. Lo deja caer. Se estrella contra el suelo con un horrible estruendo.

Kitty jadea.

—¡Jenny, no!

La sonrisa de Jenny se ensancha.

—¡Oye, Val! —exclama—. ¡Lo estoy dejando todo hecho un desastre! ¡Y un desastre es una invitación!

Da una patada a una planta. La tierra se esparce sobre el brillante suelo de baldosas del templo de Marcus. Cuando cae, el suelo desaparece y se vuelve completamente negro. La capa se mueve sobre los hombros de Jenny, una mano que no se llega a ver tira de una esquina.

Todos los niños miran hacia la oscuridad que hay en el fin de mundo. Las fronteras de su juego se reducen a medida que las ondas negras se van acercando cada vez más como si se tratara de una inundación. La capa de Jenny flota. Se levanta lenta, muy lentamente, alejándose poco a poco de ella. Se lleva las manos al cuello para soltarla y dejarla libre.

La voz de Val resuena a través de la oscuridad, más cerca y más fuerte que las demás.

—Basta.

Todo se detiene. La habitación deja de encogerse. La capa cae, plana y sin vida. Jenny baja la mano con un destello de frustración en el rostro que pronto se ve reemplazado por una sonrisa triunfal.

—Te he encontrado.

—No, me ha encontrado Isaac.

Por supuesto, entran en el plano juntos, agarrados de la mano. Isaac le susurra algo al oído y ella asiente. A continuación, su expresión seria se convierte en una gran sonrisa juguetona.

—¡Me habéis encontrado! ¡Bien hecho! No os habéis rendido, ni siquiera cuando las cosas se han puesto difíciles y aterradoras. A veces las cosas *son* difíciles y aterradoras. En esos momentos es cuando más nos necesitamos. ¡Estoy orgullosa de todos vosotros! Pero el juego se ha acabado y es hora de parar.

Jenny hace un puchero y se le cae el bigote.

—Pero yo quería que él...

Val entona una melodía:

—*¡Solo cuando lo necesitemos, solo cuando preguntemos! ¡Solo cuando nosotros seis no nos estemos portando bien!*

Extiende la mano. Jenny se desabrocha la capa y se la entrega solemnemente.

Val le dedica una gran sonrisa.

—Vamos a portarnos bien, ¿verdad? ¡Juntos podemos hacer cualquier cosa! ¡Vamos a ordenar esto!

Jenny cede con una sonrisa. Isaac dirige y pronto el espacio queda totalmente limpio, tanto de la destrucción de Jenny como del templo. Kitty termina la canción de la limpieza y, de nuevo, los amigos están en mitad de ese vacío negro.

—Tal vez podríamos hacer que viniera para que nos diera las buenas noches —comenta Jenny, esperanzada. Su bigote se derrite, al igual que el de Javi. Los niños vuelven a llevar su ropa normal, camisetas y pantalones cortos de colores neón.

Val le da un abrazo a Jenny.

—Sabes que nunca nos da las buenas noches y no necesitamos ninguna lección. Lo estamos haciendo genial. Tú lo has hecho genial hoy, Jenny.

Jenny asiente en su hombro. Val se la pasa a Marcus, quien la abraza mientras Val dobla la capa cada vez más pequeña. Es su propio truco de magia, lo pequeña que puede doblar la capa. Cuando tiene el tamaño de su mano, cierra los dedos a su alrededor y susurra algo. Cuando vuelve a abrirlos, la capa ha desaparecido.

Los seis niños suspiran y se desploman como si alguien les hubiera cortado los hilos. En el último segundo antes de que la pantalla se ponga negra, Val vuelve a mirar directamente a la cámara. Esta vez no hay ninguna súplica silenciosa en sus ojos, solo una mirada cansada y vidriosa de resignación.

La luz desaparece. Los niños desaparecen.

La oscuridad parpadea una vez más y los niños regresan inmediatamente, riendo, mientras Jenny y Marcus les enseñan un juego de palmas con una cancioncita sobre hacer lo que te dicen.

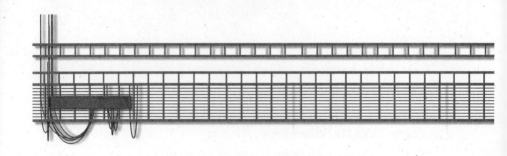

QUE NO TE VEAN

—Q ué cojones… —susurra Val.

Aprieta un botón en el reproductor. Todo se mueve rápidamente hacia adelante, un borrón de juegos infantiles, alegría y magia. Lo pausa en un momento al azar, congelando la pantalla en la versión infantil de una playa tropical. El agua es tan azul que prácticamente brilla, la arena es completamente amarilla y las palmeras están formadas por líneas rectas con púas verdes en la parte superior. Jenny tiene a Kitty enterrada hasta el cuello en la arena y le está esculpiendo un cuerpo de sirena mientras Val, Marcus e Isaac se pasan una pelota de playa y Javi se acerca a ellos por detrás con cubos de agua fría.

No tiene ningún sentido.

Hasta donde puede ver, no hay cortes. Solo hay una cámara, pero, de algún modo, obtiene ángulos y planos que deberían ser imposibles. No hay micrófonos ni equipamiento visible, no hay ediciones ni pausas mientras el escenario y el vestuario cambian. Tampoco hay música aparte de las canciones que cantan los niños. Todo eso tendría sentido si fueran imágenes sin editar, pero hay efectos especiales. Unos efectos especiales asombrosamente buenos.

Val comprueba su reloj y maldice. Han pasado setenta minutos. ¿Cómo podía durar setenta minutos un solo capítulo? No había introducción, créditos ni pausas comerciales. No había una historia concreta. Simplemente parecía fluir. Era como observar a unos niños jugando y ver realmente el despliegue de su imaginación.

Y no puede dejar de pensar en los efectos visuales. Val no ha visto muchas cosas, pero ha captado vistazos suficientes de programas como para saber que ese nivel de sofisticación a principios de los noventa era... imposible. Probablemente, sería incluso imposible para los estándares actuales, al menos sin un presupuesto astronómico. El modo en el que Marcus había pintado el fondo y había aparecido a su alrededor no solo parecía no tener cortes, sino que era precioso. Fastuoso, maravilloso y mágico.

Val se recuesta, deseando poner distancia entre ella y la tele. El cristal que los separa no es suficiente. No después de haber visto lo real que parecía el programa.

Lo real que se sentía.

Si estar ahí era la mitad de abrumador que verlo, no era de extrañar que los demás no hubieran superado el tiempo que habían pasado en *Mister Magic*. Pero ¿dónde estaba Mister Magic? No había aparecido ni una vez. ¿Por qué hacían todo lo posible por que no apareciera en pantalla en un programa que llevaba su nombre?

Val está atormentada tras ese vistazo al pasado. No por Kitty, sino por su propio rostro, treinta años más joven, mirando directamente a la cámara. Ella era la única que rompía la cuarta pared. Estaba rogando. Suplicando incluso. Pero ¿qué suplicaba?

«Lo veíamos cada día y sabíamos que estaba funcionando. Veíamos que eras feliz», había dicho su madre. Pero ahora Val también lo ha visto y conoce su rostro lo bastante bien como para saberlo: no era feliz en ese sitio.

¿Por qué le había dado la cinta la mujer del aparcamiento? ¿Y cómo era posible que la tuviera? Según toda la gente a la que Val había conocido y todo internet, esa grabación no debería existir.

Su primer impulso es hablar con Isaac, lo que vuelve a partirle el corazón. Con Javi, entonces. Confiará en que la ha advertido de buena fe. Tiene que hacerlo. Baja sigilosamente hasta la planta de Javi y atraviesa de puntillas la sala familiar. La tele con ese brillo oscuro está ahora en el suelo. ¿Por qué no la ha metido en el armario como había dicho que haría?

Pronto descubre la evidente respuesta. La cama está vacía, lo que significa que, o bien sigue fuera, o está en la cama de otra persona. Derrotada, Val se gira para volver a subir, pero la luz de la habitación ha cambiado. Se estremece, esperando ser descubierta. Sin embargo, solo es la tele. En lugar de la pantalla negra apenas visible ahora hay un patrón de prueba con los colores del arco iris.

Sintiéndose perseguida, vuelve rápidamente arriba. Quiere pararse en la planta de Isaac, meterse en su cama. Desea no haber hablado con Gloria, no haber visto el móvil de Isaac. Desea haber vuelto a salir y haber jugado alrededor de la hoguera como los adolescentes estúpidos y despreocupados que nunca les habían permitido ser.

La gravedad parece más fuerte cuanto más sube, como si el sótano tuviera que esforzarse más por tirar de ella hacia abajo. La sexta planta parece estar imposiblemente lejos. Se detiene en la quinta. De todos modos, no quiere tener el vídeo con ella. Se siente infectada. No puede olvidar el hecho de que lo que creaba Marcus parecía tener más vida que la habitación que había a su alrededor. Que el mundo entero que había a su alrededor. Todo parece sucio, agotado y roto en comparación con lo que vivieron y soñaron juntos.

Se alegra de no recordar nada, de que esté todo contenido en ese único vídeo en lugar de en su interior. Pero también está tremendamente feliz por haber podido ver a Kitty. Val se acurruca en la cama y cierra los ojos. Espera soñar con su hermana, pero no puede escapar de la sensación de estar siento observada. Tal vez sea un efecto persistente del programa, de haber visto su propia infancia como lo haría un desconocido. Dios, como habían llegado a hacer muchos desconocidos. ¿Quién sabía cuánta gente las había visto a ella y a Kitty de niñas? Es una sensación pegajosa en su cerebro, una película que no puede limpiar. La empaquetaron y la presentaron al mundo entero antes de que fuera lo bastante mayor para entender lo que eso significaba. Se lo habían hecho a todos.

Como si sus pensamientos no fueran lo bastante irritantes, le escuece la mano y esa ardiente tortura empeora cuanto más intenta quedarse quieta e ignorarla.

Se sienta al borde de la cama abandonando todo intento de dormir. El patrón de prueba de la tele proporciona luz suficiente para ver mientras se rasca la mano con las uñas.

Debajo de su piel, debajo de esas cicatrices rojas e hinchadas, *hay algo*. Val se estremece, asqueada. Un único hilo negro crece como un pelo en el centro de la irritación. ¿Se ha partido la piel de tanto rascarse? Tal vez se le metiera un hilo de la ropa y ahora se esté abriendo camino de nuevo a la superficie con una infección.

Pellizca el hilo entre los dedos y le da un tirón con cuidado por miedo a perderlo. Pero el hilo sigue saliendo. Un centímetro, dos, siete. El hedor a podredumbre e infección acecha debajo de su piel.

Val sigue tirando. Debería ir al baño para tener mejor luz y algo de jabón. Pero no puede parar, no mientras siga teniendo eso en su interior. El hilo no termina. Está conectado a algo más grande.

Val solloza, agarrándolo y tirando de él. Tirando. Tirando. Cada vez se desprende más material negro suave de su piel, acumulándose en su regazo, mojado y apestoso. Finalmente, con un terrible esfuerzo que arranca algo vital conectado a su cuerpo, lo recupera todo.

Quiere arrojarlo por la ventana, no volver a mirarlo nunca. No volver a pensar en eso. Pero no puede parar, al igual que no había podido parar después de haber empezado a tirar. Val agarra ese horroroso tejido negro que se ha sacado de la mano y lo levanta.

Es una capa.

Una capa que conoce tan bien como la palma de su mano. O la palma de la capa, en este caso. La arroja con un grito, pero no cae húmedamente al suelo como un trapo sucio y desechado, sino que flota elegantemente mientras desciende. Cuando aterriza en el suelo, cubre una forma en una revelación lenta y sensual de algo agazapado debajo.

Val no se mueve. No parpadea. No respira. Es un truco de luz. Tiene que serlo. No había nada en el suelo. Se habría dado cuenta, lo habría visto.

Levanta los pies lentamente alejándolos de la alfombra, de la capa, de lo que haya debajo de esta. Si puede envolverse con la manta, podrá cerrar la puerta a este horror, podrá fingir...

La capa se escabulle hacia adelante.

Val grita con tanta fuerza que se despierta. Esta cubierta de sudor, todavía debajo de las mantas. *La mano*. La gira para ver el daño en su palma, pero... está suave. No hay señales de irritación ni un agujero por el que haya podido salir una capa. Ni siquiera le escuece ya.

Sin embargo, no puede olvidar ese sonido ni el olor a podredumbre. Sigue habiendo cierto matiz. Y la habitación está helada, le castañean los dientes y el sudor la ha helado por completo.

Volverá a dormir. Fingirá que solo ha sido un sueño, cerrará los ojos, cerrará esa puerta, cerrará...

—No —se dice Val.

No va a cerrar más puertas. Ni siquiera cuando lo que hay detrás sea horrible.

Se inclina sobre el lado de la cama dejando que el suelo aparezca lentamente. Solo está esa alfombra fea, pero hay muchos lugares en los que esconderse. Debajo de la cama, en el armario, detrás de la tele. Igual que en su juego en el programa. Una capa puede esconderse en la oscuridad porque está hecha del mismo material.

—Me estoy volviendo loca.

Sin embargo, en cuanto lo susurra, Val no llega a creérselo. Tal vez ver el programa le ha metido ideas nuevas en la cabeza o tal vez le ha recordado verdades que había encerrado. Ahí hay respuestas. Respuestas de lo que le pasó a Kitty. Respuestas de lo que le pasó a ella. Ninguna pesadilla le impedirá conseguirlas, ninguna traición ni mentira.

Val recupera el vídeo de la planta de arriba y sale de la casa. Se sienta en el sofá manchado de humo y espera a que el sol restaure la realidad. Bajo la luz, volverá a sentir que tiene el control.

Y la parte que no quiere admitir es que bajo la luz estará a salvo de esa capa.

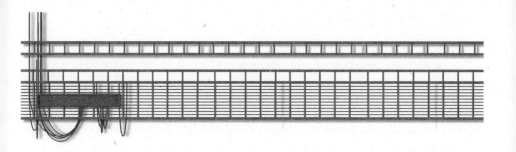

Se oye una risita y alguien indicando silencio antes de que se enciendan las luces que revelan a Javi y a Marcus abrazados para mantener el equilibrio en la oscuridad.

—¿Hola? —susurra Javi.

Miran la pantalla y parecen satisfechos al verla apagada. Marcus se acerca a ella, algo inestable.

—¿Ves algún mando? ¿O cualquier cosa con botones? ¿Una pantalla táctil? ¿Crees que la pantalla será táctil?

La mira atentamente, pero luego retrocede. No quiere tocarla.

—Yo no veo nada, solo esa cámara. —Javi señala la lente que los enfoca directamente y recorre los bordes de la habitación blanca pasando los dedos por las paredes—. ¿Soy yo o esto es piedra? ¿No deberían ser de yeso?

Javi intenta sentarse en la silla, pero no lo logra y acaba en el suelo. Marcus se une a él. Se quedan sentados rodilla con rodilla, más cerca de lo que sería necesario. Ninguno se mueve.

Marcus asiente hacia la pantalla.

—Esperaba que tuviéramos oportunidad de verlo. El programa.

—¿Te dijo que tiene grabaciones?

Marcus asiente con expresión sombría y preocupada.

—Sí, me lo dijo. Pero no quiero verlas con ella, ¿sabes?

Javi lo sabe. Tensa la mandíbula y se le juntan las cejas cuando mira fijamente la pantalla en la que solo hay oscuridad. Una oscuridad infinita, cálida y acogedora que se extiende en la eternidad.

—Es rara, ¿verdad? —pregunta Marcus.

—Superrara. Pero cualquiera que esté obsesionado con nuestro programa tiene que serlo.

Javi le da un golpecito a Marcus con el hombro y ambos se ríen, pero lo aprovechan como excusa para acercarse más el uno al otro. Ninguno menciona que ambos han accedido a tratos con ella. Ambos han accedido a recordar la canción, a cantarla.

Marcus empieza a tararear, como si ahora que ha vuelto ahí no pudiera evitarlo. Javi lo interrumpe enseguida.

—¿Qué recuerdas realmente? De la última vez, del último círculo.

Marcus pone la mirada en blanco. Sus ojos van y vienen, observando un recuerdo. Y entonces se estremece y se lleva la mano al hombro antes de cerrarla en un puño.

—Nada —miente.

—Sí. —Los ojos de Javi están apagados y sin vida, habla con un tono muerto. Baja la barbilla hasta el pecho sin dejar espacio para que unos dedos largos y delgados le levanten la cabeza y le recuerden cómo debe comportarse—. Sí, yo tampoco.

Cruza las piernas. Marcus hace lo mismo. Se quedan sentados en el suelo mirando la pantalla como niños esperando a que empiece su programa favorito.

No sucede nada. Todavía no es el momento.

—Eres lo que más eché de menos —dice Javi en voz baja.

Una única lágrima recorre el otro lado del rostro de Marcus, donde Javi no podría verla aunque apartara la mirada de la pantalla. Tal vez Marcus no sepa si Javi está hablando con él o con la nada cálida y vacía que palpita frente a ellos.

Marcus se apoya en el brazo de Javi. Se quedan quietos durante tanto rato que los sensores de movimiento se apagan. La oscuridad se instala a su alrededor como un abrazo. Se oye un suave suspiro de estática más allá de la pantalla y luego, silencio.

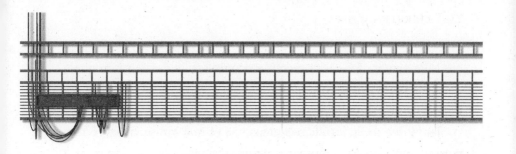

QUINCE

—¿Qué es esto? —pregunta una voz.

Val abre los ojos de golpe. Tiene la boca seca, le palpita la cabeza y hay demasiada luz.

Está fuera, dormida en el sofá junto a las cenizas de la hoguera. Se sienta rápidamente y aleja la mano izquierda de su cuerpo como si estuviera contaminada, pero la luz del día revela una palma totalmente suave. Solo tiene las cicatrices de siempre y ya no le pica. La capa salió la noche anterior.

Val niega con la cabeza intentando despertarse del todo.

—¿Qué es *esto*? —vuelve a preguntar Jenny.

Va totalmente vestida, lleva el pelo inmaculado y tiene buen aspecto después de lo de la noche anterior. Pero no son los pantalones cortos de color cálido ni la camisa rosa pálido de Jenny lo que capta la atención de Val.

Jenny tiene la cinta de vídeo.

—Es mía.

Extiende la mano para que se la devuelva, pero Jenny la sujeta por encima de su cabeza. Tiene un aspecto ridículo con esa ropa de mujer de mediana edad sosteniendo el vídeo fuera de su alcance como un niño con un berrinche.

—¡Dime qué es! ¡Dime de dónde lo has sacado!

Sus ojos brillan con una intensidad tan dolorosa como la del sol.

Val se sienta, cansada, rascándose la cabeza donde el sudor seco le ha apelmazado los mechones en la frente. Necesita una ducha.

Necesita comer. Y necesita ese vídeo porque es lo único que le queda de Kitty. Aunque nunca pueda decidirse a volver a verlo, sabrá que lo tiene.

Jenny retrocede rápidamente cuando ve que Val se levanta, como si le diera miedo que fuera a perseguirla y a atacarla.

Val alza las manos en señal de tregua.

—Quiero que me la devuelvas, pero primero deberías verla.

Siente un miedo irracional durante un instante de que el vídeo sea diferente para ellos de lo que ha sido para ella, una sensación de que debería verlo con ellos para asegurarse de que fuera el mismo.

Sin embargo, es probable que ellos sí que vean algo diferente de todos modos. Al fin y al cabo, ese vídeo es su infancia. Una experiencia compartida, pero no idéntica para todos. Hablaron de lo maravilloso que era el programa, pero ahora Val lo ha visto. Ella no era feliz.

El programa ejercía el peor de los males, el que te hace fingir tanto que todo va bien que te olvidas de ti mismo. El mal que insiste en que lo mires directamente y lo llames «bien» hasta que te lo creas.

Val lo sabe todo de ese tipo de mal. Espera que los demás también lo reconozcan.

Jenny aferra la cinta contra su pecho.

—No. No, es un truco. Vas a arruinarlo todo de nuevo, como la otra vez.

Ese conocido lodo de vergüenza vuelve a la vida. Val desea poder arrancarlo y tirarlo al suelo, apestoso y repulsivo. Tal vez haya algo mal en ella. Tal vez siempre estuvo demasiado rota como para disfrutar de una experiencia infantil mágica. Tal vez tendría que destruirlo también para todos los demás del mismo modo que arrastró a Kitty hasta ahí en primer lugar. Tal vez el problema nunca fue el programa, sino la propia Val.

Tal vez esté buscando algo siniestro porque sería un alivio ser capaz de culpar a otra cosa por el cargo de conciencia que lleva atormentándola desde siempre. Culparlo por el desastre de su vida.

Val está demasiado cansada para discutir.

—Mírala o devuélvemela. No me importa. Solo sé que mi hermana murió y que hay alguien ahí fuera que sabe lo que pasó. No voy a detenerme hasta descubrir la verdad.

—¡Esto no es por Kitty! Siento mucho que la perdiéramos, de verdad, pero esto es por nosotros, porque lo necesitamos. —Jenny señala la casa—. Ve a tu entrevista.

—¿Qué?

De todas las respuestas que Val anticipaba, esa no era una de ellas.

—¡Baja ahí a conceder la entrevista! —exclama Jenny con voz tensa y aguda.

—¿Por qué iba a conceder una entrevista?

—¡Porque necesito que recuerdes! Necesito que vuelvas a ser la Val que fuiste, la Val de nuestro círculo. Mi amiga Val. —Jenny tiembla con una combinación de rabia y desesperación.

—No quiero ser ella —dice Val.

Y menos después de haber visto la cinta. Tal vez Isaac tenía razón al decir que olvidar era lo mejor, ahora está libre de las cadenas de la nostalgia. No puede romantizar una infancia que no recuerda, solo puede comprometerse con la verdad de lo que ha visto.

Además, la «amiga» de Jenny arrastró a Kitty hasta eso. Sin la insistencia cabezota de Val, Kitty nunca habría formado parte del programa. Seguiría viva.

Val está exhausta, desconsolada y angustiada. Lo último es lo que le sorprende. Su instinto es ignorarlo, ponerlo detrás de una puerta. En lugar de eso, Val se aferra a ese sentimiento, honrando su miedo. Esa casa y ese programa la asustan. Ahí sucedieron cosas malas. Pero las casas no tienen recuerdos, así que no queda nada para ella en su interior.

Si Javi está en lo cierto, quien esté a cargo quiere culparla de lo que le pasó a Kitty. Saldrá corriendo. Tomará el dinero que Gloria ahorró para ella y se esconderá.

No obstante, no se quedará escondida para siempre como hizo su padre. Se marchará a un lugar seguro y se pondrá en modo ataque. Lamentarán haberla encontrado.

—Me marcho. —Val se mete en la casa para recoger sus cosas.

Jenny la sigue, prácticamente pisándola.

—¡Tienes que hacer la entrevista! ¡Te está esperando!

Val se detiene en mitad de la cocina, cautelosa de repente. ¿Y si intenta subir, pero Jenny la empuja escaleras abajo? A Val todavía le duelen los mofletes donde la arañó su madre.

Rodea la encimera, dejando que quede entre ella y la otra mujer.

Jenny frunce el ceño y luego se da cuenta de lo que le pasa. Su ira se convierte en desesperación.

—No puedo obligarte a hacerlo, pero *necesito* que hagas esto por mí. Por nosotros. Por favor, Val. Por favor, ve a la entrevista. ¡Por favor! Puedes quedarte con la cinta, no me importa, solo... por favor, ayúdame.

Jenny deja el vídeo en la encimera y junta las manos como si le estuviera rogando a Val.

—¿Qué pasa? —pregunta Isaac desde las escaleras, ese espacio liminal que está arriba y abajo al mismo tiempo. No sabe que ahí es vulnerable, ¿cómo es posible que no lo note?

—Es esta puta casa —murmura Val.

—Por favor, Isaac, quiere marcharse. —Jenny se vuelve hacia él, suplicante—. Tiene que hacer la entrevista. ¡Ayúdame!

Isaac mira a Val. En cuanto sus ojos volvieron a encontrarse por primera vez cambió todo su mundo. Renovó su pasado y abrió la puerta a un futuro. Lo quería a él en ese futuro.

Y todavía lo quiere, pero... «Cualquiera que se tomara las molestias de buscarte no es tu amigo».

Isaac asiente. No a Jenny, sino a Val.

—Yo te llevo —le dice—. O puedes llevarte el coche, lo que prefieras.

Se mete la mano en el bolsillo y le lanza las llaves.

El agudo pánico de Jenny se ha convertido en un lamento de desesperación.

—No, Val, por favor.

—¿Qué pasa? —pregunta Javi desde las escaleras por encima de Isaac.

Val agarra la cinta de la encimera.

—Javi, ven aquí.

No quiere acercarse a las escaleras. Por si acaso. Javi pasa junto a Isaac, quien no ha dado ni un paso hacia Val. Siempre la está invitando a su espacio, pero nunca invade el de ella.

—Noto un aura extraña por aquí —comenta Javi.

Marcus aparece en las escaleras tras él, haciendo una pausa como si no estuviera seguro de si debe continuar.

Val le pone la cinta en las manos a Javi.

—Es el programa. Un fragmento, al menos. Lo quiero de vuelta. Os buscaré cuando haya conseguido información de...

Una ráfaga helada le aparta el pelo de la cara. Proviene del sótano. Hay respuestas ahí abajo. No le cabe ninguna duda.

Pero tampoco duda que sea una trampa.

—Quien quiera puede venir conmigo.

Una vez más, Val deja a tras al resto de sus amigos. Los está abandonando, ellos saldrán heridos y será culpa suya.

—Por favor —susurra—. Por favor, venid conmigo. Aquí no hay nada bueno para vosotros.

No se mueve nadie.

Val deja a sus amigos. El coche de Isaac la está esperando en una crítica silenciosa. Sube y se golpea la palma de la mano con el volante. No se le abre. No sale nada de ella. Solo es piel. Sus cicatrices siguen siendo un misterio. Tal vez lo sea siempre todo.

Val coloca la llave en su sitio observando la puerta. Esperando. Extiende la mano, quiere preguntar, pero conoce el precio de sus preguntas. Tanto su mano como la puerta siguen vacías. Esa casa, ese horrible y miserable parásito del desierto la mira, engreída y satisfecha, tarareando. Le hace una peineta y gira la llave.

Y no sucede nada.

The Blogcast Review

El último capítulo de *Gnarly '90s* es mi favorito de la vida y, si sigues mis reseñas desde hace tiempo, sabrás que no suele gustarme por su tendencia a ser demasiado crítico. Este me ha encantado más por el tema que por el contenido o la presentación en sí, ya que, por una vez, me han dado la noticia que realmente quería escuchar.

Vuelve *Mister Magic*.

Al menos, en formato pódcast. Un capítulo de reencuentro para empezar, pero algo es algo. Aceptaré todo lo que me den. Por si no os acordáis, *Mister Magic* era un longevo programa infantil. ¡Lo veía fielmente! Como si fuera mi religión. Juro que todas las lecciones que aprendí de pequeño no las aprendí en la guardería (que le den a la señorita Craft, que me odiaba: yo también te odio), sino de *Mister Magic*.

El programa siempre se emitía cuando era necesario. Mi madre trabajaba hasta tarde, yo pasaba mucho tiempo solo y *Mister Magic* siempre estaba ahí para hacerme compañía. Vivíamos en una zona poco segura y yo no podía correr por ahí o jugar fuera, pero siempre tenía amigos en la tele. Sé que suena triste, pero no lo era. Me ayudó mucho.

También tengo algunos recuerdos extraños. Juro que siempre lo hacían entre canales. Cuando girabas la ruedita, siempre lo encontrabas a mitad de camino entre dos posiciones. Tal vez fuera cosa de nuestra tele vieja, que era una chatarra. Y una vez (probablemente esto lo soñara, pero tengo el recuerdo muy nítido) me desperté en mitad de la noche, asustado porque había tenido una pesadilla. No quería despertar a mi madre, así que me senté delante de la tele esperando que estuvieran echando *Mister Magic*. ¿Qué programa infantil se emite a las dos de la mañana? Pero cuando encontré ese dulce espacio entre canales, ahí estaba.

Solo que no era un capítulo normal. También era de noche en el programa. Los niños, mis amigos, estaban acurrucados durmiendo. Y, vuelvo a decir que sé que suena raro, pero me resultó reconfortante verlos dormir, inhalar y exhalar, agarrados de las manos. Me encogí en el suelo con la mano presionada contra la tele y el suave zumbido me ayudó a dormir. Mi madre me encontró por la mañana y me regañó por malgastar electricidad. Por eso sé que al menos parte del recuerdo es real.

Así que, dormido o despierto, *Mister Magic* siempre estaba ahí para mí hasta que se fue. Ninguna cancelación me ha afectado tanto desde entonces. Me muero de ganas de saber algo del elenco, de conseguir finalmente cerrar ese capítulo. De revivir ese momento de mi vida en el que siempre podía encontrar amigos al encender la tele. Y, a juzgar por los rumores que quiero creer desesperadamente porque tengo hijos que también necesitan amigos mágicos y lecciones especiales, en el pódcast se anunciará un *reboot*.

Nuestros amigos de nuevo ahí para nosotros cuando más los necesitamos.

Haz **clic aquí** para ir al pódcast de *Mister Magic*. El primer capítulo todavía no está disponible, pero podéis estar seguros de que estaré navegando entre canales esperando a que aparezca.

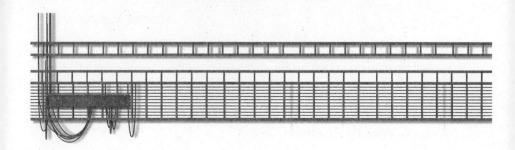

DIECISÉIS

V al comprueba el motor. Ha trabajado bastante en máquinas del rancho y sus viejas camionetas destartaladas como para tener algo de conocimiento, pero, por lo que puede ver, el problema es la batería. Se ha estropeado.

La batería no se enciende, pero su cerebro sí, rugiendo con teorías conspirativas. Sin embargo, la respuesta es más sencilla. Cierra el capó y apoya la frente, abrumada por la desesperación. La noche anterior habían puesto la radio a todo volumen durante la hoguera. Nadie había estropeado el coche a propósito, simplemente habían sido idiotas.

Comprueba el maletero, pero no hay pinzas. Val se acerca sigilosamente a la furgoneta de Jenny como si fuera a gritar el nombre de su dueña. Desde las ventanillas no se ve ningún cable. Eso no significa que no haya ninguno, pero la furgoneta está cerrada, así que no puede mirar sin permiso. Y, de todos modos, para usar las pinzas necesitaría las llaves.

Val vuelve a la casa. Abre la puerta, pero no entra. Los demás están reunidos alrededor de la encimera de la cocina e interrumpen su conversación cuando ella entra y todos la miran.

—La batería ha muerto —declara Val—. Necesito usar unas pinzas.

—Ah, yo puedo… —empieza Marcus.

—No —lo interrumpe Jenny.

—Jenny —la reprende Javi.

Jenny niega con la cabeza con los labios apretados en una fina línea.

—No tengo pinzas.

Isaac no mira a Val a los ojos. Parece agotado y todo se ve ampliado por sus gafas.

—Podemos llevarla hasta…

—No —espeta Jenny de nuevo—. Es *mi* furgoneta. Si Val quiere abandonarnos de nuevo, vale, pero no pienso ayudarla.

Marcus le pone una mano en el brazo.

—Jenny.

Jenny lo aparta.

—¡Dejad de decir mi nombre con ese tono! No me miréis como si fuera yo la que está siendo una cabrona. Solo le estamos pidiendo que baje esas escaleras y hable del programa. ¡Tampoco es un gran sacrificio! Después de todo por lo que tuvimos que pasar por su culpa, por lo que ella… —Jenny calla y levanta las manos en el aire—. Os comportáis todos como si fuera especial, como si debiéramos tener cuidado con ella, cuando debería ser ella la que nos ayudara a nosotros. La que arreglara las cosas. Pero no. Es Valentine. Hace lo que le da la gana y nos obliga a los demás a hacerlo también. Bueno, pues esta vez no. Ya no.

Javi saca el móvil.

—Llamaré a alguien para que nos traiga una batería.

Jenny sonríe con crueldad.

—Pues buena suerte con ello. Aunque encuentres a alguien dispuesto a venir hasta aquí, tardará horas. Ponte cómoda, Val.

Se mete en su habitación echa un furia y cierra con un portazo.

—Hablaré con ella —afirma Isaac.

Si Val tiene que quedarse ahí, quiere hablar con él. Preguntarle por qué no le había dicho que Gloria estaba intentando contactar con ella. Por qué se esforzó tanto para encontrarla en realidad.

Pero, antes de que pueda decirle que se espere, él se mete en el dormitorio de Jenny y vuelve a cerrar la puerta. Es imposible escuchar la conversación por encima del zumbido ambiental, que Val juraría que es ahora más fuerte.

Marcus se pasa una mano por la cara.

—¿Por qué me siento como si me hubiera acostado en una realidad y me hubiera despertado en otra? ¿Qué pasó anoche?

Javi se apoya en la encimera observándola mientras reflexiona.

—Yo creo que deberías bajar.

—¿Qué? —Val niega con la cabeza—. No. En absoluto.

—Van a contar la historia como ellos quieran. Con este pódcast, son ellos los que controlan la narrativa, la modifican para los oyentes, los llevan a una conclusión preexistente de modo que crean que ha sido idea de cada oyente desde el principio. Pero, si concedes la entrevista, es posible que obtengas información nueva. O tal vez puedas averiguar por sus preguntas si tengo razón y están intentando culparte, o si me he vuelto paranoico tras tantos años viviendo con mi familia malvada y vengativa.

Val no quiere bajar esas escaleras por nada en el mundo. Pero su mirada se ve atraída hacia ellas. Hacia la fascinación de lo que hay ahí, la promesa de respuestas. Por eso necesita marcharse. Si se queda, acabará bajando. Lo sabe.

—Un momento —interviene Marcus—. ¿Crees que el pódcast tiene como objetivo culpar a Val de lo que le pasó a Kitty?

Javi se pellizca el puente de la nariz. Parece mayor que cuando lo vio por primera vez, aunque solo han pasado dos días.

—Tienen que deshacerse de toda la controversia si quieren volver a emitir el programa, y parece que esa es su intención. Pero nunca se culpó ni se investigó siquiera a nadie por la muerte de Kitty.

—¿Qué me estás contando? ¿Cómo es posible? —La ira entorna los bonitos ojos de Marcus, convirtiendo la amabilidad de su rostro en algo casi sagrado con la rabia—. Yo bajaré contigo, Val. Puedo entrar a la entrevista o esperar en el final de las escaleras donde no pueda verme. Para apoyarte si la situación se pone rara.

Val se siente conmovida por su ofrecimiento. Aunque a él no le da tanto miedo el sótano como a ella, significa mucho que esté dispuesto a acompañarla.

—¿Tú no me culpas por cómo terminó?

—No —responde Marcus con expresión todavía enfadada. A continuación, se suaviza tanto que le duele, casi la hace querer retroceder por todo el amor y la comprensión que hay ahí. Ha cargado sola con la culpa durante mucho tiempo, pero Marcus está con ella en ese espacio privado—. Kitty era mi amiga. La echo de menos. Merece justicia.

Marcus y Javi están de su lado. Se había equivocado al sospechar de ellos. El modo en el que el salón de baile había reaccionado al verlos había bastado para dejar claro que Bliss no los quería, que, pasara lo que pasara con el programa, ellos no formarían parte.

Saber que no está sola hace que se sienta más fuerte. Nunca ha estado sola.

Val había intentado huir otra vez, lidiar con eso sola, y no había funcionado. Así que se quedará y descubrirá la verdad. Porque Marcus tiene razón: Kitty merece justicia, pero todos merecen cerrar esa etapa. Eso no puede arrebatárselo.

Respira hondo y contiene el aire hasta que le arde. A menudo, los miedos irracionales tienen origen en algo real. Es hora de averiguar por qué le da tanto miedo a dónde puedan llevarla esas escaleras.

—Gracias, pero hay algo aún más importante que podéis hacer por mí ahora. Mirad este vídeo. Los dos. Decidme si vi lo que creo que vi.

Marcus asiente. Javi le dirige una sonrisa alentadora y ambos la acompañan hasta las escaleras y se quedan arriba. Montando guardia.

Javi sostiene la cinta como prueba de que, por una vez, hará lo que se le ha ordenado.

—Nos quedaremos en esta planta, así te oiremos si nos necesitas. Solo hay una habitación con una pantalla. No hay puertas, no pueden encerrarte ni sorprenderte ni nada. Nadie puede hacerte daño.

Val desearía compartir su confianza. Finalmente, mira hacia abajo. El vértigo la abruma, una dilatación horrible estira y encoge las escaleras que se contraen en la oscuridad como una garganta al tragar.

Da un paso y luego otro. La gravedad tira de ella con avidez y se hunde más profundamente con cada escalón.

De repente, está abajo. Es solo un tramo de escaleras. Javi y Marcus siguen esperando en el rellano. No se la ha tragado nada, podría darse la vuelta y subir corriendo de nuevo. Les muestra los pulgares levantados y ellos le devuelven el gesto. No hay puerta en el marco arqueado, pero tampoco hay luces. Al otro lado del umbral está completamente oscuro.

—Las luces tienen sensor de movimiento —dice Javi.

Val entra. Se oye un siseo como de una tela arrastrada por el suelo y luego se encienden las luces con una intensidad cegadora.

No hay nada distintivo en la habitación, solo una silla de madera en el centro. Paredes blancas, suelo blanco brillante, luces fuertes colocadas en el techo. Una de las luces no funciona, pero se da cuenta de que eso es porque no es una luz. Es una cámara diseñada para parecerlo.

Hay otro marco en la pared a su derecha, un rectángulo perfecto. Es una abertura a la nada, al otro lado hay una profunda oscuridad. No debería haber otro umbral ahí, Javi había dicho que solo había una puerta y la casa no se extiende en esa dirección. Así que, a no ser que el sótano sea más grande que los cimientos de la casa o que haya dado alguna vuelta...

Val no se acerca al marco. No piensa hacerlo. No puede. Toda la valentía y la determinación que la han ayudado a bajar han sido tragadas por el vacío que hay al otro lado de la puerta.

Está paralizada por el miedo. No, es algo más que miedo. Hace tanto frío que puede ver su aliento, le duelen las articulaciones de los dedos. Sus cicatrices brillan blancas, hay recuerdos que su cuerpo guarda y su mente ha perdido.

Cuando vuelve a mirar, hay una mujer en el marco. Hay algo plano y monótono en ella, como si su rostro lo hubiera diseñado un comité. Val podría cruzársela por la calle y no reconocerla o podría verla en cada mujer que se cruce el resto de su vida. En ninguna. En todas.

—¿Cuánto tiempo llevas aquí? —pregunta Val, sorprendida.

—Ah, toda la vida —contesta la mujer.

Hay un ligero retraso, su voz llega antes que sus expresiones y movimientos. Val intenta deshacerse de su desorientación. No es una puerta. No puede ser una puerta porque ninguna de las brillantes luces de la habitación atraviesa el umbral. Debería haber al menos un cuadrado de luz en el suelo. Donde está la mujer solo hay oscuridad.

Es una pantalla. Val se da cuenta de ello y aprovecha para reorientarse en la realidad. Es una pantalla en una pared, no una puerta. El sótano tiene exactamente el tamaño que debería tener. La entrevista es solo una entrevista.

—Te has hecho mayor. —Hay una nota de traición en la aguda y clara voz de la mujer.

Frunce el ceño, una expresión infantil en un rostro adulto, y Val se reiría si pudiera. Pero sigue habiendo algo en esa mujer que hace que se le enciendan todas las alarmas.

—Sí, a veces pasa. —Val se encoge de hombros—. Bueno, la entrevista. El pódcast. Supongo que sabes quién soy. Y a mí me gustaría saber quién eres tú.

—¡Primero la presentación!

La voz de la mujer cambia y se vuelve más animada cuando se pone a narrar:

Val cantaba las canciones, tomaba las manos, jugaba a los juegos y seguía las reglas. Siempre lo hacía todo bien. Escuchaba y obedecía, sabía qué decir y cómo decirlo. Nunca se metía en problemas. Nunca tenían que advertirla, frenarla, consolarla, dirigirla o vigilarla. Era la mejor de sus amigos, el candado que mantenía unidos todos los eslabones de la cadena del círculo, aquella de la que nunca tenías que preocuparte, la niña perfecta entre tantos niños buenos. La líder.

—Eso parece... —empieza Val, pero la mujer sigue hablando sin interrumpir su recital.

Eran las manos de Val las que los sostenían a todos, las que estrechaban, las que se mantenían en su sitio. A diferencia de los círculos anteriores, la determinación absoluta de Val y su voluntad incontenible eran lo que mantenía la magia. Era Val la que buscaba en la oscuridad y sacaba lo que necesitaban. ¿Os acordáis ahora? ¿Quién sacaba la capa y la lanzaba cada vez? ¿Quién decidió mantener a Mister Magic fuera de su propio círculo?

Val frunce el ceño. Era cierto, ¿verdad? En los capítulos que había visto Mister Magic ni siquiera había aparecido. Pero ¿cómo podía ser cosa suya? Era un programa. Seguro que habría guionistas y directores.

¡Val! Era nuestra pequeña Valentine. La parte más importante del círculo. Si pudierais verla ahora, veríais que tiene ese mismo cabello espeso castaño brillante recogido en esa larga trenza de la que os encantaba tirar para burlaros de ella. Veríais que tiene esos mismos ojos preciosos enmarcados audazmente por sus cejas y sus pestañas. Veríais que tiene esas mismas pecas, incluso tiene más ahora. Veríais que ha crecido, que ha pasado de ser la niña que queríais ser a una hermosa mujer a la que no conocéis. No os permitirá conocerla. Huyó para que nadie lo hiciera. Incluso ahora tiene los brazos cruzados, los ojos entornados. No nos ha dejado espacio. Marcus era el soñador. Javi era el instigador. Isaac era el protector. Jenny era la amiga. ¿Y Val?

—¿Quién era Val? —susurra Val.

La mujer sonríe y, en un parpadeo de la pantalla, se parece a la pesadilla de Val sobre Kitty con una sonrisa demasiado grande, mostrando demasiados dientes. Y luego su sonrisa se cierra de golpe y su voz adquiere un tono más frío que el del sótano.

Val era la mentirosa que rompió el círculo y acabó con la magia.

Ahí está. La culpa. Al menos ahora Val no tiene que fingir ser agradable. Se queda de pie detrás de la silla, se siente más cómoda manteniéndola entre ellas, a pesar de que la mujer está detrás de la pantalla.

—Quiero saber qué le pasó a Kitty.

Hay un estallido de estática tan fuerte y repentino que parece como si la estuviera apuñalando un objeto físico. Val se estremece, pero cuando do levanta las manos para protegerse los oídos, se acaba.

—Te marchaste —dice la entrevistadora.

—Sí, por eso necesito saber qué pasó.

—Ya te lo he dicho. Te marchaste. Eso fue lo que pasó. Se suponía que tenías que agarrarla de la mano, pero no estabas. Y Mister Magic...

—No decimos su nombre —espeta Val automáticamente.

—¿Por qué no? Son solo palabras. —La entrevistadora habla con un tono burlón curvando los labios alrededor de unos diminutos dientes blancos. Son demasiado pequeños. Parecen dientes de bebé—. Todas las palabras son imaginarias. Sonidos a los que hemos asignado significado, imágenes y emociones salidas de la nada. Así que, en realidad, todas las palabras son mágicas. Algo salido de la nada. Obligan a los demás a sentir, a pensar o a entender simplemente pronunciando la combinación correcta de sonidos. A ti siempre se te dieron bien las palabras, ¿verdad? Se te dio bien conseguir que los demás hicieran lo que querías.

Val se niega a dejarse provocar.

—Dímelo tú.

La entrevistadora adquiere un actitud petulante. Se encorva y parece volverse más baja, más pequeña, como si estuviera más lejos de la pantalla.

—Estoy cansada de hablar. Nos dieron mucho que aprender, mucho que hacer para ayudarlos de manera que pudieran ayudarnos a nosotros. Crean palabras de la nada con la misma facilidad con la que respiramos, pero tenemos que liberarlas, sacarlas de donde están frías y adormecidas en el fondo. La mayoría de las palabras ni siquiera son nuestras, son palabras robadas y traídas de vuelta al nido. —Se inclina hacia adelante y sus ojos resultan ser brillante y dolorosamente azules—. Dilo. Di su nombre.

Val finge encogerse de hombros con aire casual.

—Si todas las palabras son imaginarias, ¿qué importa?

La entrevistadora se ríe y ahora Val está segura: tiene dientes de bebé como pequeñas perlas perfectas en su boca. Su pelo también parece más suave. Más rizado. Y sus ojos... Val los ha visto antes, se da cuenta ahora de lo que no había podido identificar.

La entrevistadora se parece a Kitty.

—No...

Val niega con la cabeza porque todo eso es demasiado retorcido, demasiado cruel. Han manipulado a Val, la han obligado a observar esa imagen retorcida de su hermana pequeña perdida. Si intentan romperla, está funcionando. Val retrocede hacia las escaleras. No se atreve a apartar la mirada de la pantalla, le da miedo que la imagen pueda cambiar. Le da miedo mirar por encima del hombro y ver que las escaleras han desaparecido.

Tiene que confiar en que estarán ahí. Alarga el brazo hacia atrás extendiendo la mano. Necesita las escaleras. Desea que la realidad se reafirme, que le proporcione una salida.

Sube un escalón y las luces se apagan. La pantalla debería seguir encendida. Debería seguir viendo esa imagen monstruosa de su hermana, pero ahora no se ve nada. Solo esa voz aguda, dulce y horrible llamando a Val.

—Las palabras sí que son imaginarias —dice—. ¿No te lo enseñó Mister Magic? ¡No hay nada más poderoso que la imaginación!

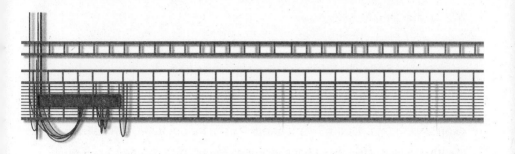

Al principio, se colocan en círculo y cantan la canción. Val siempre saca la capa de la oscuridad y siempre cae en el lugar correcto para revelar a Mister Magic en el centro.

Él observa todos sus juegos, medio en la oscuridad, apartado, hasta que necesitan que intervenga. Son jóvenes, abiertos y exuberantes. Su juego está lleno de alegría, canciones y diversión. Los capítulos pasan en un instante, es fácil perderse.

Sin embargo, al verlos seguidos, se advierte con más claridad: a medida que los juegos y las lecciones progresan, el círculo de amigos se vuelve más pequeño. Menos distinto. Son más parecidos entre sí y menos ellos mismos.

Cada vez que se corrige a Javi, su sonrisa se torna menos traviesa y sus ojos más apagados. Cada vez que impiden a Marcus perderse en sus creaciones, el escenario parece más insulso, sus personajes son copias de los anteriores. Jenny deja de divertirse de verdad y hace y dice exactamente lo que debería para poder conseguir otro abrazo de Mister Magic. La energía incansable de Kitty se convierte en una obediencia somnolienta, más parecida a una muñeca que a una niña. Isaac deja de jugar, se queda de pie al lado de Mister Magic, vigilando. Haciendo lo que hace, ser la sombra de una sombra.

¿Y Val?

Val está enfadada. Ve a sus amigos y se da cuenta de los cambios. Con el tiempo, cuando Mister Magic se acerca a ella, se niega a reconocerlo.

Mira mal a la cámara, determinada y obstinada. Deja de jugar a sus juegos. Cuando él se acerca para susurrarle las reglas al oído, Val se aleja, llevándose a Kitty con ella y atrayendo a los demás a una nueva actividad.

Entonces, entre un capítulo y el siguiente, todo cambia. Los amigos se reúnen en su círculo, pero, cuando empiezan a cantar, Val los detiene.

—Para este juego, no —dice con seguridad—. Para este no lo necesitamos.

Marcus parece confundido.

—Pero él es la magia.

Los ojos de Val relucen con la picardía que ha perdido Javi.

—No. Somos nosotros. —Frunce el ceño en señal de concentración, alarga el brazo hacia la oscuridad. Sin embargo, en lugar de lanzarla para que caiga revelando a Mister Magic, la estira sobre el suelo como un mantel de pícnic. Le da un codazo a Marcus—. ¡Vayamos al parque acuático y enseñémosle a Kitty medidas de seguridad en el agua!

Marcus titubea, pero levanta las manos y empieza a pintar. Cuando ve que funciona, se le iluminan los ojos y el cuadro se vuelve más grande, más elaborado. Nadie va a detenerlo. Un increíble parque acuático aparece ante ellos con imponentes toboganes retorcidos, tumbonas y una piscina de olas. Los niños entran corriendo, eufóricos.

Jenny se detiene para mirar a Val. Es la única que parece insegura.

—No pasa nada —la tranquiliza Val.

—Pero Mis...

—¡Nueva norma! —exclama Val—. No diremos su nombre. Necesita descansar, así que no vamos a despertarlo.

Guiña el ojo a los demás y luego se gira para mirar otra vez a la cámara sin sonreír y con una expresión desafiante. A continuación, vuelve a ser una niña y se va a saltando a jugar con los demás.

Después de eso, los capítulos son diferentes. Cuando las cosas se salen demasiado de control o si alguien llora o se pelea alguna vez, surge una forma de la oscuridad, pero Mister Magic nunca vuelve a ser tan apuesto como antes, tan omnipresente. Val toma el mando, guía los juegos y dirige la magia. El arte y los personajes de Marcus son nuevamente impresionantes, las travesuras de Javi han regresado con todas sus fuerzas, Isaac juega y cuida de los demás en lugar de limitarse a observar y preocuparse, Kitty está rebosante de energía y felicidad e incluso Jenny se divierte en lugar de buscar aprobación constantemente, aunque sí que echa de menos a Mister Magic y lo menciona de vez en cuando.

Es el mismo programa, pero al mismo tiempo no lo es. Cada capítulo se funde en el siguiente, juego tras juego, exploración, aventuras y lecciones sobre amistad y amabilidad. Los niños son enérgicos, están felices y emocionados. Pero Val está agotada. Se nota en el temblor de su mano cuando la alarga hacia la oscuridad y pide lo que quiere que le dé, en el modo en el que la oscuridad se refleja debajo de sus ojos.

Y se nota cuando empieza a desaparecer. Al principio son unos minutos cada vez, pero luego el periodo aumenta. Cuando Val se va durante demasiado tiempo, aparece Mister Magic con un sombrero tan alto que se estira hacia la oscuridad que hay sobre ellos, con unos dedos tan largos que pueden atravesar la pantalla, con una capa tan oscura que se traga toda la luz que la rodea.

Pero Isaac siempre la encuentra, Val vuelve y siguen jugando.

Solo siguen jugando.

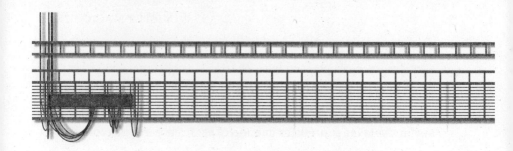

NO SEAS CRUEL

Val sube la escalera corriendo hasta el primer piso. La retorcida burla del rostro de su hermana muerta está grabada a fuego en su mente como las luces residuales que quedan después de mirar al sol.

Javi y Marcus están sentados en el suelo delante de la tele con Jenny e Isaac tras ellos. Todos están mirando el vídeo, fascinados.

Javi se vuelve hacia ella con los ojos inyectados en sangre.

—Hemos empezado por el principio.

Val observa la pantalla. Es la misma escena de la playa en la que se había detenido, pero ella había empezado a mirar a mitad del vídeo y había tardado más de una hora en llegar hasta ese momento. ¿Cómo podían ir ya por ahí?

Corre hasta la puerta principal y la abre de golpe. Está a punto de llegar el atardecer.

—No puedo haber estado tanto tiempo ahí abajo. —Val se tira de la trenza. Se siente como si la hubieran engañado, como si le hubieran robado algo vital cuando estaba prestando atención.

—El programa cambió —comenta Jenny. Su ira ha desaparecido. Parece agotada. Mermada, incluso—. A medida que avanzaba, él cada vez aparecía menos.

—¿Con «él» te refieres a…? —empieza Val.

Marcus asiente.

—Sí. Por ti. Tú cambiaste el programa.

Jenny se muerde las uñas con la mirada fija en la pantalla.

—No es... no es como yo lo recordaba.

Isaac se quita las gafas, lo que hace que su mundo se vuelva difuso y borroso.

—Creía que éramos felices cuando él formaba parte de todo —susurra—. Lo creía de verdad.

—Sí que éramos felices. —Javi se acerca a la pantalla y pulsa un botón para avanzar las imágenes. Juegan a triple velocidad—. Lo éramos. Sé que lo éramos.

—¿Por qué es así? —pregunta Marcus.

—Todos elegimos qué recordar. —Isaac no vuelve a ponerse las gafas. No quiere ver nada más—. Y qué olvidar.

—¡Para! ¡Páusalo! —grita Jenny. Javi lo hace y ella levanta un dedo tembloroso con las cutículas en carne viva por habérselas mordido demasiado—. Mirad.

Los niños están parados en círculo en el espacio negro. Val no entiende qué hay de diferente respecto a las veces anteriores hasta que ve lo que ha notado Jenny.

Val ya no está ahí.

—Esta es la última vez —susurra Marcus.

Jenny gime por lo bajini y se agarra el estómago.

—No, no, no, no... no quiero verlo. No lo pongas. Por favor, solo... dejadlo estar. Dejémoslo. Rebobina hasta el principio, cuando todo iba bien y era divertido. No. No.

Val se arrodilla en la alfombra junto a Javi. Pone los dedos sobre la pantalla de la tele y no le sorprende descubrir que está fría al tacto. Ahí, en los pequeños puntos de luz, por última vez: su hermana. Val debería estar a su lado, sosteniéndole la mano. Ese era su lugar en el círculo. Kitty a un lado y, al otro, Isaac.

Isaac y Jenny le sostienen las manos a Kitty, mientras que Javi y Marcus están al otro lado del círculo de espaldas a la cámara. Se ve de pleno a Jenny. Parece emocionada. Orgullosa, incluso. Isaac tiene aspecto de enfermo. Y Kitty luce preocupada, tiene la nariz chata arrugada y la cara girada a un lado con sus brillantes ojos azules buscando algo en la oscuridad que los rodea.

A alguien.

Val recuerda la sensación de la manita de Kitty sobre la suya. Enrosca los dedos alrededor de esa sensación, arrastrando sus otros recuerdos de donde los había encerrado. La fuerza de voluntad que ha usado toda la vida para mantener las puertas cerradas, para dejarlo todo fuera y refugiarse dentro, la dedicación que había empleado en sellar lo que no podía tener y lo que no tenía permitido querer, era la misma que había usado en el programa.

Pero no era solo un programa.

Val lideraba el círculo porque era la única que era lo bastante fuerte para sacar formas de la oscuridad. Era la única que alargaba el brazo y tiraba de la capa para que él pudiera acudir e hiciera lo que necesitaban que hiciera.

Mister Magic era real, pero era ella la que había hecho que fuera de ese modo.

Val desea poder atravesar la pantalla y tomar a Kitty en sus brazos. Sacarla de ese círculo. Llevársela con ella.

Pero todo eso sucedió hace treinta años. Ya se ha acabado. Solo que ella todavía no ha visto el final.

—Tengo que saberlo.

Val le da al PLAY.

La pequeña Jenny mantiene la cabeza en alto, los ojos entornados y los hombros hacia atrás. Ahora tiene un nuevo papel y está decidida a hacerlo bien. Suelta la mano de Kitty para buscar algo detrás de ella.

Val niega con la cabeza murmurando la palabra «no». Ella nunca soltaba a Kitty para buscar en la oscuridad. Lo hacía con la mano de Isaac. Está mal, está todo mal.

La frente de la pequeña Jenny se arruga debido a la concentración. Busca detrás de ella, alargando más y más el brazo hasta que por fin logra agarrar algo con los dedos. Saca la capa de la oscuridad. Hace exactamente el mismo sonido que en el sueño de Val cuando se la sacó de la mano.

La pequeña Jenny vuelve a tomar la mano de Kitty, la capa está entre ellas en lugar de entre Val e Isaac, que es donde debería estar. Entonces empiezan a cantar con los ojos cerrados.

—No —susurra Marcus.

Niega con la cabeza y le toma la mano a Javi como si quisieran levantarse y huir los dos juntos de lo que están a punto de presenciar. Sin embargo, ninguno de los dos deja de mirar.

La canción no está bien. Cantan a destiempo, desafinan. No consiguen sincronizar las palabras. El Marcus de la pantalla es un reflejo del que está ahí, negando con expresión preocupada. El pequeño Javi canta más fuerte para compensar y las lágrimas caen por el rostro de Isaac debajo de las gafas. Kitty le está estrechando la mano, le hace una pregunta que no se oye por encima de la canción. Jenny canta más fuerte, más alto, esforzándose al máximo por hacerlo bien. Por reclamar su papel.

La canción termina discordante y tentativa en la oscuridad. Jenny agarra la capa, la lanza por los aires y…

Val recuerda cómo era esa parte. Ahora que por fin está viendo qué salió mal, sabe exactamente cómo debería haber ido.

Val lideraba la canción.

Todos cantaban las mismas palabras al mismo tiempo, animándola, haciendo eco de sus intenciones. Todos tenían los ojos cerrados. Val sacaba la capa de la oscuridad con tanta facilidad como un pañuelo de una caja. La quería, la necesitaba y estaba ahí.

La lanzaba en el aire todo lo rápido que podía antes de volver a agarrarle la mano a Isaac. Y luego todos apretaban, se unían, formaban una sola cadena de esperanza, asombro y unión, mantenían la oscuridad fuera y la magia dentro. Atándola donde tenía que estar. Siempre con los ojos cerrados. Los invadía un escalofrío, un olor frío que les inundaría las fosas nasales anunciándoles el cambio. Y luego él aparecería.

Pero fue así en la pantalla. No con Val desaparecida, la canción mal y Jenny con problemas en la oscuridad.

La capa no desciende y dibuja *su* silueta donde antes no había nada. En lugar de eso, se mueve de un lado a otro girando violentamente antes de caer al suelo y camuflarse con la oscuridad.

—¿Papá? —susurra la pequeña Jenny mirando el vacío en el que no había aparecido Mister Magic—. ¿Papi?

—Apagadlo —susurra Jenny, pero no cierra los ojos. Ninguno lo hace.

En el círculo, la pequeña Jenny le suelta la mano a Kitty y se estira hacia el centro. La negrura surge como una oleada que se lanza directamente a por el miembro más pequeño del círculo, la más vulnerable, la más fácil de tomar. Kitty desaparece debajo de la capa, solo sus manos siguen siendo visibles, una aferrada a la de Isaac y la otra vacía. Intentando agarrar algo. Suplicando. Jenny grita y retrocede. Isaac suelta a Javi y agarra a Kitty con ambas manos. Cae de rodillas, arrastrado por Kitty mientras tiran de ella hacia atrás.

—¡Ayudadme! —grita Isaac.

Pero Jenny se queda ahí, gritando. Javi tira de Marcus intentando hacer que salga corriendo con él. Finalmente, Javi se rinde y corre hacia el centro del círculo. Marcus, con los ojos cerrados con fuerza, empieza a retroceder, gimiendo incoherentemente por el miedo y la angustia.

Isaac no puede aguantar más. La mano de Kitty se resbala de la suya y *desaparece*. Ya no hay más Kitty, no hay señal de movimiento ni forma en la oscuridad en la que ha desaparecido. Isaac se queda arrodillado, con la cabeza gacha y los hombros temblorosos por los sollozos. Jenny sigue gritando, ahora con las manos hacia afuera, suplicando que alguien se las agarre. Javi y Marcus siguen huyendo en direcciones opuestas, cada vez más y más lejos. No hay paredes para contenerlos, nada que los pare.

Solo hay oscuridad. Y huyen hacia ella.

Solo la oscuridad que se ha tragado a Kitty como si nunca hubiera existido.

Los gritos tampoco cesan, gritos y llantos tan fuertes como si todos los niños estuvieran justo al lado de Val, como si estuviera sucediendo en ese mismo momento. Como si nunca hubiera dejado de suceder, como si hubiera estado sucediendo todo ese tiempo, todos esos años.

Val se siente vacía por el horror, un agujero en su interior que se expande cada vez más para contener todos los gritos. Todo el terror, la desesperación y la desolación. Toda la pérdida.

Pausa el vídeo sabiendo que no será de ayuda. Sabiendo que llevará con ella esas imágenes y esos sonidos para siempre.

Pero sigue habiendo gritos.

No, no son gritos.

Canciones.

Suben desde el sótano.

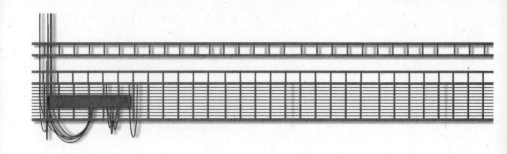

L as luces no se encienden, pero la cámara sí, grabando la voz en la oscuridad. ¿Es una voz o varias? Cuesta decirlo, pero la canción llega con toda la claridad:

Dame la mano
Quédate en tu lugar
Haz un círculo
En la oscuridad
Cierra los ojos
Piensa un deseo
Mantenlos cerrados
Y ahora veremos
¡Magic Man!
¡Magic Man!
¡Magic Man!
¡Ha venido a vernos!

Se oye una risita y luego alguien pidiendo silencio.

—¡Tenemos que ponernos en nuestro lugar! ¡Es la hora!

Se oye un gemido más lejos que la voz.

—¡Calla! No te preocupes. Siempre seremos amigos y pronto volveremos a estar juntos. ¡Y también con amigos nuevos! Encenderán sus teles y los encontraremos. Los encontraremos a todos.

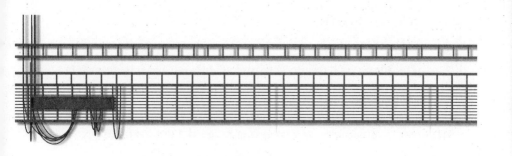

DIECISIETE

Ignoran colectivamente la voz que se eleva desde el sótano. Val cree que es razonable. Le *parece* razonable en ese momento, teniendo en cuenta que tienen cosas más urgentes de las que hablar.

Marcus sacude las manos mientras se pasea de un lado a otro evitando acercarse demasiado a las escaleras.

—Recordé lo que le había pasado a Kitty. Lo recordé, pero creía que tenía que ser una equivocación. No podía ser real. No puede ser real. Decidme que no es real. —Los mira uno a uno a los ojos, suplicando.

Javi sigue sentado en el suelo delante de la tele.

—Yo recordé lo mismo —dice en voz baja—. Tú hiciste más programas, Marcus. ¿Te parece que ese vídeo podría haberse grabado en la época?

Marcus no responde, lo que es respuesta suficiente.

—Tal vez sea un *deepfake* —dice Javi—. Tal vez...

Val niega con la cabeza y Javi calla. Recuerda lo suficiente para saber que es real. Es más real de lo que ellos mismos se permiten recordar. Pero al menos eso explica por qué ninguno fue capaz de decirle qué le había ocurrido a Kitty. Probablemente se hubieran pasado todos esos años pensando que estaban locos, dudando de sus propios recuerdos. Siente tanta tristeza por ellos como por sí misma. Pero por Kitty siente rabia.

—¿De dónde has sacado esta grabación? —Isaac parece más calmado que todos los demás.

Val le mira la cara sin las gafas. Hace que parezca menos él mismo. Sin embargo, finalmente se parece a la mujer del aparcamiento.

—Tu madre —le dice.

Val se había equivocado al pensar que Isaac no tenía familia en Bliss.

Javi suelta una carcajada.

—¡Tres dólares! Uno por cada madre desequilibrada que conociste ayer. Ojalá hubieras conocido a la mía y a la de Marcus para completar la colección.

Isaac no parece sorprendido por la información.

—Ah. Sí. Está intentando reconciliarse. Lleva un tiempo intentándolo.

—Joder. —Marcus se inclina hacia adelante con las manos detrás del cuello, respirando hondo—. Joder, joder. Que nos jodan a todos.

—Tenemos que...

Jenny niega con la cabeza con los ojos abiertos con urgencia.

Val no puede lidiar con ella ahora mismo y menos después de lo que han visto.

—Jenny, nos vamos. Vamos a llevarnos tu furgoneta y, si tenemos que robarla, lo haremos.

Jenny sisea y se acerca un dedo a los labios. Gira el hombro para intentar esconder lo que está haciendo mientras señala el microondas incomprensiblemente.

—*En voz alta no* —articula exageradamente para que la entiendan.

Pero es demasiado tarde.

Se oye un crujido y luego un silencio relativo que les lleva unos instantes comprender. Todos los sonidos que los rodeaban y los zumbidos (la nevera, las luces, el aire acondicionado de verdad) desaparecen.

Marcus comprueba su móvil.

—Se ha ido el wifi. No hay cobertura.

—Mierda —mascula Jenny—. Vámonos ya.

Corre hacia la puerta y los demás la siguen. Val se detiene en el umbral, algo activa sus sentidos, como si acabara de atravesar una telaraña. Mira hacia atrás.

Se ha ido la luz, pero la tele sigue brillando con la promesa de más recuerdos.

—Ni en broma —dice y sale por la puerta.

Jenny corre hacia la furgoneta con las llaves en la mano, pero...

—Demasiado tarde.

Javi señala el único camino de entrada y salida. Hay varios coches aparcados a unos cien metros, bloqueándoles la ruta de escape.

—¿Detrás de la casa? —sugiere Marcus.

Pero ahí no hay nada. Ni caminos, ni pueblos, solo un terreno vacío e implacable a kilómetros a la redonda. Aunque pudieran atravesarlo con la furgoneta de Jenny, ¿quién sabe cuánto tardarían en llegar a algún sitio habitado?

Dos todoterrenos avanzan lentamente entre el bloqueo de coches y dejan claro que no habrá escapatoria por el desierto.

Jenny agarra las llaves con tanta fuerza que se le ponen los nudillos blancos.

—Lo siento. Lo siento muchísimo. No lo sabía.

En realidad, todos lo sabían. O, al menos, Val sí que lo sabía. Desde que habían llegado a esa casa. Pero lo ignoró obstinadamente y ahora es demasiado tarde. Val rodea a Jenny con el brazo. Jenny deja escapar un sollozo y deja que Val se la pase a Marcus, quien le da un abrazo.

Como si se calzara unas botas viejas a la perfección, Val asume su papel. Está al mando. Son sus amigos y va a protegerlos. Se acerca ella sola hasta la línea de coches. Javi e Isaac se disponen a seguirla, pero ella levanta una mano.

—Voy a ver qué quieren.

No se sorprende cuando sale el alcalde de un deportivo cerca del final de la barricada. Tampoco se sorprende cuando ve a más hombres de pie junto a sus coches, rifles en mano. Después de lo que ha visto en esa casa, le cuesta sorprenderse. Sin embargo, siente curiosidad por saber qué creen que lograrán con eso.

El alcalde avanza hacia ella, flanqueado por dos de los hombres armados con rifles.

—Valentine —saluda con esa sonrisa paternalista y posesiva.

—Alcalde —dice Val y asiente a sus acompañantes—. Caramierda. Caramierda júnior.

La sonrisa del alcalde se vuelve más amarga.

—No hay necesidad de usar ese lenguaje.

Val planta los pies y se cruza de brazos. Cuanto más indaga, menos responde como él espera que haga y más lo hace enfadar. No había usado esa actitud a menudo en el rancho, pero sabe cómo hacerlo. La gente enfadada es impredecible, pero también estúpida. Comenten errores.

Algo le hace cosquillas en el fondo de su memoria, una advertencia de que ese desafío cabezota fue lo que la llevó al programa en primer lugar. Eso era lo que su padre no podía soportar, lo que Mister Magic debía solucionar.

Sonríe.

El alcalde espera.

Ella espera.

Él espera que le pida lo que quiere, pero a Val no le importa lo que él quiera, no va a permitir que él dicte cómo se desarrollará la situación. Finalmente, el alcalde deja escapar un suspiro de frustración.

—No puedes marcharte.

Val arquea una ceja.

—Me he dado cuenta.

—No lo permitiremos.

Ella lo mira, impasible. El alcalde se retuerce ligeramente bajo su mirada, se sonroja, da un paso adelante y utiliza el dedo para enfatizar sus palabras.

—Queremos que vuelva lo que tú rompiste. Arreglarlo es tu responsabilidad.

Val se encoge de hombros perezosamente.

—No sé lo que hice, no sé cómo arreglarlo y tampoco me importa.

—¡Pues va a importarte! —espeta humedeciéndose los labios pálidos—. ¡Esto es culpa tuya! Arruinaste generaciones de tradición, generaciones de enseñanzas. Primero lo cambiaste y luego lo rompiste. ¡Ninguno de los niños nuevos ha funcionado por lo que te llevaste cuando te fuiste!

A Val se le contrae la mano izquierda, pero no la mira, no revela ninguna emoción.

—¿A qué te refieres con lo de niños nuevos?

El alcalde suelta un resoplido de burla.

—Intentamos arreglarlo sin ti. Volver a empezar. Un desperdicio de tiempo. Y no te hagas la tonta. Sabemos que has visto el programa, que la madre de Isaac traicionó nuestra confianza. Siempre dije que no debíamos aceptar solicitudes, que el elenco debía ser de nuestra comunidad. —Suspira negando con la cabeza—. Las malas madres hacen malos niños.

Val mira hacia arriba con los ojos entornados. Se está poniendo el sol. Es hora de negociar. La cinta es una prueba vital y condenatoria. Pero Val es tan de la vieja escuela de Idaho como Gloria porque sabe que la justicia para Kitty no llegará por medio del sistema legal. Así que no le importa lo que le suceda a la cinta. Va a hacer que paguen. Pero ellos no tienen por qué saberlo.

Val descruza los brazos y los abre.

—A mí me parece que ahora tenemos pruebas de que las condiciones peligrosas y sin supervisión del set tuvieron como resultado la muerte de mi hermana. Es una carga muy grande sobre todos los implicados. Me parece que *querréis* que nos marchemos. Nosotros en la furgoneta de Jenny y vosotros en vuestros coches. Cuando estemos de nuevo en la autopista, os daremos el vídeo y cada uno seguirá su camino. Volveré a desaparecer como una niña buena. Podéis incluso culparme de lo que le sucedió a Kitty. No me importa.

En cuanto él suelta una carcajada baja, seca y satisfecha, Vale comprende que está jodida. El alcalde niega con la cabeza sin dejar de sonreír.

—Siempre nos hace falta uno cabezota. Normalmente, los cabezotas son mis preferidos. Me encanta verlos aprender las lecciones.

Val lucha contra el escalofrío de repugnancia que le recorre la nuca.

El alcalde suspira y se mete las manos en los bolsillos.

—Supongo que no estuviste en el programa el tiempo suficiente para suavizar esas asperezas, para volverte dócil y buena, como deberían ser las niñas pequeñas. Tendríamos que haberte sacado en cuanto empezaste a hacer cambios, pero era complicado logísticamente y teníamos curiosidad. Nos dimos cuenta *a posteriori*. A ver, niña, no queremos el vídeo. Queremos el *programa*. Queremos que Mister Magic vuelva a donde pertenece, que vuelva a todas las casas. Alguien tiene que fijar el rumbo de este país sagrado. —Asiente, más para sí mismo que para ella, con el pecho hinchado—. Diles a tus amigos que sus hijos están de camino. Llegarán pronto. De un modo o de otro, alguien va a formar el círculo esta noche. Que funcione o no esta vez depende de ti.

Los niños buenos nunca sufrieron ningún daño, piensa Val. Niños, en plural. Intentaron hacer que el programa volviera a funcionar con niños nuevos, pero nunca lo lograron.

—Kitty no fue la única que se perdió —susurra.

El alcalde se encoge de hombros.

—No se puede salvar a todos los niños. Es una lástima, pero así es la vida. Es mejor que mueran inocentes a que crezcan sucios y rotos, ¿no crees?

Val da un paso atrás de manera involuntaria. Necesita distanciarse físicamente de lo que acaba de decir. De lo que él cree.

—No.

—Bueno, de todos modos, puedes compensar lo que hiciste. Expiarlo. O dejar que los hijos de tus amigos prueben suerte con el desastre que dejaste. Tú eliges.

Se da la vuelta para volver a su deportivo. Los dos hombres de los rifles no se mueven, la miran desde detrás de los cristales polarizados de sus gafas de sol.

Val vuelve mecánicamente con los demás. Están esperando donde los dejó.

—¿Habéis oído eso? —pregunta. Los rostros afligidos son respuesta suficiente, pero asienten de todos modos—. ¿Estamos de acuerdo todos en que el programa nunca fue un programa?

Val desearía que no estuvieran de acuerdo, que uno de ellos pudiera ofrecer una explicación o un argumento que los trajera de vuelta a una realidad lógicamente aceptada.

Los demás vuelven a asentir sin emoción.

Val se tira de la trenza. No habrá huida, no esta vez.

La casa los acoge de nuevo con la helada caricia del aire y un zumbido satisfecho. Dentro está en penumbra, sigue sin haber luz, pero la televisión emite un leve resplandor. Mira las escaleras.

—Tenemos que averiguar qué pasó cuando me marché. Cómo me marché, qué hice para romper el círculo. Pero el vídeo no lo muestra.

—La entrevistadora prometió mostrarnos imágenes —dice Marcus. Saca su móvil inútil y mira fotos de su hijo.

—Puede que tenga grabaciones. —Javi merodea como un animal enjaulado.

A Val le preocupa que haga una estupidez. Él debe estar pensando lo mismo porque le indica a Jenny que se guarde las llaves de la furgoneta. Ella se las mete en el bolsillo.

—Vale, vayamos.

Val camina hacia las escaleras y empieza a bajar, ignorando sus miedos. Aunque las luces no se activan, la pantalla con la imagen de la entrevistadora sigue encendida. Está flotando, es la única luz en una sólida pared de oscuridad. Durante unos instantes ,Val siente que la habitación se expande a su alrededor, empuja, desafía el espacio. Llegan los demás y las luces de sus móviles vuelven a dotar de dimensión a la habitación obligándola a quedarse dentro de sus límites.

—¿Qué mierdas...? —Javi se detiene en seco cuando ve a la entrevistadora—. Antes no tenía ese aspecto.

La entrevistadora es como el dibujo que haría un niño de un adulto, ninguno de sus rasgos parece del todo correcto. La nariz es demasiado pequeña, la frente es enorme, la boca es demasiado grande y tiene demasiados dientes pequeños. Es como una imagen estirada y distorsionada de Kitty, con esas mismas coletas castañas y unos brillantes ojos azules.

—¡Hola! —saluda.

—Para. —A Jenny le tiembla la voz—. No te muestres así.

Val se coloca justo delante de la pantalla.

—¿Han intentado volver a grabar el programa? ¿Con otros niños?

La entrevistadora asiente con entusiasmo.

—¡Sí! Varias veces.

—¿Qué pasó?

Deja escapar un suspiro largo y aburrido y luego mira hacia la oscuridad vacía por encima del hombro. Tranquila al ver que está sola, se inclina hacia Val y susurra como lo haría un niño, en voz alta y en tono conspirador:

—Le da hambre.

Jenny sufre una arcada y corre hacia las escaleras. Todos esperan en silencio mientras ella vomita. Cuando vuelve, tiene la voz todavía más rasgada.

—No me enteré. No sabía que habían enviado a otros niños. Creía... de verdad creía que el programa era bueno. Creía que era bueno para nosotros, para los niños. Toda mi vida me enseñaron que era lo ideal, creía...

—No pasa nada, Jenny —la tranquiliza Val—. No es culpa tuya. —Se gira hacia la pantalla.

—Ahora estáis todos aquí —comenta alegremente la entrevistadora—. ¿Estáis preparados?

—No del todo. ¿Hay imágenes de cuando me fui?

—¡Sí! ¡Puedo enseñároslas! —Entorna los ojos ligeramente—. Pero primero tenemos que hacer un trato. Después de que os las enseñe, cantaréis la canción conmigo. Todos los demás han accedido al trato. Júralo tú también.

—Val —la advierte Isaac. Su voz la alcanza como una mano en la oscuridad.

—Lo haré —responde ella sin vacilar.

—¡Sí! —La entrevistadora da una palmada y sonríe de oreja a oreja—. ¡Cerrad los ojos!

—¿Cómo vamos a verlo si cerramos los ojos? —pregunta Val.

—Ya está en vuestras cabezas, boba. Yo os ayudaré a encontrarlo. Cerrad los ojos.

Val hace lo que le indica. Al principio, solo ve el suave y amorfo resplandor residual de la pantalla como dos puntos brillantes donde habían estado los ojos de la entrevistadora. Entonces, las manchas empiezan a moverse con un propósito y se vuelven a formar. Una oleada de desorientación vertiginosa amenaza con abrumarla. Aprieta los dientes y planta los pies.

—No estás ayudando —dice la entrevistadora en un tono molesto y cantarín.

—No sé qué hacer.

—¡Ábrete! —espeta.

Todas las puertas de Val están bien selladas. Se imagina siguiendo la mancha de luz que tiene delante y deja que la lleve hasta algo que ha mantenido tanto tiempo en la oscuridad que ya no puede encontrarlo por sí sola. Es hipnótico. Lo ve cambiar, duplicarse y reformarse a medida que la lleva a las profundidades. Entonces, de manera tan repentina que Val debe hacer todo lo posible por no abrir los ojos, lo ve.

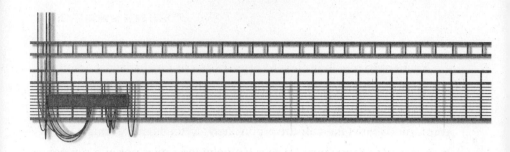

V al ha mantenido la capa apartada de Mister Magic todo este tiempo y es difícil. Es muy difícil. Pero lo hace. La dobla haciéndola cada vez más pequeña y cierra los dedos alrededor. Cuando vuelve a abrir la mano, la capa ha desaparecido.

—¡Tachán! —exclama porque es lo que dice siempre para que los demás piensen que es un juego. Para que piensen que es fácil.

Isaac observa. Él sabe la verdad. Pero es agradable que lo sepa. Comparte la carga y ayuda a mantener la diversión para sus amigos. La encuentra cuando le resulta demasiado agobiante y tiene que alejarse arrastrándose para descansar.

Contener el hambre de ese sitio es agotador.

Antes nunca dormían, pero ahora los obliga. Ayuda a que los demás se aferren a sí mismos. Con la capa acurrucada en su interior, todo desaparece en una negrura suave. El frío aprieta, lo nota en los dientes, en los dedos, en las promesas de los sueños. Los amigos se colocan amontonados, como una camada de cachorros abandonados. Val arropa a Kitty contra ella y luego se acurruca contra Isaac, quien se acerca para ayudarla a mantener el calor. Marcus, Javi y Jenny terminan el montón, todos respiran entrecortadamente y casi al unísono. Val se imagina sus respiraciones como una burbuja de calor a su alrededor y, como tiene la capa dentro y se lo imagina con tanta fuerza, es cierto.

Dormirán todos y luego volverán a jugar y Val se asegurará de que la oscuridad no los aplaste. Es ella la que está cargo, no la oscuridad.

Está a cargo. No hay nada que pueda decirle qué hacer, ser o sentir. Está casi dormida, feliz y con el suficiente calor de momento, cuando aparecen las manos. Al principio tiene miedo de haber cometido un error, de haberlo llamado de algún modo y tener que echarlo. Pero esas manos son humanas, ya se están volviendo rojas por el frío y por las ampollas que tienen en los dedos.

Desenredándose con cuidado de Isaac y de Kitty, Val se arrastra hacia las manos. No quiere despertar a los demás, pero necesita examinar qué nueva rareza está intentando la oscuridad. Siempre está tratando de arrebatarle el control, de traerlo a *él* de vuelta. De convencerla de que ella quiere que vuelva.

Eso no parece una gran amenaza. Es casi gracioso lo tristes e inofensivas que parecen esas manos. Pronto se congelarán y serán inútiles.

Pero entonces, una mano la agarra de la muñeca.

Val la mira, horrorizada. Si grita, despertará a los demás. Puede que incluso lo despierte a *él*. Sella los labios y tira de la mano. Pero entonces ve el anillo. Un banda ancha de oro con una simple línea. Le encantaba trazar esa línea. Conoce ese anillo. Conoce...

—¿Papá? —susurra y una avalancha de recuerdos la inunda. Ha olvidado mucho en ese lugar en el que no hay día y noche, antes y después, solo ellos. Todos han olvidado. Pero lo conoce—. ¿Papá? —vuelve a preguntar, esta vez con más urgencia, buscando en la oscuridad, pero solo tiene manos. Están tocando un punto débil que ella todavía no ha encontrado.

Las manos aprietan y tiran. Va a sacarla. Va a salvarla.

Pero no podrá aguantar mucho más. Ya se le están formando manchas oscuras en la piel donde el frío le está afectando. La muñeca de Val también se está helando bajo sus dedos, pero ahora puede sentirla. La escapatoria. Puede salir.

Su pila de cachorros. Sus amigos. Su hermana. No puede... no los dejará. No los abandonará con el hambre, con *él*. No pueden lograrlo sin ella. No tienen ni idea de cuánto los protege. Pero ahora sabe a dónde ir. Cómo salir. Puede sacarlos a todos.

Val se aparta del agarre de su padre. Libera la muñeca, pero él sabe dónde está y la agarra por los tobillos para arrastrarla hacia atrás. Val se aferra a la oscuridad, intenta encontrar un punto de apoyo. La mitad de su cuerpo ya ha salido. Le pesa y duele. Cierra los ojos intentando alcanzar a Isaac, suplicándole que la vea y que la ayude. Intentando alcanzar a Kitty para poder llevarse a su hermana con ella.

—¡Val! —susurra Isaac.

Val abre los ojos, pero Isaac está demasiado lejos. Y, si se aparta del círculo, si rompe su escudo de respiraciones, el frío los devorará. Las lágrimas se le congelan en los ojos, le indica que se quede y usa todas sus fuerzas para imaginarse que sus amigos mantienen el calor.

Sus manos ya no están protegidas por el calor del círculo. El frío la devora, tan profundamente que quema.

La cabeza de Val se libera y grita por la luz, por el sonido, por el dolor. Sus brazos desaparecen a partir de los codos, siguen en ese otro sitio. Le arde la piel, la tiene congelada, aprieta los puños. *La capa*. Tiene que dejarles la capa que ha entrenado, aquella a la que ha dado forma. Pero no siente los dedos para liberarla. Y es demasiado tarde.

Su padre la retiene en una habitación blanca que es tan pequeña, tan confinada por la realidad, que no puede procesarlo. Está sola. Está *sola*. Les ha fallado a todos. Val cierra todas las puertas y se sienta en la oscuridad de su cabeza porque es el único lugar que no le resulta aterrador. Es el único lugar que no le rompe el corazoncito.

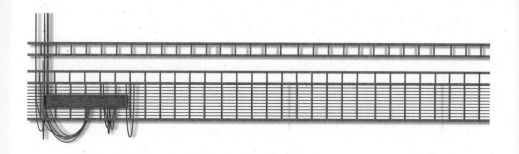

DIECIOCHO

V al abre los ojos. Le caen lágrimas por el rostro mientras se mira las manos llenas de cicatrices.

—Ahora conozco su historia —murmura—. Todo este tiempo he creído que había hecho algo imperdonable, que estas cicatrices eran la prueba de mi culpa. Pero me las hice intentando quedarme. Nunca quise dejaros atrás, simplemente no fui lo bastante fuerte para impedir que él me llevara.

Jenny deja escapar un sollozo.

—Lo siento. Te culpé porque no era capaz de ver qué era este sitio. Qué nos arrebató.

—No pasa nada. —Val abre los brazos y Jenny la abraza. Marcus, Javi e Isaac se unen a ellas volviendo a formar la unión, su aliento combinado es un escudo contra el frío—. No pasa nada —susurra porque, por fin, es cierto.

Nada de todo eso es culpa de Val. Su padre la salvó, pero no podía salvarlos a todos. Eso era lo que veía cuando la miraba: no era la culpa, la vergüenza o la maldad de Val, sino su propio arrepentimiento.

Val desea que le hubiera hablado, que le hubiera permitido mantener sus recuerdos, sentir cosas. Había sido muy cabezota, pero gracias a eso está aquí. Por eso llegó aquí en primer lugar, por obstinarse en no hacer lo que le decían.

Val recuerda cómo era ser tan decidida e indomable. Sigue siendo esa chica, a pesar de los esfuerzos del mundo. Le da una palmadita a Jenny y se suelta lentamente del abrazo grupal.

—Solo yo he hecho este trato —dice—. Los demás deberíais salir y esperar a vuestros hijos. Intentad que el alcalde entre en razón o, al menos, conseguidme algo de tiempo.

Javi niega con la cabeza. No hay rastro de burla en su rostro. Parece asustado.

—No sabía lo que estaba haciendo, pero yo también accedí a un trato. Le dije que cantaría la canción si me dejaba ver el programa.

—Yo igual —susurra Marcus.

—Pero ella no ha cumplido su parte del trato. —Val les dirige una sonrisa alentadora—. Estáis libres de responsabilidad. Yo me las apañaré a partir de ahora. Vosotros subid y...

La entrevistadora se ríe tras ellos.

—¿Cómo creéis que grabó todo eso la madre de Isaac? ¿Quién creéis que lo envió a su televisión? Dije que podrían volver a ver el programa y lo han visto. Un trato es un trato.

—¡No sabían a qué estaban accediendo! —protesta Val.

—Yo sí que lo sabía cuando acepté. —Jenny se envuelve con los brazos. Está encogida sobre sí misma y con la mirada fija en el suelo—. Lo quería para mis... No, fingí que lo quería para mis hijas. Pero lo quería para mí. Sabía que no era un programa y aun así quería que volviera. *Él es mi padre.* —Lo dice como si vomitara la información tras retenerla durante tanto tiempo—. El ángel... la magia... lo que sea... —Hace un gesto evasivo, pero parece una capa flotando en el aire—. Necesita energía de los niños, los alimenta, los *arregla*. Los vuelve mejores, más felices.

—Tonterías —suelta Javi.

Jenny niega con la cabeza sin levantar la mirada.

—Os estoy diciendo lo que me explicaron, lo que me enseñaron. Lo que se me ha presentado como verdad desde que tengo uso de razón. Encontraron algo aquí en el desierto hace generaciones. Un zumbido. Era un zumbido. Y lo siguieron.

—Así que no se trata del aire acondicionado —dice Val secamente.

—Siguieron el zumbido y encontraron el velo —continúa Jenny.

—¿El velo? —inquiere Marcus.

Jenny se encoge de hombros.

—Un agujero. Un desgarro en el mundo donde el velo era más fino, donde podía trascender a otro plano. Y el velo nos necesitaba para darle forma al zumbido. Para convertirse en ángeles y usarlo. El primer hombre que se acercó se convirtió en el zumbido. Le otorgó significado. Fue nuestro primer pilar. Nuestro primer ángel. Y llamó a los niños. Que sufrieran los niños para que los niños no sufrieran. Enviaron a sus hijos y usaron ese poder para moldearlos, para corregirlos, para enseñarles las reglas. Les enseñaron a ser felices, a ser buenos, a *ser*. Los niños salían mejores de lo que habían entrado: dóciles, obedientes y perfectos, exactamente como sus padres los querían. Querían compartir este regalo con todo el mundo y eso es también lo que el zumbido quería. Cuando la radio se esparció por el mundo entero encontró esas señales y luego llegó la tele y se adaptó una vez más con nuestra ayuda.

—Entonces, tu padre... ¿tiene cientos de años? —pregunta Val.

—¿Qué? No. Eso es una locura.

—¿A diferencia de todo el resto? —comenta Javi arqueando una ceja.

Jenny suelta una especie de carcajada, pero vuelve a ponerse seria.

—Al cabo de un tiempo, quiebra a los adultos que entran porque no son puros. —Jenny lucha visiblemente contra lo que le han enseñado—. No. No sé por qué se quiebran. Necesitan a un Mister Magic elegido especialmente para mantener el zumbido, para guiarlo de modo que enseñe a los niños, que los moldee y los talle a la perfección en lugar de devorarlos. Como si el mundo se comiera a los niños si no se les enseñan buenos modales. —Jenny hace una pausa, perdida durante un momento—. Eso es lo que dicen. Estamos salvando a los niños. Un niño entra primero para preparar el espacio con su necesidad y luego un nuevo Mister Magic puede seguirlo y ocupar su lugar en el nuevo círculo. Pero solo los niños logran volver a salir. Es una llamada sagrada, un sacrificio noble... —Se muerde el labio—. No lo es. Lo sé. Lo sé. Me dijeron que eligieron a mi padre porque era muy bueno. Formó parte del círculo de pequeño. Se aprendió todas las lecciones, siempre hacía lo que le decían, así que los creyó cuando le dijeron que era lo mejor que podía hacer por sus hijos. Por mí. Por el mundo. Un ejemplo perfecto para nosotros.

—Tu padre —murmura Marcus, incrédulo.

—Sin embargo, ya no lo era. No realmente. —Jenny vuelve a rodearse con los brazos—. Yo quería que siguiera siendo mi padre. Pero incluso yo sabía que era mejor que Val le impidiera estar a cargo.

Isaac tiene los ojos entornados, pero no enfoca la mirada. Es como si hubiera elegido un punto en la oscuridad y se hubiera fijado en él.

—¿Qué pasa si no hay nadie que asuma ese papel?

—Supongo que exactamente lo que hemos visto. —Javi señala hacia arriba, donde la televisión acecha como un sapo en la planta superior—. No hay sacrificio sagrado, así que, cuando Val se marchó, nadie podía controlar el... —Javi se interrumpe, inseguro de lo que está describiendo.

—Le entra hambre —dice la entrevistadora bostezando adormilada. Todos la miran con horror.

—¿Quién eres? —la interroga Marcus en voz suave como si estuviera hablando con una niña pequeña.

Ella se encoge de hombros con irritación.

—Los hombres nos prometieron que podríamos ir a dormir si los ayudábamos a hacer que entrarais de nuevo. Daos prisa. Estamos muy cansados.

—Joder. —Javi se frota los brazos como si estuviera intentando limpiarse algo pegajoso y repugnante—. Es eso de verdad. El otro lugar. El programa. Justo ahí en la pantalla. Hemos estado hablando con el otro lado todo este tiempo.

Val echa los hombros hacia atrás. Si puede discutir tanto con Stormy como con los padres del establo, ¿qué supone una dimensión alternativa de oscuridad hambrienta para ella?

—Pude controlarlo entonces. Lo controlaré ahora, lo arreglaré. No tiene que venir nadie más.

Isaac se interpone entre Val y la pantalla.

—Estás aquí porque te encontré. Porque yo te traje aquí. Lo siento mucho, Val. Yo también lo sabía. Sabía exactamente a qué estaba accediendo. Recuerdo más que todos vosotros. No lo recuerdo todo, pero sí lo suficiente para saber que nunca fue solo un programa. Y aun así te busqué para ellos. Prometieron... —Baja la cabeza y el pelo le cae hacia adelante y le esconde la cara—. Así fue como recuperé a Charlotte. Así mantuve a mi niñita a salvo. Os cambié a todos por ella. Dejadme entrar solo.

Isaac se convierte en la versión más pequeña y triste de sí mismo. La versión que el programa quería que fuera. Un niño que miraba exactamente a donde le decían, que hacía exactamente lo que le decían y que se aseguraba de que los demás niños hicieran lo mismo.

Pensaba que estaba buscando a Val por esta gente, pero Val también necesitaba que la encontrara. Sin él, seguiría en el rancho, viviendo la vida a medias con todas las puertas cerradas. Kitty seguiría perdida, tanto para el mundo como para Val.

Isaac no es muy distinto del niño que fue, sigue cuidándolos a todos. Sigue sintiéndose responsable. Sigue intentando cuidar de los vulnerables como le sea posible, con todas sus fuerzas. Todos estaban cometiendo los mismos errores que habían cometido de pequeños: confundir obediencia con amor, confundir reglas arbitrarias con bondad auténtica. Interpretar papeles para no ser castigados.

Los mismos errores, pero ahora con muchas más consecuencias.

Así que... sí. Isaac le había mentido. Había ayudado a sacarlos de ahí, pero... ella había pedido ir. Y él le había ofrecido llevarla lejos. Varias veces. Y lo habría hecho. Isaac nunca le había pedido que ocupara el espacio que reservaba para ella, había sido Val la que se había deslizado en él porque era ahí donde quería estar.

En *él* es donde quiere estar.

Val entrelaza el dedo meñique con el suyo. Una promesa infantil, el único tipo de promesa que podían hacerse el uno al otro, pero también la más poderosa, hecha con todo el corazón.

—Te perdono —dice Val.

Isaac parpadea, sorprendido. Val observa su querido rostro y luego mira uno por uno a sus amigos. Sus amigos más antiguos, sus únicos amigos. Los únicos que pueden llegar a entender qué los moldeó, por qué eran como eran.

—Nos han mentido a todos. Estábamos atrapados, anclados en las peores versiones de nosotros mismos para beneficio de otros. Mi padre intentó salvarme, pero acabó haciendo exactamente lo mismo, solo que era una cárcel diferente. Si el único modo de salir de esta, de salvar a vuestros hijos, es enfrentarnos a lo que mató...

Val se interrumpe. Se da la vuelta. La entrevistadora está observando con los ojos azules abiertos y una expresión impasible. El alcalde dijo que Kitty no había muerto. Insistió en que nunca había muerto ningún niño en el programa.

—¿Kitty sigue ahí? —pregunta Val.

La entrevistadora tira de uno de sus rizos castaños.

—Nunca se marchó.

Su hermana, su sueño, sigue viva ahí.

—Voy a entrar —declara Val—. Ahora.

Sigue teniendo esa chispa que su madre no podía soportar. Va a salvar a su hermana y luego dejará que esa chispa cree un infierno que haga que ese sitio arda hasta los cimientos.

—Joder —susurra Javi—. *Joder.*

—Voy contigo —afirma Marcus—. Somos el círculo, tenemos que hacer esto juntos.

—Juntos —repiten al unísono Isaac y Jenny.

Val le toma la mano a Isaac. Jenny agarra su otra mano, Marcus toma la de Jenny y busca la de Javi.

Javi levanta las manos en el aire, se las lleva a la frente y de nuevo en el aire.

—Sois conscientes de que esto es una locura, ¿verdad? Así es como vamos a *morir.*

Todos se encogen de hombros en fila, sus manos suben y bajan al mismo tiempo. Javi se ríe, un sonido parecido al de un pájaro al caer del nido, y luego se une a la fila.

—Bien. Al menos me iré haciendo lo que me gusta: ser un capullo integral y tomar la peor decisión posible.

—No —replica Val con voz solemne—. Ser un capullo integral y tomar la peor decisión posible *en la mejor compañía posible*.

Jenny estalla en carcajadas. Isaac niega con la cabeza, pero vuelve a sonreír. Mira a Val maravillado, no hay fuerza capaz de hacer que mire a otro lado. Val no quiere cerrarse a ningún sentimiento nunca más. Le pone la mano libre en la mejilla. Es su mano izquierda, la que es capaz de arrancar magia y poder de un lugar imposible que reclamaba para sí misma y que volverá a reclamar ahora. Se pone de puntillas y presiona los labios sobre los suyos. Es un beso susurrado. Una promesa entre niños que encuentran refugio en el corazón del otro y que se han convertido en adultos que esperan hacer lo mismo.

Él le devuelve el beso y es tan triste, dulce y doloroso como el color índigo. Índigo como la luz del día deslizándose en la oscuridad. El final de algo. Tal vez también un comienzo.

—Índigo —murmura Isaac. Se entienden el uno al otro a la perfección.

Javi agarra a Marcus.

—Llevo toda la vida queriendo hacer esto.

Marcus suelta un jadeo sorprendido antes de devolverle, entusiasmado, el beso, que no es tan corto y sencillo como el de Val e Isaac.

Jenny deja escapar un suspiro agraviado.

—Si nadie va a besarme, ¿podemos seguir, por favor?

Val le da la vuelta a Jenny entre sus brazos y la besa como merece que la besen. A veces, un beso es una promesa y otras, solo diversión. Cuando Val la suelta, Jenny parece mareada.

—¿Es así como tendría que sentirme siempre? Genial. Ahora estoy aún más enfadada por todo lo que me he perdido por culpa de este *culto* del desierto. Estoy a punto de romper algo.

Val vuelve a entrelazar los dedos con los de Isaac y se lo acerca.

—Vale —dice—. Vamos a hacer esto como tendría que haber acabado hace treinta años. Juntos.

—Juntos —repiten los demás y todos se toman de las manos de nuevo.

Marcus frunce el ceño.

—Espera. No sabemos cómo volver a entrar.

La entrevistadora resopla, molesta, tras ellos.

—He estado todo el tiempo intentando enseñároslo. Os dije que practicarais. *Dame la mano, quédate en tu lugar...*

Tiende la mano.' Los demás siguen unidos en una cadena con Val al frente.

Cantan. Y, con Val liderando la canción, la cantan de corazón. Ponen todo su ser en la canción, cierran los ojos, imaginan. Recuerdan. Por fin se dan cuenta de hasta qué punto la realidad es simplemente creencia. *La piel sobre un viejo pudin,* piensa Val. *Tan fina que es fácil atravesarla.*

Con los ojos aún cerrados, Val alarga el brazo hacia la pantalla. No está ahí. Nunca ha estado ahí. Había estado en lo cierto la primera vez que la vio: es una puerta.

Una mano pequeña y helada agarra la suya y luego *tira.*

Querida Charlotte:

Voy a esconder esto en tu libro favorito, el ejemplar de *Bunnicula* que solíamos leer juntos. Probablemente tú no te acuerdes, pero yo sí. Tal vez lo encuentres algún día si rebuscas entre mis cosas. Tal vez nunca lo hagas. Parece absurdo dejarlo aquí y esperar, pero el mundo es un lugar absurdo.

De niño, todo es absurdo, todo está formado por reglas y sistemas complejos que no entiendes, que sigues porque te lo dicen los adultos que te rodean. Te dan reglas arbitrarias que se aplican de manera arbitraria.

Puede que, al igual que a mí, te hayan dado un Dios que lo ve todo, que tiene un conjunto de reglas extra solo para asegurarse de que todo vaya según el plan tanto en esta vida como en la siguiente.

Tal vez tengas un padre o una madre que no tiene reglas, a quien no le importa, que te deja sola intentando averiguar cómo navegar por esta realidad ilícita y sin sentido.

Tal vez tu Dios también sea así.

Tal vez te aferres a las reglas como modo de mantenerte a salvo. Y eso funciona hasta que deja de hacerlo.

Puede que desafíes las reglas como método para impulsar tu voluntad sobre el mundo. Y nunca funciona.

De cualquier modo, las reglas que definen esta realidad solitaria y mordaz te moldean, te definen y luego te quiebran. Te dicen que mereces ser quebrado, que estás mejor así, que deberías estar agradecido por que te quebraran. Que Dios, la sociedad o una retorcida combinación de ambos te está observando.

Siempre hay alguien observando.

Lo lamento todo. Ojalá tuviera algo más que ofrecerte. Espero que puedas perdonarme algún día. Lo único que he querido siempre es que seas mejor de lo que yo podría haber sido nunca. Y esa es una carga horrible para poner sobre una niña, ¿verdad?

Así pues: felicidad. Te deseo felicidad y alegría, tengan la forma que tengan para ti, las encuentres donde las encuentres. Y deseo que tengas lugares secretos en tu cabeza y en tu corazón en los que puedas sentirte a salvo. Sin vigilancia, pero amada.

Con amor,
Papá

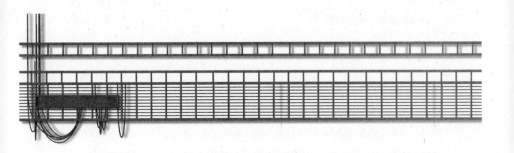

MANTENTE LIMPIO

V al está sobre suelo firme por primera vez en mucho tiempo. Ahora recuerda la sensación de estar ahí. El frío presionando a su alrededor, pero sin tocarla.

Es una buena sensación. Una sensación segura.

Recuerda lo mucho que adoraba las posibilidades de ese espacio. No es negro como la noche o la oscuridad, es negro como la *negrura*. Como las opciones infinitas. Una paleta pura de imaginación donde pueden proyectar al mundo cualquier cosa que deseen.

No. Eso no es cierto. Nunca fueron ellos los que proyectaban. Estaban siendo proyectados. Sigue sucediendo. Val enfoca a través de la oscuridad y encuentra a la entrevistadora. Se desliza hacia atrás, se vuelve más pequeña, se divide, las sombras se unen a la oscuridad hasta que solo queda una niña. El rostro de Kitty. Kitty entera. Muy pequeña, al igual que la última vez que la vio.

—¿Kitty? —pregunta Val con cautela. Si es un truco, no tiene fuerzas para resistirse.

—Estoy cansada. —Kitty se sienta y la oscuridad se eleva hacia ella, cubriéndola hasta que solo su rostro queda visible. Su labio inferior sobresale en un puchero—. No es justo. Todos me dejasteis.

—No me fui. —Val da un paso hacia ella, pero Kitty sigue fuera de su alcance—. Me sacaron. Yo nunca me habría marchado sin ti.

Isaac cae de rodillas. Es una recreación perfecta de la última pose que mostraba en el vídeo. Ha vuelto a caer en la desesperación.

—Lo siento mucho. Intenté aferrarme.

Jenny gime y se envuelve con sus brazos.

—No está aquí. Quería que estuviera aquí.

—Mierda. ¡Mierda! —Marcus da vueltas en círculo—. La puerta ha desaparecido. ¡La puerta ha desaparecido, joder!

—¡No digas palabrotas! —Javi está aterrorizado—. Va en contra de las reglas, si no seguimos las reglas…

—Viene.

Val mira a su alrededor, pero no hay nada aparte de ellos. Al menos, que puedan ver.

Javi pone una mano en el hombro de Marcus, pero este se aparta como si quemara.

—¡No me toques! Aquí no. No me toques así mientras estemos aquí. —Se lleva las manos a los hombros bloqueándolos mientras gira buscando en el vacío que lo rodea—. Va a venir. Y va a hacer que vuelva a ser quien tenía que fingir ser. —El rostro de Marcus parece dolorosamente joven.

—No dejaré que te pase nada.

Javi mira fijamente como si desafiara a cualquier cosa a acercarse a él, pero su postura lo delata: tiene la mandíbula pegada al pecho, protegiéndola de ese dedo largo que puede levantarle la cabeza y corregirlo.

Las pupilas de Jenny se han dilatado hasta combinar con el entorno. Su atención se posa en Kitty y arquea las cejas en sorpresa. A continuación, le sonríe con tanta facilidad como siempre.

—Hola, Kitty. Te he echado de menos. ¿Qué quieres hacer?

La oscuridad sube por el cuello de Kitty tragándose sus rizos castaños.

—Se supone que tú tienes que arreglar las cosas. Dijeron que vendrías y lo arreglarías. —Fulmina a Val con la mirada.

Val sigue sin recordar muchos detalles. Cerró las puertas con demasiada firmeza para que sobrevivieran esos recuerdos. Pero los sentimientos… Ahora que ha atravesado una puerta invisible, todos sus sentimientos han vuelto como si nunca se hubieran marchado. No podían marcharse, ¿verdad? Los había encerrado y ahora estaban ahí. Habían estado esperando todo ese tiempo perfectamente conservados. Al igual que Kitty.

Miedo, desesperación, agotamiento. Y también alegría, asombro y esa felicidad fácil y salvaje que no ha vuelto a experimentar desde entonces. Se concentra en los ojos de Kitty, se aferra a ese color azul como si fuera un ancla.

—¿Cómo arreglamos las cosas? —pregunta Val—. ¿Tenemos que traerlo de vuelta?

—Dilo —la incita Kitty como una niña desafiando a otra en el patio de recreo—. Di a quién. Esa nunca fue una verdadera regla, solo fue *tu* norma. Una norma que te inventaste para poder fingir que no era real. Eres la que lo volvió imaginario aquí.

A Val se le contrae la garganta alrededor de los sonidos. Aprieta la mandíbula. Esa era la puerta que había sellado con más firmeza, la primera que había cerrado. Pero si va a arreglar las cosas, tendrá que enfrentarse a él. Tendrá que hacer que vuelva a ser real permitiéndose creer que eso es posible.

Mira a sus amigos para que le confirmen que está haciendo lo correcto, pero están todos perdidos en sus propios recuerdos. Parecen tan lejanos e imposibles de alcanzar como Kitty.

—Mister Magic —dice Val con un suspiro.

El suelo se levanta y se los traga enteros.

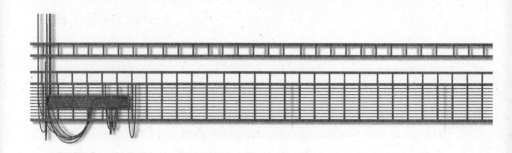

E s vivirlo y verse viviéndolo al mismo tiempo. La forma en que los recuerdos de la infancia se convierten al más puro estilo Frankenstein en algo que nunca sucedió, pero que parece real. Val lucha por aferrarse a sí misma en la avalancha de recuerdos que amenazan con hundirla. Porque, por fin, él está ahí.

Mister Magic.

Convocado por el círculo, está ahí cuando lo necesitan, lo quieran o no. Hablando en un idioma sin palabras, sin lengua, sus órdenes se deslizan a través de su tacto hasta sus almas. El zumbido también está ahí, pero es *él*. Constante. Siempre en todas partes.

No es un personaje de su obra, es el telón de fondo. El lienzo en el que Marcus pinta sus maravillosas historias, los juegos que inventa Javi, los juguetes que pide Kitty. Suyo es el amor grande y terrible gracias al cual funciona todo en el reino de sus niños. Él lo es todo, y es nada.

Pero no es benévolo.

Porque incluso cuando rehacen el mundo con su imaginación, él los rehace a ellos. Pinta sobre ellos. Les susurra ideas nuevas, planta semillas, los moldea, los dirige y los talla. Cuando es convocado, ciertas acciones y emociones lo sacan de la oscuridad como una criatura que sale a la superficie buscando comida. Travesuras. Desafío. Llantos. Sobre todo, necesidad. Está ahí cuando lo necesitan. Se siente atraído a ayudarlos, está diseñado para ello. Pero siempre es él quien decide qué tipo de ayuda necesitan y cómo deben obtenerla.

Al observarlo, Val puede ver el tipo de padre que debió ser porque es dolorosamente similar al suyo. Solo se compromete cuando es necesario y siempre en sus propios términos. Exige que sus hijos adopten la forma que él ha decidido que deben adoptar.

Pero no es solo el padre de Jenny, ni siquiera es en mayor parte ya el padre de Jenny. Mister Magic es más antiguo que eso, más grande, y escapa constantemente de los límites que se le han asignado.

Esa parte se siente atraída por el caos, está hambrienta de caos, devora y deja a los niños vacíos y débiles después. Por eso Marcus pinta estructuras, por eso Jenny los guía en una simulación cuidadosamente planeada, por eso Isaac los vigila a todos, por eso Javi crea distracciones, por eso Val lo llama y luego lo echa con tanta cautela. Por eso todos cuidan de Kitty, quien no es lo bastante mayor como para entender las reglas todavía y a veces invita al caos simplemente con su juventud.

Pero todo eso sucede *durante*. Durante su tiempo ahí, un borrón infinito de juegos, enseñanzas y amistad. Antes de que Val tome el control, antes de que deje fuera de todo a Mister Magic. No es eso lo que necesita ver y no puede quedarse atrapada ahí, mirando, por mucho que quiera. No necesita el durante, ni siquiera el final.

Se arrastra más lejos, los arrastra a todos con ella, como si rebobinara el vídeo. Necesita ver el principio, dónde empezó. Y ahí... lo encuentra. El primer círculo. Su primer círculo, al menos.

Pero no es lo que Val esperaba. Está preparada para ver niños llorando aterrorizados. Para encontrar confusión y dolor durante el periodo de adaptación. No obstante, al principio, cuando forman el primer círculo y él aparece en el centro, es exactamente lo que quieren.

Mister Magic abraza a Jenny en la oscuridad para que no tenga que estar nunca sola consigo misma. Mister Magic le quita las lágrimas a Kitty, la calma en las rabietas y susurra para disiparlas. Mister Magic ayuda a Isaac reemplazando todo su dolor y su trauma con responsabilidad porque los niños no deberían estar tristes. Mister Magic se alimenta de la energía de Javi haciéndole saber exactamente hasta dónde puede extenderla antes de que ese dedo encuentre su barbilla y lo corrija. Mister Magic deja que Marcus cree maravillas y bellezas, pero siempre está ahí con una mano en su hombro para enseñarle a limitarse, de manera que no haga sentirse incómodos a los demás.

Y Val.

Una niña pequeña no entiende por qué el mundo es como es, por qué todo el mundo intenta decirle que no puede querer o sentir lo que ella quiere y siente. Por qué su madre nunca ve lo que necesita, solo la odia por preguntar. Por qué cuando alarga la mano y pide la reciben con dolor y rechazo. ¿Qué sucede cuando alarga la mano aquí? Magia. Y a un precio muy bajo.

Val casi se pierde observando de nuevo, el pasado le provoca un escozor tan profundo en ella que ni siquiera sabía que estaba ahí. Pero nada de eso es lo que Val necesita ver ahora porque ya están en el círculo. Necesita ver su llegada.

Val empuja una vez más. Los arrastra al principio del principio y observa.

La pequeña Val, la cabezota, la que pide cosas imposibles, es enviada primero. Una niña sola en la oscuridad vibrante e infinita. Se cubre las orejas con las manos, da vueltas, intenta encontrar algo a lo que aferrarse. Alguien que la ayude.

El nuevo Mister Magic la sigue, pero, en cuanto lo ve, ya se está deshaciendo. La oscuridad lo convierte en algo nuevo. La pequeña Val ha visto el programa. Le hicieron verlo antes de enviarla para que supiera qué aspecto se supone que tiene.

Pero algo va mal.

Él se alza cada vez más alto, se estira y se expande hacia el espacio que los rodea. El zumbido es tan fuerte que no puede pensar, las manos de él se acercan a ella, sus dedos son como cuchillos en la oscuridad. La pequeña Val quiere gritar o correr o sentarse y taparse los ojos.

Pero a continuación llega Kitty. Val tiene que hacerlo mejor por Kitty. Depende de ella mantenerla a salvo.

La pequeña Val cierra los ojos.

—No —dice.

Le dijeron que tenía que decidir cómo sería ese sitio, que tenía que controlarlo. Que dependía de ella, ya que llegaría la primera. Así que se niega a sentirse asustada, se niega a escuchar el zumbido, a dejar que vibre hasta sacarla de sí misma. No lo escuchará. Nadie puede obligarla a escucharlo si ella no quiere.

Extiende una mano y agarra la oscuridad, la sacude como si estuviera quitándole las arrugas a una manta. Una capa. Convertirá la oscuridad que rodea a Mister Magic en una capa. Una capa que lo contenga, una capa que lo defina, una capa que oculte las partes terroríficas de él para que Kitty no las vea.

Cuando abre los ojos, Mister Magic está ahí, esperando. Val le da un sombrero de copa para completar la imagen. Él se inclina ante ella con una floritura y le tiende la mano.

Hacen un trato sin palabras, a su manera. Será la encargada de exigir obediencia al zumbido que hay detrás de la oscuridad, al poder que hay bajo la piel de Mister Magic, al hambre infinita que los rodea. Y, a cambio de su ayuda, Val abrirá todas las puertas de su mente y dejará que Mister Magic las atraviese a voluntad. Dejará que la utilice.

Juntos, darán forma al mundo. La pequeña Val se da la vuelta y espera a que los demás lleguen. Su entusiasmo se expande hacia afuera reemplazando el miedo y el frío por anticipación. Y cuando llegan los demás, el programa está listo para ellos. Es fácil. Es lo más fácil que ha hecho nunca, estar ahí con sus amigos, estar ahí con Kitty. Estar donde ella ha querido. En el lugar al que pertenece.

Val observa cómo sucede todo y es maravilloso, ahora que la parte terrorífica ha acabado. Podría quedarse siempre contemplando cómo se toman de las manos mientras cantan, mientras juegan. Son muy jóvenes y felices y están a salvo. Muy seguros. Vuelve a sostenerle la mano a Kitty. Por fin vuelven a estar juntas. Tiene todo lo que necesita. Observar es fácil. Se siente muy bien.

Alguien deja escapar un susurro suplicante. Pero eso no tiene sentido. Val ha hecho que ese mundo fuera bueno. No hay nadie triste, no hay nadie...

Esos no son ellos. No es quienes eran. Val está casi hipnotizada por la maravilla y la imposibilidad de sus infancias. Sabe exactamente para qué era ese susurro suplicante. Sus amigos también quieren quedarse ahí. Olvidar quienes son, volver a ser quienes eran. Quedarse mirando para siempre.

Val se distancia, se permite observar en lugar de solo mirar. La pequeña Val arde con el fuego de la determinación. Es una criatura impulsada por la voluntad pura, pero esa voluntad no está formada por la experiencia, por lo que es fácilmente manipulable. La pequeña Val piensa que está creando el mundo para su hermana y sus amigos, pero, en realidad, está siendo utilizada.

Esa es la gran mentira sobre la que se construye todo ese lugar. La mentira de que la experiencia, la vida real, arruina a los niños. Pero Val ha crecido lo suficiente para ver que la carga que se les impuso ahí no era por su propio bien. Era para servir a los propósitos e ideales enfermizos de los adultos que estaban seguros afuera.

Los mismos que siguen ahí fuera, armados y esperando. Casi los ha olvidado. Ese lugar es una trampa, una mentira azucarada. Val no culpa a ninguno de los niños por creérsela. Al fin y al cabo, tenían que sobrevivir. Pero se niega a perderse de nuevo. Ahora ha visto cómo llegaron ahí. ¿Cómo se marcharon los demás después de que la sacaran a ella? ¿Después de haber perdido a Kitty?

Val se aferra a su desesperación y piensa en las armas. Piensa en los niños que van de camino en ese mismo momento. Los agarra a todos una vez más, los arrastra hacia adelante, desdibujando sus aventuras, arrojándolos más allá de donde la pequeña Val deja de traer a Mister Magic, pasa por donde la pequeña Val se hace cargo de la magia para proteger a sus amigos. Más y más adelante, hasta que al final se detienen de golpe.

Isaac arrodillado, Marcus caminando hacia atrás, Javi y Jenny corriendo, Kitty devorada. Val ya no está. Los demás, aparte de Kitty, simplemente se desvanecen. No se los traga la magia, sino que los rechaza.

Eso no le proporciona a Val ninguna solución porque puede que hayan dejado ese lugar, pero el lugar no los ha dejado a ellos. No realmente.

Permaneció como un zumbido demasiado bajo para oírlo, la fantasía de una infancia perfecta. Una herida en sus mentes que no habría cantidad de tiempo que pudiera curar porque ni siquiera podían ver que se trataba de una herida y no de un idilio.

Y no espera que ese lugar vuelva a rechazarlos. Está agotada de luchar para conseguir solo una pequeña parte del control.

—Tenemos que… —empieza Val, pero algo se desliza sobre sus pies. Una parte de la oscuridad cobrando vida, envolviéndola y…

Todo salta de nuevo hacia atrás, aparecen en mitad de un juego.

—¡Purpurina! —grita Kitty abriendo los brazos.

—¡Purpurina no es un color! —se queja Jenny, pero eso no impide que llueva purpurina a su alrededor, que estalle en sus lenguas una cascada de brillos. Sabe a la agradable tensión de abrir un regalo, a ese primer vistazo y a saber que es justo lo que siempre habías querido.

—¡Verde moco! —grita Javi y luego gruñe, decepcionado—. Creía que sería más asqueroso.

Ríen y juegan bajo la lluvia que sabe a vivir en el suelo del bosque, a buscar madrigueras y a acurrucarse en el musgo.

Eso inspira un juego. Marcus pinta los árboles a su alrededor, tan altos que sus copas se pierden en las sombras. Todos llevan disfraces elaborados. Kitty es un cervatillo moteado, Jenny es un conejo aterciopelado, Javi es un zorro con una cola lujosa, Marcus es un arrendajo con plumaje azul brillante, Isaac es un búho posado en una rama y Val es un tejón que patrulla el territorio.

Solo en los bordes puede sentir el frío hambriento e interminable. Aunque está tan lejos que no importa. Están a salvo, están juntos y jugarán en el bosque hasta que encuentren otro juego. Y otro, otro y otro.

Los seis, el círculo de amigos, libres y felices. Val mira a Isaac. La está observando, sus gafas amplían sus ojos. Es tan joven. Tan perfecto.

No.

Val retrocede ante el pensamiento que se camufla en verdad cuando sabe que no lo es.

Esa versión de Isaac no es perfecta. Ninguno lo es. «Nuevo» no es sinónimo de «perfecto». Crecer no es una pérdida inherente, es solo un cambio. Tal vez ahora no sea capaz de saborear el color purpurina, pero tiene toda una vida de momentos con esa sensación. Los primeros brotes de primavera tras un largo invierno. Colgar suspendida sobre un lago, a punto de soltar la cuerda del columpio. El buen sexo. Ver a una alumna lograr algo por primera vez. Una mora perfectamente madura y caliente por el sol estallando en su lengua.

Entrelazar los dedos con alguien que hace que se sienta como en casa.

No quiere ese recuerdo incompleto de Isaac. Le gusta Isaac tal y como es ahora. Todo él. Está más triste, más mayor y ha sufrido un montón de cosas horribles. Sigue sufriéndolas. Pero eso no hace que sea menos que ese niño sin forma que tiene ante ella.

Val quiere al Isaac auténtico. Necesita encontrarlo al igual que él siempre la ha encontrado a ella. No sabe si sus amigos siguen con ella o no. Si están ocultos por la oscuridad o si se han perdido en su propia infancia, convirtiéndose en niños de nuevo.

La escena continúa a su alrededor intentando atraerla desesperadamente. Pero no permitirá que ese sitio se la trague con sueños del pasado. Le mintió entonces y le está mintiendo ahora.

Se adentra en la oscuridad extendiendo toda la esperanza, todo el deseo, toda la necesidad a la que ha cerrado las puertas a lo largo de los últimos treinta años. Es la diferencia entre ser una niña y ser ella misma. El zumbido ya no puede mentirle, distraerla o desviarla. Val sabe quién es y nada ni nadie podrá decirle lo contrario.

—Devuélveme de una puta vez a mis amigos —gruñe atravesando la oscuridad a puñetazos.

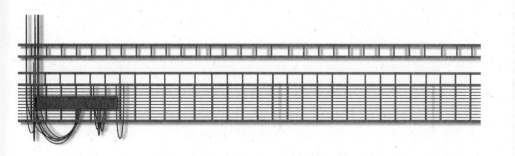

DIECINUEVE

L a escena se hace añicos, el zumbido ambiental se eleva hacia una pared de ruido estático. El suelo se inclina. Val tropieza y los demás aparecen a su alrededor y caen sobre manos y rodillas. Kitty vuelve a estar ahí. Tal vez haya estado ahí todo el tiempo. Tiene los ojos cerrados, solo queda un círculo de su rostro.

Val da un paso hacia su hermana y la oscuridad se pone a jugar, apartando a Kitty un paso más.

—Yo también sé jugar —murmura Val.

La oscuridad es una alfombra, esa alfombra que resbalaba, que Gloria insistía en poner en la entrada y que Val tenía que volver a colocar en su lugar cada maldito día. Val la agarra y alarga la mano para atraer a Kitty hacia ella. Efectivamente, al igual que la alfombra, Kitty se acerca a ella deslizándose.

La abraza sin preocuparse por el frío en el que Kitty está envuelta. Por fin puede verle la cara. Siempre ha adorado esa carita incluso cuando no recordaba por qué. Kitty es esa parte de corazón que dejó atrás pero que nunca superó. También es la fuente de temor y vergüenza que mantuvo a Val atrapada y asustada.

Lo que sucedió ahí no fue culpa de Val. Ninguno tuvo la culpa, pero eso no significa que no dependa de ella arreglarlo ahora. No confía en que nadie más lo haga.

—Kitty —dice Val—. Mi Kitty. Dime cómo sacarte de aquí. Dime cómo arreglar esto.

—No lo sé —murmura Kitty, somnolienta, abriendo los ojos para mirarla—. Nadie me dice nada y, si lo hacen, no me acuerdo. Es este sitio. El zumbido y la oscuridad. Necesitan ser controlados de nuevo. No se puede sin ti. —La mira con más intensidad, con todo el fervor que puede poner en la expresión.

Sea lo que fuere ese sitio (un universo de bolsillo, una pesadilla consciente, joder, ojalá Val lo supiera) no ha dejado de existir porque ellos se marcharan. Jenny dijo que el zumbido siempre había estado ahí, pero habían averiguado cómo darle forma.

Val echó a Mister Magic y no volvió a convocarlo nunca. Y cuando su padre la liberó, se llevó la capa con ella. La capa que Val había creado con un trozo de ese sitio para controlarlo. Desde entonces, había sido inmanejable.

—Creo que se supone que tenemos que volver a hacer el círculo —dice Val.

—Sí —responde rápidamente Jenny.

Al mismo tiempo, Javi y Marcus dicen:

—No.

Val se vuelve hacia Isaac para que rompa el empate. Él está mirando por encima del hombro, absolutamente derrotado. Val sigue su mirada.

A lo lejos, como si estuvieran mirando al otro lado de la calle la ventana de la habitación de alguien para ver qué está reproduciéndose en la tele, hay un pequeño cuadrado de luz. Enmarcadas en esa luz hay varias siluetas. Una es alta, demacrada y sobona.

—Están vigilando —dice simplemente Isaac—. Y quieren que lo sepamos.

Val intenta no entrar en pánico.

—Joder.

—¡No digas palabrotas! —advierte Javi.

—Lo siento. Necesito algo de tiempo para resolver esto.

Hay movimiento en su visión periférica, una sutil agitación negra sobre el negro. No están preparados. Val no puede controlar la oscuridad, lo que significa que no puede proteger a nadie. Podría descoserlos y volverlos a unir como hacía el padre de Jenny. O podría tragárselos enteros como a Kitty.

¿Y si volvía a fallarles a sus amigos? ¿Y si todo lo que la hacía especial de pequeña había quedado borrado por su insulsa vida?

—Yo creo en ti —declara Marcus con la voz llena de convicción—. Nos protegiste a todos entonces, cuando ni siquiera sabíamos que lo estabas haciendo. Deja que te ayudemos ahora.

—Tenemos que conseguirle tiempo —murmura Jenny frotándose las manos—. De lo contrario, podrían enviar a nuestros hijos solo para ver qué pasa. Y castigarnos.

Una sonrisa se expande lentamente por el rostro de Javi.

—Deberíamos hacer lo que mejor se nos da —le susurra a Marcus al oído.

Él también sonríe y se lo susurra a Jenny, quien pone los ojos en blanco, dubitativa. Javi le da un codazo y finalmente ella se encoge de hombros.

—¿Creéis que podéis hacerlo todavía?

Marcus flexiona los dedos.

—Sigue todo ahí.

Jenny asiente bruscamente, lista para la tarea.

—Isaac, tú ayuda a Val.

Javi guiña el ojo y los tres dan unos pasos hacia atrás.

—¡Vamos a convocar a un demonio! —declara.

Antes de que Val e Isaac puedan preguntar qué está pasando, Marcus levanta las manos en un gesto sutil. Nadie que no supiera de qué era capaz lo notaría. El aire brilla delante de Val y de Isaac. A continuación, como si estuvieran detrás de una cascada, ven versiones de sí mismos caminando hacia adelante y uniéndose a los demás en el círculo.

—No —dice la Val imaginaria—. Primero tenemos que resolverlo. Asegúrate de que estemos haciéndolo todo bien. Solo tenemos una oportunidad.

—¡Esto es alucinante! —Javi atrae la atención hacia su persona para que nadie se dé cuenta de que la Val y el Isaac imaginarios de Javi no se mueven del todo bien—. Y estúpido. Creo que es moho.

—¿Qué? —pregunta Jenny, confundida.

Javi y Jenny se enzarzan en una discusión acerca de si están teniendo o no una alucinación grupal provocada por el moho negro de la casa.

Están consiguiéndole tiempo. Val se siente tanto aliviada como impresionada. Sus amigos no han olvidado quiénes son, pero ahora se les da incluso mejor. Javi se mete con gente que no se preocupa por sus intereses, Marcus está creando la realidad que necesitan ver aquellos que tienen el poder, para mantenerse a sí mismo y a sus amigos a salvo por el momento, y Jenny los está ayudando, a pesar de que Val sabe que la mujer quiere que vuelva Mister Magic.

Jenny es realmente buena amiga cuando hace falta. La mejor amiga.

—Todavía tengo la capa. En alguna parte. —Val se mira las manos—. Así lo convocábamos, así es como yo controlaba la magia. Si puedo sacarla, podremos volver a llamar al padre de Jenny. Atarlo de nuevo. Eso debería arreglarlo, ¿verdad? Estabilizar las cosas. Entonces podré llevarme a Kitty y...

Kitty frunce el ceño.

—No funcionará, tontita.

—Kitty —la regaña Val.

El ceño fruncido de Kitty se convierte en un puchero triste.

—Me refiero a que se ha ido. Le arrebataste el poder y luego rompiste el círculo. Se lo comió todo.

—Pero tú todavía estás aquí.

—Duramos más que los adultos.

Kitty inclina la cabeza a un lado. En los bordes de la visión de Val hay más niños pequeños o al menos la *idea* de ellos. Los que se desprendieron de Kitty cuando desapareció la ilusión de la entrevistadora. Val no puede mirarlos directamente o desaparecerán.

—Los niños que enviaron después.

A Val se le rompe el corazón. Nunca tuvieron buenos momentos ahí, solo terror.

—Otros también. Mayores. Saluda, Lemuel.

La voz de Kitty cambia y se oye un susurro lejano diciendo:

—Hola.

Kitty arruga la nariz y estornuda. Su voz vuelve a la normalidad.

—A veces los niños no pueden arreglarse lo suficiente para ser buenos, así que dejan que Mister Magic se los quede para siempre.

Val tiene ganas de estrangular a alguien. De dar puñetazos. De darle una paliza a todo el mundo. Pero respira profundamente e intenta mantener la calma por el bien de Kitty.

—No pasa nada. Los sacaremos. Contigo.

A Kitty se le llenan los ojos de lágrimas.

—No podemos marcharnos. Devora nuestro futuro. Por eso nosotros seguimos aquí todavía, pero el padre de Jenny ya se ha ido. Él eligió esto, así que no tenía mucho futuro que comer. Pero nos muerde una y otra vez. Duele. Y lo odio. —Frunce las cejas mostrando su furia—. Y es *aburrido* —añade como si fuera lo peor que se le podría ocurrir.

Val mira a Isaac con desesperación. Él entrelaza el meñique con el de ella.

—Los sacaremos. Lo prometo. Esta vez nadie va a dejar a Kitty atrás.

Val asiente con un nudo en la garganta. Esos monstruos del exterior decidieron que era aceptable pagar por unos pocos niños a cambio de su fetiche paternalista de la inocencia, de su singular definición de lo que es «ser bueno».

A la mierda lo *bueno*. Esos niños eran *reales*. Necesitaban amor, protección y alimento y todos aquellos que formaban parte de sus vidas les fallaron.

La farsa que hay tras ellos sigue desarrollándose. Marcus mantiene en el sitio las versiones falsas de Val e Isaac mientras Javi y Jenny discuten sobre la melodía de la canción. Javi sigue tarareándola en una escala menor, mientras Jenny lo regaña por hacer el tonto y no tomarse las cosas en serio. O bien quiere estrangularlo, o se ha metido de lleno en la farsa. Es una actuación maravillosa por parte de los tres y Val se siente orgullosa de sus amigos.

Y aterrorizada por no ser capaz de usar el tiempo que le están consiguiendo.

—Tú saca la capa —dice Isaac tranquilizándola—. Y luego saldremos de aquí.

—Pero ¿de qué nos servirá la capa? No podemos llamar a Mister Magic si ya no está aquí.

Kitty resopla.

—Se te ha olvidado cómo se juega. Es como una etiqueta. Hay que elegir a un hombre nuevo para que lo sea.

—¿Cómo? —pregunta Val.

Pero entonces lo comprende y le cuesta respirar, le cuesta pensar. La gente de Bliss necesita un nuevo Mister Magic. Un *sacrificio noble* para contener el poder de ese sitio. Para darle forma de modo que el zumbido se convierta una vez más en esa retransmisión enfocada en sus lecciones. En todas sus enseñanzas.

—¿Quién? —susurra.

—Ya lo sabes —gime Kitty, molesta—. Es evidente.

Isaac le suelta la mano a Val y se quita las gafas, quizá para difuminar los contornos y no tener que ver lo que está a punto de suceder. Pero, aun así, inclina la cabeza hacia Val pidiéndole permiso.

Ella se aleja un paso de él.

—No. En absoluto. Hay otra opción. Tiene que haberla.

—Desde siempre se suponía que tenía que ser yo. —Isaac habla sin miedo, sin ira, tan solo con aceptación—. Incluso por aquel entonces ya me estaba enseñando. A vigilarlos a todos. A ver qué necesitaban.

Val cierra los ojos, pero la negrura de ese sitio también está ahí. Está en todas partes. Está sobre ella, respirándola. Ahora puede saborearla y quiere llorar por lo mucho que ha echado de menos el sabor del color negro.

El sabor de su hogar.

—Por favor —le dice Isaac—. Me mostró cómo sería. Deja que te lo muestre.

Coloca sus gafas sobre los ojos de Val. Ampliado por las lentes, ve todo un futuro hecho para ellos. Un regalo.

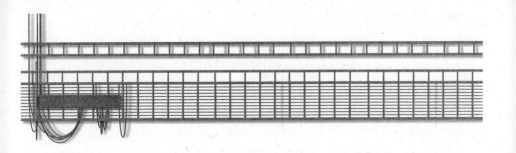

E s tan sencillo como saber qué quiere exactamente y pedirlo. Val busca en su interior y recupera la capa. No es una capa real. Nunca ha sido una capa, solo un pedacito de magia de ese lugar. De ese lugar maravilloso y milagroso.

Vuelve a besar a Isaac y reúne a los demás. Pueden ver lo que debe suceder y por eso reúne a los demás. Forman el círculo, cantan la canción. Aunque ya no son niños, aunque se han descolorido, roto y reducido, es suficiente. Cuando atan la capa alrededor de los hombros de Isaac, le entregan la magia y lo entregan a él a la magia. Sonríe con alivio y gratitud y desaparece.

Y vuelve *él*.

Mister Magic se levanta el sombrero. Sigue siendo él, pero con una diferencia. Ahora tiene unos ojos agrandados que reflejan la luz y que brillan en la oscuridad. Val se aferra al hecho de que Isaac, su Isaac, será quien vigile a los niños. Quien los guíe. Quien los cuide.

Isaac saca la capa con una floritura y desaparece. El círculo de viejos y cansados amigos encuentra una puerta esperando. Ese ya no es sitio para ellos. Salen y vuelven al sótano, vuelven a la casa.

Val no quiere marcharse ahora que Isaac está ahí. Javi, Marcus y Jenny eligen lo mismo. Es una discusión agradable y esperanzadora entre amigos que recuerdan lo felices que fueron juntos allí. Charlotte debe estar con su padre, pero no la enviarán sola. Sus hijos solo se quedarán el tiempo que necesiten, siempre que sea bueno para ellos. Y cuando salgan, todo será mejor.

Al fin y al cabo, ahora Isaac está ahí. Lo han arreglado. Sus hijos estarán a salvo.

Jenny toma la iniciativa y sus dos hijas más pequeñas entran de la mano junto con el hijo de Marcus. A continuación, los gemelos de Javi. Y, por último, la pequeña Charlotte de Isaac. Val la envía con una promesa de meñique sabiendo que el amor de Isaac la envolverá. Alimentará a esos niños, los guiará y los protegerá, dejará que crezcan en un ambiente perfecto. El veneno de los genes de Isaac, los traumas de la familia de Javi, los daños de las farsas de la de Marcus, la preocupación de la de Jenny... Isaac se encargará de todo. Ese lugar, esa magia, protegerá a los niños.

Y enseñará a otros, por supuesto. Porque las reglas se aplican en todas partes, en cualquier niño, forme parte del círculo o no. Todos los niños merecen pasar tiempo con Mister Magic, aprender lecciones importantes. Ver cómo ser buenos.

Así que el antiguo círculo se queda, apilados cómodamente los unos encima de los otros. Pero observan solos, sentados en el suelo delante de sus televisores, hambrientos por ver prosperar a los niños. Sin tristeza. Sin miedo. Sin deseo. Una infancia perfecta para niños perfectos que se convierten en adultos perfectos justo como sus padres esperan.

Val está en casa, envuelta en el zumbido de la paz y la felicidad. Coloca la mano sobre la pantalla, sonríe esperando el destello de los ojos de Mister Magic, el que le hace saber que Isaac sigue ahí, cuidando de todos los niños.

Pero... pero no están todos. Falta alguien. Ha vuelto a olvidar a alguien. La culpa y el miedo burbujean en su interior. Val prometió. Prometió y olvidó.

Kitty.

Val se acerca más a la pantalla.

—¿Dónde está Kitty?

Ve un destello de los lentes en la oscuridad como faros en una autopista a medianoche, mirándola directamente. Val retira la mano bruscamente.

—No —murmura—. No, esto es mentira.

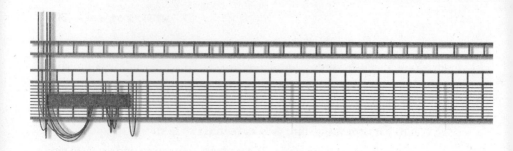

VEINTE

V al se quita las gafas. Las limpia en su camiseta con cuidado para deshacerse de la negrura que las cubre, de la magia de ese sitio que les muestra mentiras hermosas y tóxicas.

Cuando está segura de haberlas limpiado por completo, vuelve a ponerle las gafas a Isaac. Él parpadea rápidamente, como si acabara de despertarse.

—Charlotte —susurra.

—Este sitio no ha mejorado, Isaac. Sé que parece que sí, pero no. Nunca lo ha hecho. Estábamos fingiendo nuestra infancia, no experimentándola. Y el programa enseñaba a otros niños a fingir también. En ese futuro, el que quiere este sitio, seguimos siendo prisioneros. Estarías moldeando a Charlotte en lugar de ser su padre y cuidar de su verdadera persona. Y estaríamos todos atrapados viendo el programa, mintiéndonos a nosotros mismos y diciéndonos que hemos hecho lo correcto porque es lo más fácil.

Como Debra en su caravana delante de la tele, afirmando que había sido una buena madre porque *miraba*. Había elegido un sistema que prometía cambiar a sus hijas para facilitarle la vida a ella. Quería muñecas, no hijas.

Isaac se estremece y niega con la cabeza.

—Tenía diez años —jadea—. Tenía diez años y dejaron que pensara que había sido culpa mía que Kitty se perdiera y que a ti te llevaran. Me enseñaron que tenía que pasarme toda la vida expiando culpas por ello. Pero lo que estaban haciendo era convertirme en el próximo Mister Magic. Me estaban sacrificando desde el principio. Al igual que al padre de Jenny.

Val lo abraza e Isaac apoya la cabeza en su hombro, sollozando.

—Tú no fracasaste en nada. Tus padres... nuestros padres, este sistema, este culto, nos falló a nosotros. Tú nunca pondrías esta carga sobre Charlotte, ¿verdad?

—No. Dios mío, no. Es una niña.

—Nosotros también lo éramos. No merecíamos la carga ni la culpa. Ninguno de nosotros.

Val se deshace de los restos de culpa que le quedaban.

—Este lugar me enseñó a encerrarme en el armario antes incluso de que supiera lo que eso significaba —interviene Marcus. Val levanta la mirada, sorprendida y alarmada. Marcus, Javi y Jenny se han unido a ellos. Marcus señala hacia atrás quitándole importancia. La farsa que ha pintado sigue funcionando—. Esta parte ha sido idea de Javi.

Las versiones falsas de los cinco siguen sentadas en círculo, jugando a un torneo de «piedra, papel o tijeras» para decidir quién será el nuevo Mister Magic, pero el falso Javi no deja de hacer trampas, así que tienen que volver a empezar una y otra vez.

—Estarán volviéndose locos viendo esto. —Javi muestra una sonrisa satisfecha, pero enseguida se pone serio—. Este lugar me enseñó que solo era válido si hacía lo que se suponía que tenía que hacer.

Jenny abre los brazos para abarcar el espacio que los rodea.

—¡Me encantaba todo esto! Me he pasado toda la vida intentando recuperar una parte de lo que tenía entonces. No soy nada... —Solloza. Las lágrimas le resbalan por el rostro con sufrimiento—. No soy nada sin esto. Nunca he sido nada sin esto, sin todos vosotros. He intentado reemplazarlo con todas mis fuerzas, pero no hay nada en mi vida que me quiera tanto como yo quiero esto. No desde que nos marchamos.

Marcus y Javi la rodean en un abrazo.

—Eso es lo que te enseñaron —dice Marcus—. Que estar sola es malo. Que no estás completa si estás sola. Que tienes que ser lo que los demás necesitan que seas.

Javi le acaricia el pelo.

—Siempre has sido más que suficiente tú sola. Nunca ha habido nadie tan leal, inteligente, divertido, feroz y profundamente molesto como tú.

Jenny deja escapar una especie de carcajada e intenta pegarle a Javi, pero él la está abrazando con demasiada fuerza para que pueda golpearlo. Su rostro se contrae y cierra los ojos con fuerza.

—Ya no quiero este sitio. Quiero ser una persona. Entera. Feliz conmigo misma. Pero ¿cómo se consigue eso?

—Con terapia —sugiere Javi.

De repente, Marcus lleva gafas redondas y una perilla plateada. Tiene una libreta y una elegante pluma en las manos y, cuando habla, lo hace con un exagerado acento alemán:

—En la sesión de hoy me gustaría repasar tu infancia, que estuvo controlada por una deidad menor en un universo de bolsillo.

—Sois todos estúpidos —espeta Jenny entre carcajadas histéricas—. No me refería a eso, me refería a cómo se consigue esto, a cómo salir de aquí. ¿Cómo mantenemos fuera a nuestros hijos?

Val ha visto la única escapatoria. Si crean a un nuevo Mister Magic, ya no habrá espacio para ellos ahí. Al fin y al cabo, es un universo muy pequeño. Solo hay espacio para una deidad menor y solo se alimenta de los futuros de los niños. Val da un paso hacia Kitty imaginándose la oscuridad que rodea a su hermana como una piel de naranja. Empieza a retirarla suavemente.

—Tal vez yo pueda crear una salida. —Marcus levanta las manos. La oscuridad brilla con puertas de todos los tipos imaginables. Grandes puertas de latón, puertas secretas de jardín, puertas de armario e incluso puertas de garajes. Pero son solo imágenes. Farsas. Las puertas empiezan a aparecer más rápido manifestando su pánico, los contornos se funden y se difuminan. Ahora tiene miedo y eso afecta a todo. Todas sus ilusiones se funden, incluyendo el círculo falso. Cualquiera que esté mirando puede verlos ahora—. No, no puedo hacerlo —declara con la frente perlada de sudor.

Javi le pone una mano en el brazo a Marcus.

—No pasa nada. Ninguno de nosotros puede hacerlo, tampoco. Nunca salimos solos.

—Eso no es cierto —interviene Jenny—. Al menos, no es del todo cierto. Val solía encontrar lugares en los que esconderse. Tal vez pueda hallar otro.

Val se maldice a sí misma por haber perdido esos detalles en su mente cuidadosamente cerrada.

—Creo que creaba madrigueras. Espacios pequeños en los que poder descansar. Pero no recuerdo cómo lo hacía.

Mira a Isaac. A sus amigos. Y entonces se da cuenta: la visión de las gafas de Isaac ya le había dicho qué hacer. Es tan sencillo como, por fin, saber qué quiere exactamente y pedirlo.

Val busca en su interior. No a Mister Magic o a la capa, sino a sí misma. Pidiendo un futuro. Pidiendo una salida.

No es suficiente. Mira a Kitty, quien arruga la nariz y le saca la lengua. Kitty tiene ahora las manos libres y Val extiende la mano y agarra una. Se aferra a su hermana y piensa en todo lo que ha encerrado. En todo lo que se ha negado a recordar o sentir. En cada deseo y necesidad que ha negado porque era lo que se suponía que tenía que hacer. En todo lo que era demasiado grande, demasiado bueno o demasiado malo para que lo dejara entrar.

Val se coloca en el centro de su ser y abre todas las puertas al mismo tiempo.

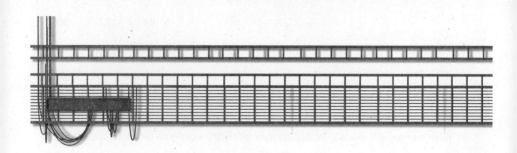

D etrás de esta puerta, una madre que no sabe cómo lidiar con
ella. Siempre irradia irritación cuando Val está triste, cuando
necesita ayuda o cuando se pone desafiante. A su lado, un
padre que lo siente todo con tanta fuerza que tiene que retirarse para
desconectar constantemente. Mirar a otro lado y esperar que suceda lo
mejor porque mirar directamente lo que está pasando le duele demasiado.

Detrás de esta puerta, Val está en lo alto de las escaleras de esa casa
antinatural, aterrorizada. Siente la sensación de la mano de Kitty sobre
la suya y sabe que puede hacerlo si no está sola. Puede hacerlo por
Kitty, para mantenerla a salvo a su lado.

Detrás de esta puerta, la felicidad con sus amigos. Porque sí que fue
feliz, muy feliz. La mayor parte del tiempo.

Detrás de esta puerta, Isaac, encontrándola en uno de sus escondites.
Acurrucándose con ella y permitiéndole descansar a salvo, sabiendo
que él está ahí. Isaac. Su Isaac.

Sus agujeros, sus madrigueras, no tenían final. Podría haberse
arrastrado hasta el final. Podría haber escapado. Pero eso habría significado dejar a Kitty atrás, dejar a sus amigos y no podría hacer eso.

Otra persona lo hace por ella.

Detrás de esta puerta, el año de silencio. Sentada, atónita, en un mundo brillante con demasiadas exigencias. Tiene que comer. Tiene que orinar. Tiene que dormir sola. Tantas cosas que parecen inútiles e imposibles a ojos de un padre que la observa como si pudiera desaparecer en cualquier momento. Es al mismo tiempo heroico por haberla salvado y cobarde por haberla metido en otra prisión.

Val se compadece de él porque está muy asustado. Tiene derecho a estar asustado. Ella todavía puede oír ese zumbido, puede notarlo, al borde de sus sentidos: esperando a que ella *pida*.

Pero ella también tiene miedo, se siente culpable y es muy cabezota. Nunca volverá a pedir nada. Cierra la puerta dándole la espalda a Mister Magic, a todo lo que había sucedido antes. Y se mantiene fiel a su palabra. Nunca pide nada hasta ese día con la puerta abierta cuando su padre la deja finalmente, sola.

Tal vez esa era la oportunidad que necesitaba este lugar para alcanzarla y atraparla. Tal vez ese fuera el principio del final. Ahora ya no importa. Todas sus puertas están abiertas y a Val le queda una por mirar.

Pero esta última, resplandeciendo con tanta intensidad que duele, es *esperanza*. Quiere a toda la gente que hay ahí, sus amigos más antiguos y verdaderos, y merece un futuro con ellos. Un futuro con Isaac. Una vida conociendo y siendo conocida, criando a la hija de él, tal vez incluso teniendo otra hija ella. No es demasiado tarde, todavía no. No para eso. Pero, por mucho que mire en esa puerta, la niña pequeña que se imagina es siempre Kitty.

Esa última puerta le ampolla la piel, la quema con todo lo que quiere. Val se aferra a ese desesperado dolor en aumento. Tiene mucho futuro por delante. Es una expansión infinita.

Val sabe lo que quiere, lo que siempre ha querido. Y ahora se permite desearlo con tanta ferocidad y poder que ninguna regla mezquina de un universo de bolsillo podría interponerse en su camino.

Abre los ojos, abre la mano y abre un agujero en el tejido entre realidades.

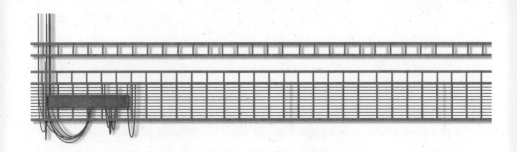

OSCURIDAD TOTAL

V al toma a Marcus de la mano.

—Te quiero y estoy muy orgullosa de ti —le dice y lo empuja el primero sin más explicación.

No hay mucho tiempo. La oscuridad que los rodea está cada vez más activa, se retuerce y se estremece. Los niños de la sombra se han dispersado, escondiéndose. Solo queda Kitty, clavada en el sitio por Val.

Javi le da un beso en la mejilla.

—Viniste a por nosotros después de todo, Valentina. Siempre supe que lo harías.

—¿De verdad? —pregunta.

—No —contesta él, riendo—. Pero me encanta equivocarme. Se me da muy bien.

Sigue a Marcus a través de la grieta.

Jenny tiembla y mira a su alrededor como si estuviera considerando quedarse. Val sabe qué (o más bien a quién) está buscando.

—Se ha ido —afirma Val—. Siempre fuiste lo bastante buena. Puedes hacer esto sola.

Val se aferra a la magia como solo ella puede hacerlo y dota a sus palabras de tanta fuerza que se convierten en una orden. Jenny asiente. Puede hacerlo sola. Val le toma la mano y la empuja.

—Vais a abandonarme otra vez —murmura Kitty.

A Val se le parte el corazón al notar que Kitty no parece enfadada, ni siquiera sorprendida. Solo está cansada y resignada. Más cansada de lo que cualquier niña debería estar nunca.

—Nunca más —promete Val.

—Vamos, Kitty. —Isaac tiende las manos hacia ella—. Te vienes con nosotros.

Pero Kitty no es realmente Kitty. Ya no. Y lleva mucho tiempo sin serlo. Suspira, la oscuridad late a su alrededor. Cuando toma aire, todos los demás niños se unen como sombras pálidas y temblorosas con los ojos en blanco.

—Estaremos bien —asegura Kitty con la voz de la entrevistadora—. Porque siguen ahí fuera, escuchando. Esperando ver de nuevo. Encontraremos nuevos amigos. Siempre lo hacemos. Enviaremos nuestros señuelos brillantes de esperanza y encontraremos un nuevo Mister Magic. Un Mister Magic mejor. Y entonces…

—Para. —La voz de Val atraviesa la oscuridad. Los niños perdidos que rodean a Kitty tiemblan con los contornos difusos.

Kitty frunce el ceño con ferocidad. Pero, al menos, vuelve a ser ella. De momento.

—No es culpa mía. No puedo evitarlo. Alguien tiene que contener la magia, darle forma al zumbido. Hacer tratos con esos aburridos que quieren recuperar el programa. Así que la oscuridad me utiliza. Y ahora voy a tener que hacerlo una y otra vez hasta que haya un nuevo Mister Magic. Seré devorada hasta el final. Apenas tengo ya sabor. Me lo dice a todas horas. Es muy antipático. —Inclina la cabeza a un lado y asiente como si escuchara—. Sabré a color negro y luego seré nada, para siempre.

Sus ojos ya no son de ese azul eléctrico. Están desprovistos de color, desprovistos de vida.

—Preferiría saber a purpurina —susurra.

Las sombras patéticas revolotean alrededor de Kitty. Val se pregunta quiénes serían esos niños, quiénes podrían haber sido.

—No puedo dejar a ninguno de ellos —dice Val, pese a que sabe que no pueden salir.

Ese lugar los ha devorado, pero también los está manteniendo. Ahí fuera serían fantasmas. Recuerdos. Un destello de electricidad estática y después, nada. Kitty ya ha sido casi destruida, queda muy poco de la niña a la que conocieron.

—Val —murmura Isaac.

Ella levanta una mano para interrumpir lo que él estuviera a punto de decirle. A Isaac le preocupa lo que él le haya podido pasar a Charlotte, pero la niña sabe quién es su padre. Amable, compasivo y generoso hasta el extremo.

Serían felices juntos. Puede sentirlo en la punta de los dedos esperando a que lo pidan, esperando a que lo hagan realidad: su futuro.

Un futuro.

Kitty ya no tiene uno. Siempre existirá ese poder, ese lugar, y siempre habrá gente de Bliss usándolo para rehacer a los niños a su propia imagen.

No es culpa de Val. Nada de esto lo es.

Le pone una mano en la mejilla a Isaac y aparta su rostro de Kitty. Val presiona los labios sobre los suyos recordándole la alegría, el deseo y la compañía que se les permite desear. Se lo recuerda también a sí misma.

Se aparta y mira a sus preciosos ojos, siempre agrandados en su corazón. Esos ojos que siempre la veían y la encontraban cuando nadie más podía.

—Te habría querido muy bien —dice sonriendo.

A continuación, empuja a Isaac a través de la puerta y cierra todas las otras puertas de ese sitio con tanta fuerza que *nadie* será capaz de abrirlas de nuevo.

Eso se le da bien.

Cuando el alcalde se dé cuenta de que lo ha «arreglado» pero ha dejado fuera al resto, los demás ya estarán a salvo, lejos, con sus hijos. A veces, mantenerlos a salvo es el mejor tipo de amor que pueden ofrecer los padres a sus hijos. Y es lo mejor que ella puede hacer por sus amigos.

Val se sienta junto a Kitty y se la acerca. Abre los brazos y los demás niños se agolpan con los ojos un poco más brillantes, con movimientos algo más sólidos. Son pozos infinitos de esperanza, como todos los niños.

—Te has quedado —dice Kitty.

—Me he quedado.

Val busca en su interior, segura finalmente de quién es y de qué quiere. Encuentra el pozo de magia y posibilidades en las profundidades de su interior, donde siempre ha estado esperando a que tire de él. Su futuro es infinito, al igual que su amor por Kitty. Ella tampoco se quemará nunca.

Si no puedes vencer a un dios pequeño y mezquino...

Conviértete en uno.

—Es el momento de la magia —dice Val y se coloca la capa sobre los hombros.

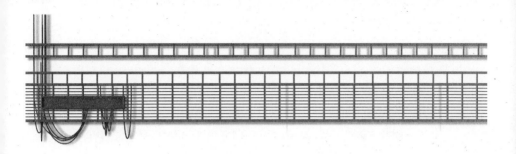

EPÍLOGO

E s primavera en el rancho. Si pudieras saborear colores, sabrías que el verde primavera, tierno y tan brillante que es casi dorado, sabe cómo dar vueltas en un columpio de rueda mientras la brisa te besa las sienes.

El verde primavera es un color delicioso. Un color que el pueblo de Bliss, en quiebra, con negocios y casas abandonados que poco a poco va reclamando el desierto, ya no se puede permitir. De todos modos, nunca habrían podido saborearlo.

De hecho, las únicas personas que saben qué sabor tiene el color verde primavera están todas ahí, dentro de esa enorme casa, reunidas en la cocina. Marcus y Javi ríen con los dedos entrelazados mientras le cuentan a Gloria que la hija de Javi estaba tan enfadada porque en su boda no hubiera nadie con vestido de novia que insistió en llevarlo ella. El hijo de Marcus roba tres galletas, una para él y dos para sus dos nuevos hermanos que nunca había pedido y que ahora no cambiaría por nada, antes de volver corriendo a la otra habitación.

Isaac está preocupado por lo quisquillosa que es Charlotte, así que Jenny le está aconsejando tener mucha comida disponible pero no presionarla para que coma, y luego se ofrece a enviarle una gran cantidad de recetas para incorporar verduras a escondidas en la comida en cuanto termine su trabajo de fin de grado. Está progresando tanto que incluso considera pasar directamente a sacarse un doctorado después de la licenciatura. Una de sus hijas grita que tiene sed desde la otra habitación y Jenny le contesta:

—¡Seguro que puedes hacer algo para remediarlo!

Todos están aprendiendo, es una lucha constante y es algo precioso. Si esa escena tuviera un color, sería el del cielo justo en el horizonte en un día soleado, un azul casi blanco. Ninguno de ellos había saboreado nunca ese color, pero ahora lo están haciendo, aunque no se den cuenta. Tú también puedes saborearlo si cierras los ojos y lo intentas. Adelante. Creo en ti.

Isaac sale de la cocina y va al columpio del porche. Se sienta un rato ahí, recordando. Observando la carretera como si pudiera verla a ella allí, andando con sus zancadas largas y seguras y con esa gruesa trenza balanceándose detrás de su espalda.

Sabe que tiene que dejar de esperarla, pero no sabe cómo.

De regreso al interior, se detiene en la entrada de la sala de estar. Todos los niños (la suya, las de Jenny, los de Marcus y Javi e incluso algunos de los nietos de Gloria) están amontonados en el sofá. Algunos están sentados en los reposabrazos, otros encima de los demás. Charlotte está sobre el respaldo del sofá como si fuera un pony. Está haciéndole trenzas a la hija más pequeña de Jenny, pero las dos están distraídas. Sus ojos están pegados a la pantalla, como los de todos los demás.

Ahora *Mister Magic* está en internet, accesible en cualquier parte para todo el mundo en cualquier momento. No hay anuncios y los capítulos se cortan a los veinte minutos sin reproducción automática de los siguientes. Pero los capítulos son infinitos, muchos más de los que podría ver nunca cualquier niño, lo cual es bueno, porque los miran y miran y miran.

El programa está lleno de mundos construidos por niños, así que a los adultos les parece absurdo, pero es porque han dejado de ser capaces de ver la absurdidad del mundo que han construido para ellos mismos.

Los niños aceptan la absurdidad porque todo es absurdo, todo está formado por complejas reglas y sistemas que no entienden. Reglas arbitrarias que se aplican de manera arbitraria.

Si te permites recordarlo, lo comprendes. Es posible que, además de las reglas normales, te dieran un Dios que lo ve todo desde una distancia fácil y segura. Un Dios al que regalabas tu amor y que te daba reglas y condenas a cambio. Un hombre mágico que exigía una obediencia perfecta y fingir una vida perfecta en lugar de vivirla.

Independientemente de quién te lo diera, las reglas que tenías para navegar por esta realidad mordaz, solitaria y absurda te cambiaron. Te dijeron que merecías ser quebrado, que deberías sentirte agradecido por ser quebrado y que también deberías sentirte avergonzado.

Mister Magic no cree que estés roto. Solo estás cambiado y eso está bien.

En el capítulo de hoy, Kitty y sus amigos encuentran un juguete que ya no funciona. Están tristes porque les gustaba mucho ese juguete, pero ahora están descubriendo modos nuevos en los que usarlo, creando algo precioso con lo que todavía queda de él.

Isaac todavía no sabe cuál será, pero sabe que esa no es la cuestión.

—¿Por qué se llama Mister Magic si es una chica? —pregunta Charlotte con el ceño fruncido llevándose el pulgar a la boca. Isaac lo ha ignorado pacientemente siguiendo el consejo del terapeuta al que han estado yendo desde que Javi le ayudó a conseguir la custodia.

Estarías orgulloso de él si supieras lo mucho que se ha esforzado. No es perfecto, pero no necesita serlo.

—Las chicas pueden ser lo que quieran —dice el hijo de Marcus.

—¿Cómo sabes que es una chica? —pregunta una de las hijas de Jenny acercándose a la pantalla.

—Porque Mister Magic lleva una trenza muy larga —contesta la hija de Javi señalando la pantalla con el dedo donde un balanceo de oscuridad debajo de la capa sugiere la existencia de una gruesa trenza.

Isaac resiste el impulso de tirar de ella hacia atrás, de alejarlos a todos. Pero ese no es el programa del que él formó parte, de las reglas y lecciones que lo erosionaron, de las reglas y lecciones que puede que también te hayan infectado a ti.

Este nuevo círculo tiene muchos amigos que van y vienen conforme desean, dirigidos por Kitty. Kitty vive aventuras maravillosas con ellos. Ya no hay reglas, solo canciones tontas que se inventan ellos mismos. Mister Magic siempre está ahí y siempre escucha. Cuando alguien está triste, Mister Magic le permite estarlo y se sienta con él o ella en su tristeza. Cuando alguien está feliz, Mister Magic le permite ser feliz, por mucho alboroto y escándalo que provoque. Cuando alguien es tímido, Mister Magic le permite participar en la medida que desea. Cuando alguien está enfadado (normalmente Kitty porque ahora tiene sentimientos muy fuertes), Mister Magic le permite sentir ira y ayuda a encontrar modos de expresar el porqué del enfado para poder entenderlo y no acabar abrumado por el sentimiento.

Mister Magic no habla, pero, de algún modo, todos los que lo ven entienden el mensaje: lo que te importa a ti le importa a Mister Magic. Los buenos y los malos sentimientos, porque en ese espacio no hay distinción. No hay calificativos. Todos son sentimientos y son tuyos y Mister Magic adora todo lo que forma la maravilla que eres.

—Ah, ¿otra vez ese programa de magia? —Gloria se acerca a Isaac y se cruza de brazos observando la pantalla—. No sé por qué les gusta tanto. Al menos, tendrían que haber buscado a alguien tan guapo como aquel mago.

—Su primera opción era mucho menos atractiva —comenta Isaac con una sonrisita.

Lleva las manos a la cabeza de Charlotte y le acaricia el pelo. Está tan acostumbrada a las muestras de cariño, a ser amada, que no se da ni cuenta. Es precioso.

Gloria suspira con nostalgia y se suaviza al ver a Mister Magic con un indicio de reconocimiento. A continuación, sacude la cabeza y se gira hacia la cocina.

—Me alegro de que sugirierais esta conmemoración. Todos echamos de menos a Val.

Se aleja sin preocuparse por lo que estén mirando los niños, sin cuestionarse de qué va el programa y por qué es tan hipnotizante.

Isaac también está hipnotizado. Quiere apartar la mirada, pero no puede. Odia el programa tanto como lo adora y espera… Bueno, siempre alberga una esperanza, solo que no sabe qué espera.

—¡Niños! —grita Jenny desde la cocina—. ¡Las galletas están listas!

—¡Voy a comérmelas todas! —grita Javi.

Todos los niños se giran al mismo tiempo, indignados, interrumpiendo brevemente su conexión con la tele. Y, en ese momento, Mister Magic se da la vuelta y mira directamente a la cámara.

Mira directamente a Isaac.

Durante un solo instante, hay un rostro donde nadie ha visto uno nunca. Isaac se prepara. Siempre podía encontrarla y, por fin, la ha encontrado de nuevo.

Pero no percibe un terror suplicante, la mirada desesperada de una prisionera. En lugar de eso, le sonrío y le guiño el ojo. Y el momento se rompe. Los niños vuelven a la pantalla mientras la capa de Mister Magic se agita haciéndola irreconocible de nuevo, un pensamiento, un sentimiento y una idea en lugar de una persona.

Isaac permite que le caigan las lágrimas, asintiendo. Por fin puede dejar de mirar porque sigo siendo su Val. Vuestra Val también, enviando mi deseo más poderoso a la magia que se filtra en las pequeñas mentes que observan desde todas partes:

Abrid las puertas.

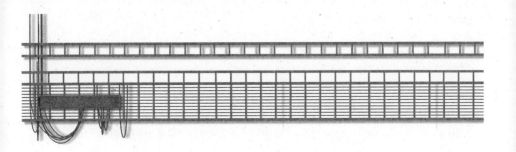

AGRADECIMIENTOS

T e ahorraré el trabajo de intentar descifrar los resultados de Google:

Sí, era mormona. No, ya no lo soy.

Hay todo un mundo de dolor, trauma, ira y pérdida, pero también esperanza, fuerza, felicidad y paz entre esas dos frases.

Dato curioso: Brigham Young sí que odiaba a algunos de mis antepasados y los envió a Monticello, Utah y Colonia Juárez en México para alejarlos de su sede de poder. Pero ninguno encontró una magia misteriosa y aterradora en el desierto.

Que yo sepa.

Sin embargo, es interesante provenir de un linaje de creencias que van desde silenciosas hasta fanáticas. Mis antepasados atravesaron océanos, cruzaron países, soportaron el abuso de la poligamia y aceptaron perder sus familias, todo en nombre de la fe.

Las decisiones que tomé durante mi infancia y mi adolescencia estuvieron marcadas por esa misma fe. Y es una situación extraña: estoy feliz con mi vida (hola, querido esposo con el que me casé de adolescente y queridos niños que tuvimos demasiado jóvenes pero que no cambiaría por nada del mundo), a pesar de reconocer la terrible destrucción que esa religión provocó tanto en mi paisaje interno como en el mundo en general.

No obstante, al final fue la fe lo que me permitió alejarme. Fe en mí misma, fe en mi marido, fe en que estábamos haciendo lo que todos los padres deberían hacer: tomar las mejores decisiones que podemos para proteger a nuestros hijos mientras crecen siendo ellos mismos. El proceso de desmantelar la estructura de las creencias tóxicas ha durado años y sospecho que estaré enfrentándome a ellas durante el resto de mi vida. Y no pasa nada.

Así que gracias a los amigos que me esperaron pacientemente y que me apoyaron en cada etapa. Gracias a mi familia, que me escuchó y me amó. Gracias a mi familia política por ser tan amables y aceptar nuestras decisiones.

Gracias a mi marido, Noah, por recorrer cada paso del camino conmigo.

Gracias, hijos míos. Y también, de nada.

(¿Sabéis qué es increíble? Tener auténticos fines de semana. El sábado sí que es un día especial cuando no te lo pasas haciendo recados, limpiando y preparándolo todo para poder ir a la iglesia el domingo. ¿Y el domingo? El domingo es lo mejor. Así que, gracias, sábados y domingos. Lamento trabajar tan a menudo cuando estáis aquí. Tengo muchas historias que contar).

Y gracias a todos los que leáis este libro tan profundamente personal. He hablado de estas cosas por encima durante mucho tiempo y para mí significa mucho más de lo que imaginarías involucraros directamente en ellas. (Aunque sea mediante la ficción, porque es lo que hago).

Siento una tremenda gratitud por el equipo que me ayudó a sacar esta historia y a hacérosla llegar. A mi agente incondicional Michelle Wolfson. A mi brillante editora de mesa, Tricia Narwani, y a su ayudante Bree Gary. A mi editorial, Del Rey, con mención especial a mi publicista David Moench y al editor Scott Shannon. Craig Adams, gracias por lidiar pacientemente con mi dificultad para entender cuándo usar guiones. Nunca te quedarás sin trabajo.

Un agradecimiento especial a Stephanie Perkins, la primera amiga no mormona que tuve y que no solo me ayudó a ver cuánta esperanza, luz y bondad existía fuera de los estrechos confines que me habían dado, sino que también me ayudó a arreglar este libro (y todos los libros míos que alguien ha leído). Me alegro mucho de que formes parte de mi vida, Steph. Y a Natalie Whipple, cuyas respuestas a mis trascendentales mensajes de texto suelen ser: «Me parece genial. Bien por ti». Me alegro de tenerte y de que tu familia te tenga. Y muchísimas gracias a Eliza Brazier, quien me salvó de empezar una nueva reescritura por la culpa cuando me daba miedo no presentar bien esta historia. Me alegro mucho de que estés legalmente obligada a ser mi amiga y hermana.

Me llevó mucho tiempo establecer la canción para este libro. Depeche Mode, Silversun Pickups, Joywave y Foxing me ayudaron durante el trayecto, pero Crows y su canción «Healing» resultaron ser la banda sonora perfecta.

Respecto a mi compromiso, para todos los que me han mirado y preguntado y para todos los que puede ser que me miren y se lo pregunten: sí, es difícil marcharse. Sí, te sentirás desarraigado, se te romperá el corazón y el mundo entero se reordenará a tu alrededor. Y sí, vale la pena.

Y, finalmente, a todos aquellos de cualquier religión o comunidad que te digan que nunca serás bueno, puro o que nunca serás suficiente a ojos del dios que han creado con sus propias imágenes mezquinas e intolerantes: a la mierda. El nuevo Mister Magic cree en vosotros y yo también.